o
rascunho
do
amor

O Arqueiro

GERALDO JORDÃO PEREIRA (1938-2008) começou sua carreira aos 17 anos, quando foi trabalhar com seu pai, o célebre editor José Olympio, publicando obras marcantes como *O menino do dedo verde*, de Maurice Druon, e *Minha vida*, de Charles Chaplin.

Em 1976, fundou a Editora Salamandra com o propósito de formar uma nova geração de leitores e acabou criando um dos catálogos infantis mais premiados do Brasil. Em 1992, fugindo de sua linha editorial, lançou *Muitas vidas, muitos mestres*, de Brian Weiss, livro que deu origem à Editora Sextante.

Fã de histórias de suspense, Geraldo descobriu *O Código Da Vinci* antes mesmo de ele ser lançado nos Estados Unidos. A aposta em ficção, que não era o foco da Sextante, foi certeira: o título se transformou em um dos maiores fenômenos editoriais de todos os tempos.

Mas não foi só aos livros que se dedicou. Com seu desejo de ajudar o próximo, Geraldo desenvolveu diversos projetos sociais que se tornaram sua grande paixão.

Com a missão de publicar histórias empolgantes, tornar os livros cada vez mais acessíveis e despertar o amor pela leitura, a Editora Arqueiro é uma homenagem a esta figura extraordinária, capaz de enxergar mais além, mirar nas coisas verdadeiramente importantes e não perder o idealismo e a esperança diante dos desafios e contratempos da vida.

EMILY WIBBERLEY

O rascunho do amor

AUSTIN SIEGEMUND-BROKA

Título original: *The Roughest Draft*
Copyright © 2022 por Emily Wibberley e Austin Siegemund-Broka
Copyright da tradução © 2023 por Editora Arqueiro Ltda.

Publicado mediante acordo com Berkley, um selo do Penguin Publishing Group, uma divisão da Penguin Random House LLC.

Todos os direitos reservados. Nenhuma parte deste livro pode ser utilizada ou reproduzida sob quaisquer meios existentes sem autorização por escrito dos editores.

tradução: Ana Rodrigues
preparo de originais: Rayssa Galvão
revisão: Priscila Cerqueira e Rachel Rimas
diagramação: Natali Nabekura
capa: Vi-An Nguyen
adaptação de capa: Gustavo Cardozo
impressão e acabamento: Bartira Gráfica

CIP-BRASIL. CATALOGAÇÃO NA PUBLICAÇÃO
SINDICATO NACIONAL DOS EDITORES DE LIVROS, RJ

W621r

Wibberley, Emily
 O rascunho do amor / Emily Wibberley, Austin Siegemund-Broka ; tradução Ana Rodrigues. - 1. ed. - São Paulo : Arqueiro, 2023.
 304 p. ; 23 cm.

 Tradução de: The roughest draft
 ISBN 978-65-5565-502-5

 1. Romance americano. I. Siegemund-Broka, Austin. II. Rodrigues, Ana. III. Título.

| 23-83108 | CDD: 813 |
| | CDU: 82-31(73) |

Meri Gleice Rodrigues de Souza - Bibliotecária - CRB-7/6439

Todos os direitos reservados, no Brasil, por
Editora Arqueiro Ltda.
Rua Funchal, 538 – conjuntos 52 e 54 – Vila Olímpia
04551-060 – São Paulo – SP
Tel.: (11) 3868-4492 – Fax: (11) 3862-5818
E-mail: atendimento@editoraarqueiro.com.br
www.editoraarqueiro.com.br

Este livro só poderia ser dedicado de um para o outro

> Todos os segredos da alma de um escritor, todas as experiências de sua vida, todas as qualidades de sua mente estão muito claros em seu trabalho.
> – Virginia Woolf

# 1

Katrina

A livraria não se parece em nada com o que lembro. Ela foi reformada: a parede de tijolos aparentes coberta com tinta branca, estantes de madeira cinza-claro colocadas no lugar das antigas, de metal. A mesa da frente está cheia de velas fofinhas em promoção e sacolas de pano com estampas da Jane Austen, em vez de livros usados.

Eu não deveria ficar surpresa por encontrar o lugar diferente. Basicamente desisti de comprar livros em público nos últimos três anos, inclusive na Forewords, aonde só vim uma vez, mesmo que fique a apenas quinze minutos de casa, em Hancock Park, Los Angeles. Não gosto de ser reconhecida. Mas amo livros. Comprar meus livros on-line tem sido uma tortura.

Entro e olho a vendedora com atenção. Vinte e poucos anos, não muito mais nova que eu. O cabelo castanho está preso em um coque bagunçado, e o piercing verde no nariz reflete as luzes da livraria. A garota não me é familiar. Quando ela sorri para mim do balcão do caixa, acredito que não faz ideia de quem sou.

Sorrio de volta e passo pela estante dos best-sellers. *Só uma vez* se destaca, imponente, bem no meio, a capa azul texturizada com a tipografia minimalista branca imediatamente identificável. Ignoro o livro e sigo mais para o fundo da loja.

Há meses minha terapeuta vem me encorajando a visitar a livraria. Terapia de exposição, para me condicionar a me sentir confortável novamente nos lugares que eu amava. Paro na seção de ficção e me recomponho, lembrando que estou me saindo bem. Estou calma. Sou só eu procurando algo para ler, sem expectativas pesando sobre os meus ombros, sem qualquer estresse martelando no meu peito.

Passo por fileiras de capas de livros, cada uma aguardando ser escolhida. O ar quase estala com o cheiro das páginas novas. Conheci bem as livrarias independentes de Los Angeles quando Chris propôs que nos mudássemos de Nova York para cá, por causa do cargo que haviam oferecido a ele no departamento de livros de uma das maiores agências de talentos de Hollywood. Cada livraria independente é variada e excêntrica, são ícones indignados da leitura e da escrita em uma cidade onde as pessoas dizem que nunca leem.

Por isso detestei parar de frequentá-las. Os últimos três anos foram uma longa lista de mudanças. Tive que encarar realidades da vida que eu já não sabia mais se queria e da vida que decidi não querer mais. Tive que reaprender as alegrias tranquilas da minha existência mundana e, para isso, tive que esquecer. Esquecer como meus sonhos me atingiam com um impacto devastador, esquecer como me sentia péssima quando chegava perto do que antes desejara. Esquecer a Flórida.

Está tudo diferente. Mas eu finjo que não.

A livraria é parte desse fingimento. Antes de Chris, quando eu morava sozinha em Nova York, todo verão ia andando até as pequenas livrarias de Greenpoint, a alça da bolsa pendurada no ombro, toda molhada de suor, e ficava imaginando como seriam as histórias por trás daquelas lombadas, se me trariam a inspiração necessária para acender uma chama criativa que eu nunca poderia apagar. Ler não era só prazer. Era estudo.

Não estudo mais, porém nunca deixei de sentir prazer com a leitura. Acho que é uma parte inerente a mim. Ler e amar livros são minhas impressões digitais. Não importa quanto eu mude, isso será sempre igual, um lembrete perene de quem realmente sou. É isso que me traz a esta livraria, onde espero encontrar algo novo para ler até Chris chegar em casa à noite.

– Posso ajudar com alguma coisa?

Ouço a voz da vendedora atrás de mim. O nervosismo enrijece meu corpo na hora. Eu me viro, hesitante. Ela me olha, simpática, e espero o tão temido momento desde que decidi, hoje cedo, que precisava de alguma coisa nova para ler *esta noite*. Por que esperar entregarem em casa?

O momento de ser reconhecida não chega. A expressão da vendedora não se altera.

— Ah — digo, a voz insegura. — Não sei... Estou só dando uma olhada.

Ela sorri.

— Você gosta de ficção? — pergunta, solícita. — Ou prefere algum subgênero específico?

Relaxo. Uma onda de alívio me atinge com força. Isso é ótimo. Não, é maravilhoso. Ela não tem ideia de quem eu sou. Sei que as pessoas não devem ter reações exageradas ao se depararem com celebridades em Los Angeles, uma cidade onde se pode esbarrar com a Chrissy Teigen saindo de uma Whole Foods, ou com o Seth Rogen na fila para comprar sorvete. Não que eu seja uma celebridade. Na verdade, minha preocupação é *só* com as livrarias, onde há a chance de ouvir perguntas invasivas ou de encontrar fãs entusiasmados demais. Se essa vendedora realmente não sabe quem eu sou, acho que acabei de encontrar meu novo lugar favorito. Começo a imaginar minha noite em detalhes: aconchegada com o livro novo no sofá, os pés enfiados no tapete branco felpudo, monitorando James Joyce com gentileza para que suas patas não derrubem chá verde por todo lado, fazendo carinho até ele ronronar.

— Sim, ficção no geral, mais especificamente ficção contemporânea — respondo, empolgada.

Hoje à noite, vai ser gostoso contar a Chris que vim até a Forewords e ninguém sabia quem eu era. Isso provavelmente vai irritá-lo, mas não me importo. Eu vou ler, e ele que gaste sua frustração na bicicleta ergométrica.

— Já sei o livro certo para você — anuncia a vendedora.

Ela claramente está encantada em ter uma cliente interessada nas suas recomendações.

Quando a garota sai apressada para pegar o livro, volto a ficar ansiosa. Uma ideia terrível me vem à mente: e se ela voltar, animada para me vender o título que escolheu, e trouxer um exemplar de *Só uma vez*? Não sei o que eu diria. Os dois segundos que tenho não são o bastante nem para rascunhar um plano de como me desvencilharia dessa conversa.

Mas o que acontece é muito pior.

— Tente este. — A vendedora me passa o livro escolhido. — Chegou na semana passada. Eu li em, tipo, dois dias.

Na capa de foto melancólica em preto e branco, sob o título *Refração*, leio o nome do autor: Nathan Van Huysen. Olho para o lugar onde ela pegou o livro, e não sei como não reparei quando entrei. O mostruário de papelão na frente da livraria exibe fileiras de exemplares, e isso significa duas coisas: a editora investiu muito e não está vendendo.

O nome de Nathan me abala como sempre. Quando o leio nas críticas do *New York Times*, nos perfis que tento manter distantes do histórico de navegação (mas sem muito sucesso). O primeiro impacto é sempre querer que aquelas quinze letras não signifiquem nada para mim, que não estejam entremeadas ao tecido da minha vida de jeitos que nunca vou conseguir desemaranhar.

Sob esse desejo, encontro sentimentos duros e cortantes. Ressentimento e até ódio. Mas não arrependimento, a não ser o de ter ido àquele seminário de escritores no norte de Nova York, onde conheci Nathan Van Huysen.

Tínhamos acabado de nos formar. Quando recebi meu diploma da Universidade da Virgínia e consegui emprego em uma editora – servindo café e fazendo cópias –, a sensação era de que minha vida ainda não começara de verdade. Eu tinha gostado da faculdade, do anseio por aprender tudo e qualquer coisa que me interessasse, não importava o assunto – estruturas de colônias de fungos, economia comportamental, as práticas funerárias no mundo greco-romano –, mas sabia que só seria eu mesma quando escrevesse e publicasse um livro. Então fui para o norte de Nova York, onde encontrei Nathan e ele me encontrou.

Eu me lembro de sair do jantar de boas-vindas apertando o casaco junto ao pescoço por causa do frio e vê-lo esperando por mim. Havíamos nos conhecido mais cedo, e os olhos de Nathan se iluminaram quando ele percebeu que eu estava indo embora do restaurante. Na ocasião, nós nos conhecemos melhor. Ele mencionou que estava noivo – eu não tinha perguntado. Eu estava solteira – não dei essa informação. Enquanto caminhávamos até a ponte do rio Susquehanna, em meio ao vento frio, acabamos partilhando versos de poemas favoritos, lendo-os na internet, nos nossos celulares. Ficamos amigos.

Grande bem que isso nos fez...

Quando pego o exemplar de *Refração*, a voz da vendedora ganha um tom conspiratório:

– Não é tão bom quanto *Só uma vez*, mas adoro a prosa do Nathan Van Huysen.

Não respondo, preferindo não dizer que a prosa foi a primeira coisa que reparei no trabalho de Nathan. Mesmo aos 22 anos, ele já conseguia fazer textos que eram uma fusão perfeita entre o que o influenciava e seu estilo próprio, como se cada curso de literatura que tivesse feito – e ele fizera vários – fluísse pela ponta dos seus dedos. Aquilo me fazia sentir como os escritores adoram se sentir: inspirada e com inveja.

Diante do meu silêncio, a expressão da vendedora mudou.

– Espera – continuou ela –, você já leu *Só uma vez*, não é?

– Hum – resmungo, tentando pensar em como responder. *Por que os diálogos são sempre melhores nos livros?*

– Se não tiver lido... – começa ela, e segue na direção da prateleira de best-sellers para pegar um exemplar.

Sei o que vai acontecer quando ela vir a contracapa do livro. Sob a longa e constrangedora lista de críticas de muitas estrelas, ela verá as fotos dos autores. Os olhos azuis de Nathan sob as ondas negras imaculadas de seu cabelo, a covinha que ele só exibe em fotos promocionais e turnês de imprensa. Então verá, ao lado dele, a coautora, Katrina Freeling. Uma mulher jovem, de ombros bem marcados, rosto redondo e sobrancelhas grossas que ela aprecia de verdade. Com a maquiagem feita por um profissional, o cabelo castanho--escuro muito liso e sedoso – completamente diferente de quando ela sai do chuveiro, ou de quando está lendo no pátio, nos dias úmidos do verão.

A diferença não importa. A vendedora vai reconhecer a mulher parada bem à sua frente.

Minha capacidade de fala finalmente retorna.

– Não, eu já li, sim – consigo dizer.

– É claro – se entusiasma a garota. – Todo mundo leu. Bem, *Refração* é um dos livros solo de Nathan Van Huysen. Como eu disse, é bom, mas queria que ele e Katrina voltassem a escrever juntos. Ouvi dizer que os dois não se falam há anos. E Freeling nem escreve mais.

Não consigo entender como essa garota tem tanto interesse na dupla de escritores a ponto de saber boatos sobre eles, mas não é capaz de identificar um dos dois bem na sua frente, na sua livraria. Deve ser porque não fui a muitos eventos de autógrafos ou festivais literários nos últimos três anos. Na sequência da discretíssima agenda promocional de *Voos de conexão*, meu romance de estreia escrito em parceria com Nathan, e da exaustiva turnê de lançamento do nosso segundo livro, *Só uma vez* – durante a qual fiz minha única outra visita a esta livraria –, eu mais ou menos me afastei dos encontros de escritores e eventos de divulgação. Foi difícil porque, em Nova York, minha vida social junto a Chris se concentrava na comunidade literária, e é em parte por isso que gosto de morar em Los Angeles, onde nossos vizinhos são roteiristas e executivos de estúdios. Em Los Angeles, quando descobrem que alguém é romancista, ou tratam o sujeito como professor titular de uma universidade da Ivy League, ou como uma planta. Qualquer uma das duas maneiras é preferível à combinação de crítica e inveja que precisei suportar quando saía com antigos amigos e concorrentes em Nova York.

Se você me dissesse, quatro anos atrás, que eu trocaria Nova York pela costa da Califórnia, eu franziria a testa ou, mais provavelmente, daria uma gargalhada. Nova York era o epicentro de sonhos como os meus e os de Nathan. Mas, na época, eu não sabia que a publicação de *Só uma vez* me deixaria em pedaços, rearrumando as peças quebradas de mim mesma para formar alguém novo. Alguém para quem morar em Los Angeles fazia sentido. Por mais que me sinta grata por não ter sido reconhecida pela vendedora da Forewords – se isso tivesse acontecido, eu acabaria tendo uma daquelas conversas empolgadas e educadas, teria autografado alguns exemplares e então iria embora sem comprar livro nenhum –, não sei como agir ao escutar a história da minha própria vida profissional contada por outra pessoa.

– Ah, bem... – murmuro. – Isso é péssimo.

Nada mais de ficar andando a esmo pela loja. Chego à conclusão de que só quero me livrar desta conversa.

– Eu sei. – O sorriso da vendedora tem um toque de malícia. – Eu fico me perguntando o que será que aconteceu entre os dois. Afinal, por que uma parceria de tanto sucesso terminaria logo quando estavam ficando famosos de verdade?

A gola do casaco começa a me causar coceira, e meu coração dispara. Esse é o assunto de que menos gosto na vida. *Por que vocês romperam a parceria?* Eu conhecia as especulações. Já as ouvira de entrevistadores grosseiros, já as lera por acaso em comentários de críticas publicadas na internet. Já ficara sabendo delas por Chris.

Pelas versões deles, ou ficamos com inveja um do outro, ou Nathan achou que ele era melhor que eu, ou que eu era uma parceira de trabalho difícil. Dois jovens escritores trabalhando juntos em retiros na Flórida, na Itália, nos Hamptons. Fotos nossas de braços dados no evento de lançamento de *Voos de conexão*, o único que fizemos juntos até hoje. O fato de *Só uma vez* ter como tema central a infidelidade conjugal não ajudou nem um pouco. Muito menos a morte nada ficcional do casamento também nada ficcional do próprio Nathan.

É por isso que não gosto de ser reconhecida. Gosto de pessoas animadas por me conhecer. Adoro interagir com leitores. Não gosto é da repetição incessante desta única pergunta: por que Katrina Freeling e Nathan Van Huysen pararam de escrever juntos?

– Quem sabe? – me apresso a dizer. – Obrigada pela recomendação. Eu... vou levar.

Estendo a mão para o exemplar de *Refração*, que a garota me entrega com os olhos cintilando.

Cinco minutos depois, saio da livraria levando comigo o único livro que eu não queria comprar.

2

Nathan

Estou no terceiro chá gelado. Eu pediria café, mas é esquisito pedir café frio ao barman. Mas, caramba, estou exausto. Sinto a privação de sono ardendo nos olhos, que expressam sua revolta pelas horas que passei além da meia-noite diante do novo manuscrito. É um thriller em que a esposa de um agente federal esbarra no segredo possivelmente criminoso que o marido está escondendo.

Estou com uma aparência terrível por ter viajado de avião ontem e escrito a noite inteira. Fora o sono de merda no hotel, que não é nenhum cinco estrelas. Tudo isso me deixa inegavelmente desligado no O'Neill's, o bar elegante onde eu não botava os pés havia anos. Quando morei em Nova York, vinha aqui encontrar outros escritores. O'Neill's é o tipo de lugar aonde as pessoas vão para serem vistas, com espelhos de moldura dourada, mesas com tampos de mármore e drinques batizados em homenagem a peças teatrais. Eu gostava disso. Mas já faz dois anos que deixei a cidade que eu sentia estar se voltando contra mim. Precisava de um novo começo depois do meu divórcio.

– Desculpe a demora.

Minha agente se senta à minha frente. Jen Bradley é uma mulher de meia-idade, negra, implacável em negociações e fantástica para resolver problemas de enredo. É a segunda agente da minha carreira. Depois de *Só uma vez*, pude me dar ao luxo de ter vários agentes literários à disposição, e escolhi Jen por ser sensível, mas ao mesmo tempo direta e sincera, e também por sua competência, que ela demonstrou ao vender meu livro solo.

– Sem problema – digo, e dou um gole no chá gelado. – Tudo bem com você?

– Ocupada. Como foi a turnê?

Não consigo conter um sorriso. Sempre direta ao ponto. Acabei de terminar uma turnê de uma semana para divulgação do meu novo romance, *Refração*. Foi um turbilhão de livrarias em cidades do Meio-Oeste, hotéis desinteressantes, saladas Caesar em todo santo jantar, sempre no quarto. Os voos de uma hora entre aeroportos batizados em homenagem a presidentes eram a melhor parte do dia: o avião me proporcionava um refúgio onde escrever esse novo thriller.

– Menos paradas do que na última – admito. – Mas teve um bom público.

Jen me encara.

– Tá certo, teve pouco público – emendo. – Fizeram uma péssima divulgação, e você sabe disso.

Eu sabia que a campanha de divulgação de *Refração* seria menor do que a de *Só uma vez*. Quando vendemos o livro, ficou claro que a editora estava conformada com a ideia. O que queriam mesmo era outro livro de Katrina e Nathan. Foi Jen quem os convenceu de que aquele livro solo era a melhor opção disponível. Não se podia dispensar uma das metades da dupla que vendeu quinze milhões de exemplares (e as vendas não paravam de aumentar).

Ela aperta os lábios. Está aborrecida.

– Os números da primeira semana não são o que a editora esperava. – Jen deixa a frase pairando no ar, em meio ao ruído das conversas do ambiente.

Eu aquiesço. Por mais que já desconfiasse que os números tinham sido baixos, não gosto de ter minhas suspeitas confirmadas. Na pausa que se segue, me distraio da conversa. Tenho esse problema – ao menos minha ex-esposa, Melissa, chamava de "problema": se não me envolvo imediatamente com o que está acontecendo à minha frente, minha atenção se volta para seja lá o que eu estiver escrevendo. Neste momento, é a cena crítica na qual Sarah confronta o marido. É um referendo do casamento, com implicações enormes e de alta carga dramática, e estou ansioso para escrevê-la.

– Os números vão comprometer a oferta deles? – pergunto, lembrando que ainda não vendi o livro em que estou trabalhando no momento.

Enviei a proposta meses atrás e ainda não tive retorno. Jen explicou que a editora não queria fazer nenhuma oferta antes de terem a informação das vendas de *Refração*. Para ser sincero, pouco me importo com o valor do adiantamento. Não preciso de dinheiro. Nunca precisei. Um fundo fiduciário e um diploma de uma universidade da Ivy League tinham cuidado disso muito antes de *Só uma vez* ser uma ideia no fundo da minha mente. Mesmo depois do divórcio, depois de ter dado de boa vontade metade dos direitos autorais de *Só uma vez* para Melissa, não *preciso* de dinheiro.

O que preciso é escrever. Não me sinto eu mesmo se não puder escrever.

Jen franze o cenho. Passa os dedos pelo relógio delicado de ouro em movimentos preocupados. Não diz nada.

Isso me assusta.

– Pode falar sério comigo, sem rodeios.

Jen continua hesitante, e minha mente se volta outra vez à cena em que estou trabalhando. Agora parece menos devaneio, mais mecanismo de defesa. Sarah está na cozinha da casa, em um cenário propositalmente doméstico. Ela não precisa falar. O marido sabe. Ele diz: *Vão passar a proposta.*

Espera.

Volto a me concentrar em Jen. As palavras que acabei de ouvir não vieram da minha mente. Foi ela que falou.

Vão passar a proposta.

O peso daquela frase me atinge. Estão me rejeitando. Não fui rejeitado por Dartmouth. Nem quando Katrina e eu buscamos nosso agente. Não fui rejeitado quando vendemos a proposta de *Voos de conexão* ou de *Só uma vez*. Nunca fui rejeitado em nada.

Não, não pode ser verdade.

Isso dói. Não importa quanto sucesso a pessoa tenha, a insegurança nunca está muito distante quando os outros julgam pedaços expostos da sua alma. Se você não encarar a qualidade do seu trabalho friamente, outra pessoa o fará. Não sinto a indignação que esperava sentir, só sussurros de dúvida que começam a se insinuar cada vez mais em minha mente.

Forço as próximas palavras a passarem por cima dessas dúvidas. Chafurdar na mágoa não vai ajudar.

– Muito bem. É mesmo um contratempo, mas vou escrever outra coisa. O que eles querem?

É assim que vou lutar contra esses sussurros. Vou escrever. Tenho ideias suficientes no computador para esgotar o espaço do HD. Não é difícil me imaginar, com o tempo, amando uma delas como amo a que estou escrevendo agora.

– Nathan – Jen diz meu nome em um tom firme. É a voz que usa para me fazer voltar à realidade.

– O que foi? Tem aquele romance passado nos anos 1950 que eu estava desenvolvendo...

– Eles não querem outro livro seu.

Nunca achei o O'Neill's pequeno. A ostentação é parte do charme do lugar. A imensidão do espaço, as prateleiras cintilando com garrafas de bebida, os ternos e bolsas caros dos frequentadores.

Depois das palavras de Jen, o bar ficou pequeno. Como se as paredes estivessem se fechando e se curvando de um jeito nauseante. Luto contra a sensação.

– Então vamos mandar o original para outras editoras – digo. – Mande para todas. Sou um escritor da lista dos mais vendidos do *New York Times*. Tenho um filme em andamento. As editoras estão na minha cola. – Em parte estou tentando convencer Jen, em parte me convencer também.

– Poderíamos fazer isso – responde ela, o tom contido. – Mas você não vai conseguir uma boa oferta, o que pode acabar matando sua carreira. Suas vendas estão caindo, e as críticas ao livro são medíocres.

Aperto o copo com força em um movimento involuntário. Sei que ela está certa. E mais, sei por quê. Qualquer coisa que eu escreva é comparada a *Só uma vez*. É um absurdo ter algo comparado a um dos livros de maior sucesso dos últimos cinco anos. Eu escrevi o livro, mas não sozinho. É claro que ele é melhor do que os outros. Katrina é um gênio. Foi por isso que me aproximei dela, naquele primeiro dia do Programa de Residência para Escritores em Nova York, deslumbrado com a força e a clareza do trecho que ela compartilhou com a turma, e eu praticamente me ajoelhei diante dela para pedir que escrevêssemos juntos. Lembro como os olhos grandes dela não demonstraram qualquer surpresa. Katrina disse sim como se fosse fácil.

Na primeira noite lá em Cooperstown, no estado de Nova York, abandonamos o jantar de boas-vindas e nossos colegas de seminário. Nós nos apresentamos um ao outro devidamente e nos conhecemos melhor. Assim como eu, ela havia acabado de se formar. Meio que deduzi que Katrina não podia ser solteira, embora a questão só tenha me passado pela cabeça por curiosidade. Eu pedira Melissa em casamento três meses antes e estava imerso no orgulho e na sensação de comprometimento pós-noivado. Enquanto caminhávamos, Katrina leu para mim seu poema favorito, no celular. Adorei suas escolhas, compreendendo bem como cada uma a tocava.

Não havia nada romântico entre mim e Katrina. Românticos eram os momentos após o retorno de Melissa para casa, vinda de um evento de trabalho com um vestido elegante, quando eu não conseguia me decidir se estava mais ansioso para ouvir como tinha sido seu dia ou para abrir o zíper, revelando suas curvas, perigosas como a pista de esqui mais difícil. (Eu acabava fazendo as duas coisas, embora a ordem mudasse com frequência.) Românticos eram os momentos em que fazíamos uma contagem regressiva para falar qual filme queríamos ver nas noites de sexta-feira e dizíamos o mesmo.

Mas, com Katrina... é romântico saber instintivamente que a mera existência de alguém nos fascina, que nos deixa agradecidos? Achar isso romântico seria desviar do ponto principal, como valorizar o sol porque é radiante. Eu curto a luz do sol, mas sou é grato por ele sustentar a vida na Terra.

Não que Katrina sustente a minha vida na Terra. Eu... Não. Essa é uma metáfora pouco elegante.

O que eu e Katrina tínhamos acabou. Isso é que importa. E, no momento, isso também é uma condenação. Ser comparado pelo resto da minha carreira a ela e ao que fizemos juntos é uma sentença de morte.

– O que você está dizendo? Acabou pra mim?

Dizer aquelas palavras em voz alta quase me paralisa. Eu me sinto voltando àqueles anos do ensino médio, quando ainda não tinha mostrado a ninguém o que eu escrevia. Eu não era atlético nem particularmente bonito ou engraçado. Tinha dificuldade para conversar com os outros alunos. Nem a riqueza da minha família me dava algum destaque nos corredores de mármore da escola particular que eu frequentava. Eu não era ninguém.

Até mandar um conto para a *New Yorker*. Não conseguia conversar com meus colegas, mas podia escrever para eles. Escrevendo, poderia estar na mesa de café da manhã deles, perto das frutas que os pais comiam. Podia estar nas conversas e implicâncias nos quartos de seus irmãos mais velhos, nas pilhas de revistas que liam nas férias de inverno. Nathan Van Huysen – o Nathan que eu estava destinado a ser – nasceu naquelas páginas, sua vida escrita e impressa em letras pretas elegantes. Elegantes e inegáveis.

– Não vou parar, Jen. Vou escrever o melhor livro que eles já leram, porra.

– Você não está acabado – falou Jen. – Tenho um plano.

– Ótimo. Tô dentro. Qual é o plano?

– Você não vai gostar – alerta ela.

– Posso encarar, não importa o que seja...

Paro de falar assim que me dou conta do que Jen tem em mente, tomado pela clareza penetrante que as pessoas provavelmente têm pouco antes de serem atingidas por um carro que se aproxima.

– *Não*. – Solto a palavra com força na mesa entre nós.

– Me escuta. – Ao menos desta vez, Jen fala em um tom gentil e persuasivo. – Você ainda tem um contrato para mais um livro com ela.

Ela. Provavelmente é inteligente da parte de Jen não usar o nome. A reação visceral que eu teria não ajudaria na argumentação.

– Não sou eu que estou travando as coisas – rebato. – Se a Parthenon quer a Katrina, vai ter que falar com a Katrina.

– A Parthenon recusou seu livro porque estão tentando forçar você a cumprir seu contrato e escrever com ela. – Fico em silêncio, e Jen continua: – Se conseguirmos entregar alguma coisa, terei mais margem de manobra para vender seu trabalho solo.

– Ótimo. – Minha voz vacila naquela única palavra. – Como eu disse, *eu* sou perfeitamente capaz de entregar outro livro Freeling-Van Huysen. É a Kat que nunca quer.

Eu me contraio ao usar o apelido dela. Não deveria ter dito *Kat*. Não somos amigos. Eu nem precisaria ter falado com ela nos últimos quatro anos que passamos afastados para saber que Katrina não vai aceitar. Ela deixou isso dolorosamente claro na noite em que terminamos *Só uma vez*. Em que terminamos tudo, na verdade.

– Já conversei sobre isso com o agente dela. Ele acha que pode conseguir que Katrina aceite.

Conversou sobre isso com o agente dela? Me irrita saber que Jen agiu pelas minhas costas, começando conversas com Deus sabe quem. Ela talvez tenha até falado com a Parthenon. Essa história termina aqui.

— Papo furado — retruco.

— Você está me chamando de mentirosa? — Jen não está ofendida. Ela levanta as sobrancelhas em uma expressão irônica.

— Não. É no Chris que você não deve acreditar.

Eu conheço o agente de Katrina. Ele era o *nosso* agente. Chris Calloway é capaz de prometer qualquer coisa para qualquer um se for ganhar alguma vantagem.

— Ele é *o noivo* dela — lembra Jen. — Deve ter alguma noção do que Katrina faria.

Estalo os nós dos dedos sob a mesa. Por que Katrina ficou com Chris é algo que foge à minha compreensão.

— Ela parou de escrever — digo, com firmeza.

Katrina Freeling parou de escrever. Se o homem com quem ela vai se casar não entendeu isso, acho que ela vai precisar arrumar um jeito de deixar mais claro.

Jen me encara.

— Com todo o respeito, você não fala com ela há anos. Como poderia saber?

— Eu conheço a Katrina.

Odeio conhecê-la tão bem. Não estou falando das coisas básicas que desejaria conseguir desaprender — sua determinação, sua inteligência. Isso todo mundo conhece. O que eu desejaria não saber é que ela fica inquieta quando viaja de avião, que sente até um pouco de medo. Desejaria não saber que Katrina odeia a palavra *sempre*. E queria muito não saber a hora em que ela toma banho e o que usa para dormir.

A intromissão de Jen se torna mais delicada.

— Não quero invadir sua privacidade — começa. — Você sabe que não dou a mínima para fofoca. Mas esse é um *bom* movimento para a sua carreira. Preciso saber se há um motivo para que eu não corra atrás disso. — Abro a boca e ela se antecipa: — Não essa bobagem de Katrina ter parado de escrever. Um motivo real.

Ela não está perguntando se é difícil trabalhar com Katrina, ou se nossos estilos não combinam mais, nem se não gostamos mais um do outro. Sei o que ela está perguntando.

Termino o drinque, e as lembranças da nossa última noite escrevendo

Só uma vez me atingem, asfixiantes como o calor da Flórida do lado de fora da casa onde desenvolvemos o original do livro. Páginas com a letra dela e a minha amontoadas uma em cima da outra, os traços e as curvas das letras se cruzando como em uma dança. A espera na frente da porta dela. O fogo morrendo na lareira, as cinzas de papel queimado no ar. Voltar a escrever com Katrina seria um pesadelo.

Não. *Não escrever* é o pesadelo. O que vai restar da minha carreira se eu me recusar? Só tenho 31 anos. Escrevo desde os 17. Essa é a única coisa que já quis fazer na vida. A única coisa que *consigo* fazer.

– Realmente não há outra escolha? – pergunto, a voz baixa.

Jen balança a cabeça. Eu me levanto e deixo algumas notas em cima da mesa, para pagar a bebida. *Há algum motivo para eu não trabalhar com Katrina?* O bastante para encher vários livros que nunca escreverei.

– Se Chris conseguir convencer Katrina... e duvido muito disso... então eu não tenho nenhum problema em aceitar essa ideia.

Jen pendura a bolsa no ombro e se levanta.

– Ótimo. Vamos fazer acontecer. Comece a desenvolver ideias. Isso vai ser grande.

– Vai ser alguma coisa.

Sigo para a frente do bar, sem esperar pela resposta de Jen. Giro a maçaneta dourada e cintilante da porta preta e saio, ao mesmo tempo apavorado e reconfortado pelo que sei que é verdade: Kat – Katrina – nunca vai querer trabalhar comigo.

3

Katrina

Assim que chego em casa, paro, surpresa, ao sentir cheiro de café. Na cozinha, escuto a máquina da Nespresso cuspindo cappuccino, e me surge à mente a imagem de um ladrão sofrendo de privação de cafeína, que invadiu a nossa casa e decidiu tomar um cafezinho enquanto recolhia nossos bens de valor. Cabia a mim – a moradora bem-intencionada que odeia cafeína – surpreender o criminoso. Aquela situação seria o "catalisador" da história.

Claro que não é um ladrão de cappuccino. Logo me dou conta de que é Chris, que voltou para casa no meio do dia. Entro na sala, onde ele abriu o notebook e espalhou folhas de contrato em um espaço de trabalho improvisado.

Chris sai da cozinha segurando a xícara de café e se senta no sofá quase sem erguer os olhos para mim.

– Onde você estava? – pergunta.

Levanto a sacola da livraria.

– Fui até a Forewords. Quando você chegou?

Não é comum Chris trabalhar de casa. Em toda oportunidade que tem, ele vai para o escritório ou se perde no carrossel interminável de contatos de trabalho com editores e autores.

– Tive um almoço com um cliente aqui perto, então precisei atender a uma ligação importante. Era mais perto vir para casa.

A voz de Chris é profunda, objetiva, como tudo em relação a ele: convencionalmente desejável. Cabelos dourados, olhos verdes, maxilar bem marcado, ombros fortes dos tempos de futebol americano na Universidade

Duke. Engraçado... Depois de tantos anos com um rosto bonito na sua frente, você começa a esquecer o todo e a se concentrar na combinação das partes. É como quando nos concentramos em cada palavra em um belo trecho de um livro: acabam perdendo o lirismo e até mesmo o significado.

Eu me sento na poltrona e tiro as sapatilhas. Não me sinto exatamente solitária quando Chris está no escritório – gosto da liberdade de organizar meu dia –, mas sinto falta do meu noivo. Não vou perder a oportunidade de conversar com ele.

– Foi sobre o livro do Vincent Blake?

Chris faz uma careta.

– Ele me dispensou. Assinou com outro.

– Sinto muito – digo, e estou falando sério.

Respeito a carreira de Chris, mesmo que esse lado profissional ocupe *toda* a sua vida. Tiro o casaco e vou me sentar ao lado dele no sofá. Quando passo o braço pelo dele, Chris baixa os olhos para nossos cotovelos entrelaçados. Por mais que não se desvencilhe de mim, estou certa de que se inclina imperceptivelmente na direção oposta. Isso diminui minha empolgação.

– Ele vai se arrepender – declara Chris.

James Joyce sai em disparada do corredor e acha os meus pés imediatamente. Bem... *alguém* está feliz de me ver. Faço carinho na cabeça do meu gato, que empina as orelhas.

– Sim, com certeza – concordo.

Chris dá uma risadinha debochada. É incisiva, proposital. E não só pela rejeição profissional.

Franzo o cenho.

– Por que a risadinha?

– Do jeito que você fala, até parece que me respeita.

As palavras me atingem como uma tapa. Chris e eu brigamos de vez em quando. São briguinhas bobas, por eu estar "me intrometendo" quando peço que ele gaste menos tempo com o trabalho, ou quando o pressiono demais para que marque a data do casamento, ou ainda para decidir qual família vamos visitar nas festas de fim de ano. Nunca tem a ver com qualquer dúvida sobre meu *respeito* por ele. Fico um tanto desnorteada com esse golpe vindo do nada.

– É claro que respeito. Por que você pensa o contrário?

Estamos noivos há dois anos. Chris foi meu agente e de Nathan por três anos antes disso. Eu o respeito profissional e pessoalmente, embora não tenha sido por isso que me apaixonei por ele.

Quando eu era criança, caminhava pelas colinas próximas de casa. Dakota do Sul é um lugar úmido no verão e montanhoso nos doze meses do ano. Minha mãe costumava nos receber com sorvete de baunilha quando chegávamos, exaustos e morrendo de calor. Acho que era o sorvete da marca mais barata que ela encontrava no mercado, Dreyer's, e, com quatro crianças na casa, baunilha era a escolha com maior chance de agradar a todos. Eu me lembro de como o doce frio e perfeito se dissolvia na boca enquanto o suor grudava o cabelo na testa. Naqueles momentos, baunilha era o melhor sabor de sorvete, a melhor comida do mundo. Quando as pessoas me perguntavam qual era o meu sabor preferido de sorvete, eu respondia baunilha sem nem pensar.

Chris era o sorvete de baunilha.

O equivalente aos dias de caminhada na montanha foi a agitação pré-lançamento de *Só uma vez*. Nathan e eu já não nos falávamos. Tínhamos terminado as etapas de desenvolvimento e correção do livro e estávamos dedicados à divulgação e a reuniões para avaliação de outras oportunidades, o que fazíamos por telefone sempre que possível. Todo dia, em vez de escrever, ler ou só aproveitar o tempo livre, eu ficava olhando o que era apenas um documento do Word no meu computador se transformar em um monstro de proporções épicas.

Eu não estava bem. Acordava com as mãos e os pés frios e ia para a cama exausta de preocupação e inexpressivamente grata pelo alívio do sono. Procurei "depressão pós-sucesso" no Google, no celular, embaixo das cobertas. Procurei minha terapeuta em Nova York, para quem ainda ligo às vezes, embora com menos frequência. Dar entrevistas era extenuante – eu, que já escrevera centenas de palavras por hora, precisava me esforçar para arrancar sentenças simples da cela de insegurança e incerteza em que vivia.

Não tenho qualquer ilusão de que o motivo do meu estresse foi ver o sucesso de *Só uma vez*. Não era uma questão de humildade, de modéstia. Era medo. Eu não me sentira daquele jeito com *Voos de conexão*, com seu contrato modesto, suas críticas respeitosas mas mundanas. Com *Só uma vez* eu estava perto de ter o que queria. E, se tivesse o que queria, eu poderia perdê-lo também. Essa possibilidade era como material radioativo, e eu tinha certeza de que me devoraria por dentro, me faria perder os cabelos ou provocaria qualquer outro efeito típico do contato direto com plutônio. Eu odiava aquilo.

Foi medo o que tomou conta de mim no banheiro feminino de uma das agências de TV e cinema, onde eu participava de uma reunião para a adaptação de *Só uma vez*. Era uma reunião importante, por isso voei para Los Angeles, e era no mesmo dia de uma das audiências de mediação do divórcio de Nathan, por isso ele não foi. O banheiro feminino era todo de pedra branca, como uma nave espacial ou algo parecido. As luzes eram iridescentes. Quando parei na frente da pia, sentindo o suor escorrer por baixo das mangas, a ideia de reproduzir nosso plano de abordagem com palavras encantadoras foi demais para mim. Tentei controlar a respiração e... não consegui. Então, comecei a chorar, soluçando alto, agarrando a pia como se fosse o assento de um avião em queda.

Liguei para Chris. Não por algum instinto de buscar conforto nele nem nada assim. Não estávamos namorando, ainda levaria meses para isso acontecer. Eu só queria cancelar a reunião. Fingir que estava gripada ou que o sushi que tinha comido no jantar de boas-vindas da noite anterior, junto de agentes de Hollywood, tinha caído mal. Não me importava. Acho que ele ouviu minha voz vacilar, ou o soluço preso na garganta, porque, em vez de perguntar por que eu queria cancelar a reunião, falou com toda a calma: *O dia de hoje não é o resto da sua vida. O dia de hoje é só um dia do seu trabalho. Faça o seu trabalho o melhor possível, então passe para a próxima coisa. Certo?*

Em resumo, funcionou. Fiz o que ele disse. Fui à reunião. Chamei meu Uber. No hotel, respondi a quatro perguntas de uma entrevista que ainda não havia enviado. Comi um sanduíche. Li o livro novo da Celeste Ng, concentrada no uso dos adjuntos adverbiais. Quando fui para a cama, me sentia mais calma, mais coesa. No dia seguinte, fiz o mesmo.

Chris me fazia sentir que eu poderia ficar bem. Eu queria muito isso e, com ele, conseguia. Nos anos que se seguiram, com o encorajamento, a paciência e o apoio dele, acabei finalmente ficando bem, ou cheguei muito perto disso.

Eu me perguntava se Nathan teria feito o mesmo. Nunca vou saber.

Adoro sorvete de baunilha. De verdade.

Neste momento, no entanto, meu noivo me encara com uma expressão impassível e ressentida.

– Por que eu deveria achar que você me respeita, Katrina? – É obviamente uma pergunta retórica. – Não me deixa nem vender seus livros.

Aos poucos me dou conta da direção que a conversa está tomando.

– Chris, *não* tenho livros para vender. Se eu tivesse, pode acreditar que você seria o agente escolhido. Você sempre foi a minha escolha – explico, com toda a delicadeza, me esforçando para manter a voz tranquila e razoável.

Ele apenas revira os olhos. É isso que me tira do sério. Eu me levanto e pego o casaco de cima das almofadas do sofá.

– Minha decisão de parar de escrever não tem nada a ver com você. Você sabe disso.

Minhas palavras estão carregadas de irritação. A audácia de Chris, transformando isso em uma questão dele, me enerva.

– Mas você tem ideias – protesta ele, enquanto ando até o armário do hall de entrada e enfio o casaco ali.

Os cabides chacoalham, e os firmo com a mão livre.

– Nada que eu queira escrever – retruco, contendo a indignação.

Não é mentira, embora eu saiba que estou omitindo as nuances do problema. Tenho ideias para novos romances, personagens com quem divago ao longo do dia. Só não sei se quero publicá-los.

Por mais que eu esteja mais confiante de que conseguiria encarar o medo que senti quando *Só uma vez* estava sendo lançado, não sei se quero fazer isso. Não sei se vale a pena. Eu gosto da minha vida. Gosto de procurar possíveis locais para casamentos e, de vez em quando, ministrar oficinas de escrita para programas de Artes Criativas, ou para turmas de ensino médio. Gosto da liberdade que tenho para ler e até mesmo para planejar histórias e rascunhar páginas que ninguém jamais vai ler. Não sei se quero me catapultar mais uma vez às alturas da publicação de um livro só para me arrebentar emocionalmente com o medo de cair.

Encaro Chris do outro lado da sala e vejo que ele está me observando. E que deixou o notebook de lado.

– Por que estamos falando disso?

Tenho a sensação desconfortável de que essa conversa foi premeditada, agendada para este dia, junto de outras reuniões e compromissos. *Almoço com editor. Ligação com Vincent. Fazer a noiva se sentir culpada.*

Chris é muito batalhador, algo que respeito nele – o modo como se fixa no horizonte até o brilho do sol queimar seus olhos. Seus pais esperam muito dele e vivem nos arredores de Nova York, em uma casa com sauna e piscina. Cada minuto da infância dele foi passado competindo com o irmão mais velho e com os irmãos mais novos, e Chris já me contou uma vez que eles eram os únicos alunos levados às reuniões de pais e professores, no início do ano letivo. Os pais queriam que as crianças Calloway ouvissem os comentários dos professores pessoalmente. Perturbador.

O problema é que Chris quer que eu seja como ele. Que persiga um lugar na lista de best-sellers, prêmios literários e outros reconhecimentos de prestígio. Que eu corra atrás de uma carreira solo. Para mim, a estabilidade que encontrei no nosso relacionamento era o objetivo final. Para ele, é só uma parada na jornada para algum lugar mais brilhante, mais elegante... *mais*.

Por mais que eu saiba que, no fundo, Chris se irrita por eu ter desistido de escrever, ele nunca me pressionou a respeito desse assunto. Pelo menos até agora. Pensei que ele compreendia, se não como meu agente, ao menos como meu parceiro. Vou até a cozinha. Preciso de uma aspirina.

– Falei com a Liz ao telefone – diz ele.

Isso me faz parar. Liz é a editora da Parthenon Books que comprou *Voos de conexão* e *Só uma vez*. Na última vez que nos falamos, eu disse a ela que estava dando um tempo na escrita. Volto até Chris. Não estou gostando nada do seu olhar fixo. Ele está sério.

– É mesmo? – pergunto, hesitante.

– Eu levantei a possibilidade...

– Por quê? – Eu o interrompo antes que ele possa responder. – Não há nenhuma possibilidade.

– Você tecnicamente tem um contrato com a Parthenon.

Eu tinha tanta esperança de que ele não fizesse isso. Quando a Parthenon comprou *Só uma vez*, o acordo foi para dois livros, portanto tinham comprado outro livro meu e de Nathan, ainda a ser escrito, e nos pagaram um adiantamento. Debatemos ideias, criamos uma sinopse, mas nunca escrevemos nada. A Parthenon nunca nos pressionou porque o adiantamento que recebemos foi quase nada se comparado aos lucros enormes de *Só uma vez*.

Eles nunca vão cancelar o contrato, sei que não. *Só uma vez* continua muito bem nas vendas, ainda que os números já não sejam os mesmos. Embora o filme em desenvolvimento com a Miramount provavelmente nunca vá acontecer – Chris já me alertou que isso é comum –, caso aconteça, colocaria a mim e ao Nathan novamente sob os holofotes. E a Parthenon não quer deixar passar essa possibilidade.

No entanto, o contrato colocou todos nós – Nathan, eu e a editora – em uma dança complicada e travada. Não vão nos forçar a escrever. É comum que autores de sucesso demorem vários anos entre um livro e outro, e não há como a editora mandar a polícia invadir nossas casas e exigir páginas prontas. Nathan e eu não vamos cancelar o contrato por motivos diferentes. Nathan é um workaholic e jamais deixaria passar a oportunidade de escrever alguma coisa. Eu não tinha coragem de dizer ao meu noivo/agente literário que isso nunca vai acontecer. Se o contrato não for cancelado, a editora tem os direitos do próximo livro Freeling-Van Huysen. Isso se houver um próximo Freeling-Van Huysen.

– Muito bem – digo, me sentindo menos generosa. – Vamos devolver o adiantamento.

– Que tal considerar a proposta? – Chris usa sua voz de ligação telefônica, aveludada e persuasiva. Ele nunca usa esse tom comigo.

– Não quero.

– E quanto a mim? – Chris já não parece mais tão relaxado. A expressão em seus olhos é dura, defensiva. – Eu sou seu noivo. Meus sentimentos não têm importância?

Ao escutar as vozes se elevando, James Joyce, que estava deitado no sofá, sai correndo da sala.

– *Seus* sentimentos? Em relação à *minha* carreira como escritora? – retrucou, com a mesma irritação.

– O dinheiro seria bom para nós – argumenta Chris.

Dou risada. Ele me levou a Paris em janeiro para comemorarmos meu aniversário de 28 anos. Estamos tendo esta briga numa casa com um gramado enorme em Hancock Park, com o Tesla de Chris estacionado na frente. Não cresci em uma família rica nem nunca dei muita importância a dinheiro, mas ter seu trabalho impresso em 35 idiomas lhe dá certa segurança financeira.

Chris parece desconfortável pela primeira vez.

– Não estou brincando – insiste. – Fiz alguns investimentos achando que você superaria esse bloqueio criativo.

Isso é novidade para mim. Desde que passamos a morar juntos, costumamos conversar sobre nossas finanças. Chegamos até a compartilhar um planejamento financeiro. *Não* juntamos os meus ganhos aos dele, logo Chris não poderia ter perdido *meu* dinheiro. Portanto, quando diz que *precisamos* de dinheiro, na verdade está dizendo que *ele* precisa de dinheiro. A confissão é o bastante para me levar de volta ao sofá.

– Chris... – digo, já sabendo que nenhum de nós dois vai gostar do que está por vir. – Se você precisar, eu poderia... fazer um cheque.

– Meu Deus, Katrina – retruca ele, irritado, como esperado. – Não quero nenhuma merda de caridade. Sou um agente literário que precisa *vender um livro*.

– E isso é problema *meu*?

Por mais que eu esteja preocupada com que investimentos exatamente Chris fez, neste momento estou furiosa por ele colocar a culpa de seus problemas financeiros no que chama de *meu bloqueio criativo*.

– Nós vamos nos casar – retruca Chris. *No dia de São Nunca*, tenho vontade de dizer. Ele continua: – Isso é um problema nosso.

Não me dou ao trabalho de insistir que com certeza aquilo é mais problema dele, por dilapidar o próprio dinheiro nos investimentos que escolheu.

– Vamos dar uma olhada nas nossas finanças. Podemos dar um jeito.

Chris suspira, quase como se deixasse de lado a beligerância e a arrogância. Suas próximas palavras são ditas em um tom quase compreensivo. Quase.

– Sei que você não quer mais escrever. Mas, Katrina, não se trata só da sua carreira. *Minha* carreira também pode estar em jogo. A agência espera que eu faça outra grande venda, e eles sabem que sou seu noivo. Acham que deveria ser fácil. Não posso chegar sempre de mãos vazias. – Fica bem claro que dói para ele admitir aquilo. Chris não é um homem acostumado a estar abaixo das expectativas. – Você me ajudaria muito – continua ele, o tom mais alto. – Não podemos ao menos conversar a respeito? Conversar com a Liz por telefone? Já conversei com a agente do Nathan. Ele topa se você topar.

Ergo a cabeça, em choque. Chris não apenas ligou para Liz, como também abordou *Nathan*? Eu me sinto traída. Pior, me sinto colocada na posição exata em que ele deseja que eu esteja. Está se tornando cada vez mais claro que tudo nesta conversa foi orquestrado para que eu não tenha voz.

– Eu. Não. Escrevo. Mais – repito, espaçando bem as palavras. – Encontre um novo cliente.

Com uma pontada de culpa, percebo que minha afirmação tem o efeito pretendido. O rosto de Chris fica muito vermelho. Ele obviamente está se lembrando da rejeição recente de Vincent Blake. Diante daquele silêncio, começo a me afastar.

– E uma nova esposa também?

Eu me viro para encará-lo. O chão parece vacilar sob meus pés. A luz do sol que entra pelas janelas largas parece hostil, me deixa tonta. Sinto o rosto quente de perplexidade e mágoa.

– *O quê?*

Chris ao menos parece aflito.

– Merda. N-não foi o que eu quis dizer. É só que... Você sabe que eu te amo. Amo tudo em você, e parte de você é uma escritora. Acho que sinto falta dessa parte sua.

Tenho que dar crédito a ele pela justificativa. Dói de todas as formas possíveis. Sei que não deveria admirar a capacidade do meu noivo de criar uma sentença boa em um diálogo quando na verdade ele está sugerindo que pode me largar... Acho que é a parte escritora em mim.

Eu me recuso a deixar que Chris veja os meus olhos marejados e saio da sala.

4

Nathan

Estou travado. Na tela, o cursor espera, insistente, zombando de mim. Estou sentado há duas horas diante do computador, no mesmo ponto do texto em que estava quando comecei esta manhã.

Normalmente, um quarto vazio de hotel garantiria condições ideais para escrever. Olho ao redor pela centésima vez, com a esperança de encontrar inspiração escondida nas cortinas pesadas, no carpete vermelho, nos lençóis brancos e monótonos. Desde minha reunião com Jen, não consegui escrever uma única palavra. A ideia de trabalhar com Katrina está me afligindo.

Não que isso vá acontecer algum dia. Jen vai ligar amanhã e dizer que Katrina recusou e vamos encontrar outro modo de vender meu próximo livro.

Por isso não entendo por que estou travado. Em geral, consigo escrever não importa o que aconteça na minha vida. Na noite em que fui parar no hospital por causa de uma gripe forte, eu escrevi. Na noite em que meu pai morreu, eu escrevi. Na noite em que Melissa e eu decidimos nos divorciar, eu escrevi. Para mim, é como respirar. E, neste momento, estou sufocando.

O que me paralisa não é a ideia de Katrina recusar, e sim a possibilidade de ela aceitar. Não consigo nem imaginar. Mesmo enquanto editávamos *Só uma vez*, apenas trocávamos e-mails superficiais de vez em quando. Quando o livro foi lançado, não fizemos um único evento promocional juntos. E acho sinceramente que isso contribuiu para o sucesso do livro. Depois da matéria do *New York Times* sobre o fim da parceria, todos quiseram procurar no romance pistas sobre o que teria acontecido entre nós. Como se a verdade pudesse estar nas páginas do livro.

Fecho o computador, derrotado. O estalo é alto em meio ao silêncio do quarto do hotel. Pego o celular e penso na possibilidade de ligar para minha ex-esposa, mas logo decido que não é uma boa ideia. As conversas com Melissa só servem para renovar nossos respectivos ressentimentos. Em vez disso, digito um número para o qual não ligo há anos.

Escuto a voz de Harriet depois do quarto toque.

– Nathan Van Huysen. Que honra – diz ela, sarcástica, bem do jeito que eu lembrava.

– Há quanto tempo, Harriet.

– Quatro anos – retruca ela, a voz leve e cantada.

Sorrio. Assim é Harriet Soong. Ela gosta de implicar com amigos, colegas, até com professores, quase tanto quanto gosta de se perder nos mistérios góticos do sul dos Estados Unidos nos romances que escreve.

– E aí... Como você tá?

– Porra, é claro. – Praticamente escuto Harriet dar de ombros do outro lado da linha. – Vamos colocar o papo em dia, como se não fosse estranho pra cacete fazer isso agora. Eu li o seu livro novo, *Refração* – diz ela, em um tom dramático. Então faz uma pausa e percebo que ainda estou sorrindo, mesmo sabendo o que me aguarda. – O seu pior até aqui.

– Ora, bater o meu melhor é difícil, é muito acima da média.

Harriet ri, e por sorte não é um riso zombeteiro. Eu até esperava que ela me chamasse de babaca egoísta e desligasse. Quer dizer, talvez ela ainda faça isso. Só estou feliz por não ter feito logo.

– Você não mudou nada – diz ela.

– A Parthenon quer que eu escreva outro livro com a Katrina. – As palavras escapam da minha boca, como se eu não estivesse mais conseguindo segurá-las.

Há uma pausa do outro lado da linha.

– E você está ligando *pra mim*, mesmo que a gente não tenha trocado nem um e-mail há anos. – Percebo que a voz dela está séria.

– Você estava lá por... Bem, o tempo todo.

Conheci Harriet na mesma época em que conheci Katrina. Nós três fizemos o Programa de Residência para Escritores em Nova York. Ela costumava se juntar a nós nos retiros de escritores – encontrávamos Airbnbs em lugares fora do comum e nos enfiávamos ali por dias, vivendo de vinho e de comida congelada, tentando escrever quantidades obscenas de palavras. Ela foi a moderadora do lançamento do nosso primeiro livro, *Voos de conexão*, e fez isso com perfeição. Não foi nenhuma surpresa, já que Harriet tem ótimos insights e um humor irônico. Quando escrevemos *Só uma vez*, Katrina e eu alugamos uma casa em Florida Keys a apenas quinze minutos da casa de Harriet, usando o dinheiro do romance de estreia. Com o calor úmido nos mantendo dentro de casa, terminamos *Só uma vez* em questão de meses.

Minha ex não gostava desses retiros. Mesmo assim, entendia por que eu precisava deles. É uma das maiores virtudes de Melissa: ela *entende* as pessoas. Nós nos apaixonamos no último ano da faculdade e fomos morar juntos depois de nos formarmos em Dartmouth. Ela começou a trabalhar na área de Serviço Social e passava o dia ouvindo os problemas dos clientes relacionados a dinheiro ou à guarda dos filhos, e ela *entendia*. Para compreender, usamos os mesmos músculos que a escrita: imaginação de uma perspectiva pessoal, empatia e um bom senso hipotético. E Melissa era incrível nisso. *Ainda é*. Ela continua trabalhando no mesmo cargo, agora em Seattle. Está namorando um radiologista.

Quando eu disse que queria escrever *Só uma vez* com Katrina na Flórida, Melissa resistiu à ideia, o que era compreensível. Eu era um homem casado que estava propondo morar por alguns meses com uma mulher jovem que *não* era minha esposa enquanto trabalhávamos em nosso próximo romance. A maior parte de *Voos de conexão* foi escrita em cafés ou em nossos apartamentos, com um ou dois retiros em fins de semana, ou por apenas uma semana. A proposta com *Só uma vez* era diferente: seriam meses ininterruptos. E mais, eu tinha noção das pressões envolvidas: não era questão de pedir que minha esposa cedesse em relação a um livro, e sim que ela concordasse que aquele projeto se repetisse por toda uma carreira em potencial.

Quando expliquei a Melissa que era comum escritores fazerem longos retiros para escrever um livro e que muitos coautores casados com outras pessoas faziam aquilo para garantir a eficiência no processo colaborativo, ela entendeu, mesmo relutante. Não sei... Melissa talvez tenha sentido que não tinha escolha. É o que acontece quando, em um casamento, seu parceiro se sente à vontade para só informar como serão feitas as coisas – o que com certeza eu fazia bem mais do que devia.

Nessas ocasiões, Melissa só jurava que entendia, como fez com o retiro para escrever *Só uma vez*. Depois de consentir, ela nunca reclamou. No dia em que parti de Nova York para a Flórida, minha esposa se despediu de mim, sorrindo do extremo oposto do terminal no aeroporto JFK, e acenou quando eu passei pela segurança.

Eu sabia o que Melissa estava ignorando, tanto naquele momento quanto ao longo dos meses anteriores. Sabia que ela fingia não perceber sinais que outras mulheres teriam percebido. Meu jeito distraído, a tranquilidade com que encarava todas as conversas... Eu também fingia não perceber, mesmo quando sentia pedaços de mim me puxando em direções diferentes, sentindo que Melissa não era o maior deles. Ainda assim, eu tentei. Telefonava para ela com frequência e a fazia rir com piadinhas que só nós entendíamos. Também fazia planos para quando eu voltasse. Fingia estar apaixonado por ela.

Tudo mudou certa noite, em uma conversa na cozinha, três semanas depois de eu voltar para casa, já tendo terminado de escrever *Só uma vez*.

Foi quando Melissa *entendeu*.

Nós nos divorciamos em menos de um ano.

– Você queria me fazer alguma pergunta específica? – indaga Harriet.

Do outro lado da linha, ouço o barulho de uma porta de tela sendo fechada. Eu me lembro da varanda na casa de Harriet, da vista para o mar. Ela devia estar assistindo ao pôr do sol de um jeito que não dá para fazer em Manhattan ou do meu apartamento em Chicago.

– Acha uma péssima ideia? – Minha intenção é dar um tom sarcástico à pergunta, mas acaba parecendo que estou mesmo em dúvida.

Harriet responde na hora:

– Sim.

Dou risada e começo a andar pelo quarto de hotel, só de meias.

– Não tenho escolha.

– Bem... então por que me ligou? Quer que eu minta e diga que vai dar tudo certo? Que vocês vão ter a parceria perfeita de antes?

Aquilo me desanima. Harriet sempre foi implacável, indo direto na jugular. Nas semanas que passamos no Programa de Residência para Escritores – em jantares em restaurantes chineses ou em pubs no pequeno bairro onde estávamos hospedados – e nos nossos retiros, ela sempre provocava Katrina e a mim, dizendo que éramos apaixonados um pelo outro em segredo. Até que um dia, do nada, ela parou.

– Você está preparado para se humilhar? – pergunta ela.

– *Eu?* – Me humilhar para Katrina é a segunda ideia mais absurda que ouvi hoje, mas quase supera a primeira. – Pelo amor de Deus, você sabe o que ela fez.

– E aí você deu aquela entrevista para a *New Yorker* dizendo que escrever *Só uma vez* foi a pior época da sua vida e que não achava que o talento de Katrina valia a tortura.

Faço uma careta e afundo os dedos dos pés no tapete. Não é uma citação exata, mas é próxima o bastante para me deixar desconfortável. Eu me lembro muito vividamente da entrevista, da modernidade estéril do restaurante onde encontrei o jornalista de meia-idade, do som da crítica a Katrina saindo dos meus lábios. Doeu no instante em que falei.

A entrevista da *New Yorker* foi o fim. Ao menos, o formal. Para ser sincero, já estava tudo acabado no dia em que entregamos a versão bruta do original, mas, depois da entrevista, Katrina pediu para Chris me ligar e informar, em tom rígido e profissional, que ela ia parar de escrever.

– Quer um conselho? – pergunta Harriet, ao notar meu silêncio. Espero que ela me repreenda, que diga que preciso crescer e trabalhar com minha coautora como um adulto racional. – Fiquem longe um do outro, porra – completa, categórica. – Se não puderem, então escrevam esse livro o mais rápido que for humanamente possível.

Assinto para mim mesmo.

– Obrigado pela sinceridade.

Escuto a porta de tela abrir e fechar de novo.

– Tenha uma boa noite, Nathan.

– Ei, Harriet – chamo, antes que ela possa desligar. – Li seu livro. Achei incrível.

Há um longo silêncio do outro lado da linha.

– Obrigada – responde ela, a voz se aquecendo como pedra ao sol. – De verdade.

Não tenho chance de elogiar mais, porque Harriet desliga.

No silêncio do meu quarto de hotel, me vejo apenas com o conselho que ela deixou. E me sinto ainda pior, o que não teria achado possível. Ergo os olhos para meu notebook na mesa sem graça do hotel, torcendo para que as ideias saltem da tela totalmente prontas. É claro que isso não acontece. A única coisa que ocupa minha mente é Katrina.

Trabalhar com ela *seria* uma tortura. Mas a verdade inegável é que parte de mim está ansiosa por essa tortura. A mulher é brilhante. Eu amo tudo que ela já escreveu. Só de saber que Katrina vai escrever de novo fico inspirado. O escritor em mim mal pode esperar.

O problema é que não é só o escritor que vai ter que trabalhar com ela. É o Nathan Van Huysen que Katrina não consegue suportar, com o qual não consegue nem estar no mesmo cômodo.

Em vez de abrir de volta o computador, enfio a mão na mala.

Pego meu exemplar de *Só uma vez*. Raramente estou sem ele. As páginas estão dobradas em vários pontos do livro, os cantos da capa dura já gastos. O nome de Katrina paira acima do meu, na capa. Abro no primeiro capítulo, me sento na beira da cama e leio. Não há verdade nessas páginas, mas o truque da ficção é fazer o leitor achar que há.

Deixo-me enganar por esse truque com a maior frequência possível.

5

Katrina

Estou no meu escritório agora à noite, com páginas e páginas à minha frente na escrivaninha. Mas não são páginas de prosa, e sim extratos financeiros, registros de pagamentos e de direitos autorais que ocupam toda a superfície de madeira que não está tomada por livros. Faz anos que fiquei sem espaço nas estantes, tendo que recorrer primeiro a colocar livros um atrás do outro nas prateleiras, então deixá-los em pilhas no chão e em caixas no closet, para finalmente desistir de qualquer pretensão de organização e passar a depositá-los onde quer que haja espaço.

Depois da conversa com Chris, passo o resto do dia no celular com nossa consultora financeira. Ela mandou um e-mail com os documentos que estão diante de mim e me debruço sobre tudo aquilo para desemaranhar os números. É um mito que escritores não tenham talento para a matemática. Rapidamente compreendo a situação financeira de Chris, que não é nada boa. Os ganhos com os meus livros e com os dos outros clientes dele, as férias na Europa, a queda na carteira de investimentos na qual ele gastou demais... e a casa. Quando nos mudamos para Los Angeles, eu não fazia ideia de que Chris não tinha como arcar com o que investiu na nossa casa de 4 milhões de dólares. Some isso à reforma de 200 mil dólares e o maldito Tesla, e ele está em uma situação complicada.

Eu me sinto uma idiota. Deveria ter prestado mais atenção no estado das finanças dele em comparação com as minhas. Para ser sincera, estava deprimida demais para me concentrar em qualquer coisa.

Tampo a caneta e esfrego as palmas das mãos na calça, tentando diminuir o nervosismo. James Joyce, que estava enrodilhado no tapete no meio do escritório, se levanta com a típica quietude felina e sai pela fresta da porta, talvez sentindo meu humor.

Eu não me incomodaria de vender a casa, baixar um pouco o estilo de vida. Já Chris... se incomodaria. A questão também não é só dinheiro. Chris gosta de estar associado a uma autora famosa. Todo dia em que não escrevo, em que não publico, eu o decepciono... e ele pouco a pouco fica menos apaixonado por mim.

Não quero que Chris deixe de me amar. Não só porque estamos noivos, mas pelo Chris que sei que ele pode ser. Pelo Chris que me dava abraços enormes com olhos cintilantes quando vendia um original novo ou que segurava minha mão nos museus que visitamos nas férias, me pedindo para mostrar minhas obras favoritas.

A ideia de perdê-lo, de nos perder, é exaustivamente dolorosa, por isso escolhi ignorá-la até agora. Ali, diante das nossas finanças, que documentam nossa vida como fotografias ou cartas de amor, tenho a sensação de que finalmente vejo o que Chris e eu temos, soterrado sob a bagagem emocional atrelada ao sucesso. Sob o que quer que ele tenha herdado da família frustrante em que nasceu. Sob o que aconteceu comigo e com Nathan, para ser franca. Só que "bagagem" não deveria ser a metáfora para esse tipo de coisa, já que é possível largar as malas e se livrar do peso. Quando estamos cansados ou com as mãos doendo, podemos dizer "espere um pouco" e deixar a bagagem no chão até estarmos prontos para levantá-la de novo.

Acho que não é possível se livrar, mesmo que por um tempo, do peso desse tipo de problema.

Esses problemas são menos uma bagagem incômoda e mais uma mobília feia que os sogros deram de presente e que você precisa manter à vista, já que eles podem visitá-lo a qualquer momento. Por mais que acabe se acostumando à poltrona de couro escuro e à luminária antiga da casa da avó, no fundo você queria se livrar de tudo aquilo, mas sabe que isso nunca vai acontecer.

Chris e eu temos mobílias feias um do outro. Anos disso.

Uma coisa consertaria tudo. Eu só preciso escrever um livro. Bem, um livro com Nathan. Só um livro. Eu consigo fazer isso em dois meses se me empenhar.

Dois meses para salvar meu relacionamento.

Estou contemplando a passagem do tempo quando escuto uma batida suave à porta. Eu me viro e vejo Chris entrar. Está segurando a sacola da livraria que, percebo, deixei na sala, assim como flores. Rosas brancas. Chris sabe o valor de um clichê. Ele se demora perto da porta, parecendo esculpido em argila em vez de pedra, o corpo imponente suave, não mais inflexível.

– Desculpa, Katrina. De verdade. Eu não tinha a intenção de dizer o que disse. Você não precisa escrever se não quiser.

Ele me estende as flores e coloca a sacola em cima da escrivaninha.

– Vou ligar para Liz e dizer que não vai acontecer – continua ele, se esforçando para soar tranquilizador, como se fosse fácil dizer essas palavras.

Ergo os olhos e encontro os dele. Vejo arrependimento ali, um esforço que Chris está fazendo pela Katrina noiva dele, não pela Katrina escritora. E me pergunto quanto tempo aquilo vai durar.

Ainda assim, o esforço é real. Só o fato de ele se oferecer para entrar em contato com Liz por minha causa e rescindir um contrato que deseja tão desesperadamente mostra que ele me ama de verdade.

E, sem ele, como será a minha vida? Chris estava ao meu lado quando eu não tinha nada. Dormimos juntos pela primeira vez no dia do lançamento de *Só uma vez*. Ele me manteve com os pés no chão, me ajudou a percorrer a trilha estratosférica que vai do status de autora publicada a celebridade. A verdade é que seu rosto de líder de fraternidade universitária esconde uma paciência e uma gentileza fora do comum, embora eu não tenha tido muito acesso a isso nos últimos tempos. Chris conseguiu até proporcionar dias bons na época mais difícil da minha vida. No ano após o lançamento de *Só uma vez*, eu me lembro de semanas em que me sentia culpada por não fazer nada o dia todo a não ser ler e cochilar. Naquelas noites, ele passava o jantar inteiro conversando sobre cada detalhe de fosse lá o que eu estivesse lendo, com tanta disposição que eu tinha vontade de ler mais, para contar mais a ele na noite seguinte.

Chris foi bom para mim. Esteve ao meu lado. Talvez tenhamos alguns móveis feios, é verdade, mas a casa que estamos construindo juntos ainda me parece um lar.

E mais: eu investi nesse relacionamento, assim como Chris investiu na carteira debilitada dele. Nunca imaginei que depositaria tanta esperança em me casar, mas, desde que Chris me pediu em casamento, é o que tenho feito. Desde que deixei de querer publicar o que escrevo, a vida que estou construindo com Chris se tornou o marco importante pelo qual anseio na vida, o norte da minha bússola.

Com dois meses – dois meses miseráveis, mas só dois meses –, vou conseguir apontar outra vez para o norte.

– Não – digo baixinho.

Na minha cabeça, a decisão está tomada. A parte difícil é falar em voz alta. Chris me encara, na expectativa.

– Vou escrever o livro – continuo.

A expressão dele muda na hora. Vejo uma alegria que não via em meses.

– Tem certeza? – A voz dele vacila.

– Tenho.

Neste momento tenho tudo, menos certeza.

Chris se ajoelha diante de mim, ficando na minha altura, mesmo que eu esteja sentada. Então, me beija de um jeito que mal reconheço, os lábios se apressando para encontrar os meus, o cabelo roçando minha têmpora. Absorvo o cheiro dele, inspirando mais fundo do que pretendia. A sensação é estonteante. O beijo de Chris não é superficial nem carrega apenas um desejo hesitante. É objetivo. Íntimo. E parte meu coração. A consciência de que ele nunca me beija desse jeito cutuca minha mente em algum ponto distante, mas insistente. Deixo isso de lado, porque é assim que vai ser agora que vou escrever o livro.

– Você não vai se arrepender – sussurra Chris, recuando. – Você é uma escritora, Katrina. Só precisa voltar a encarar uma página em branco.

Assinto, me sentindo emocionalmente sobrecarregada.

– E você? Tem certeza?

Ele me observa, tentando entender.

– É claro – diz, parecendo confuso.

– Você não...? – É a minha vez de hesitar. Odeio até sugerir isso. Mas sei o que está por vir e quero que Chris esteja preparado. – Você não se importa com os boatos sobre mim e Nathan?

Chris para um instante, então dá uma risada curta e despreocupada. Sinto sumir o calor que os lábios dele deixaram nos meus. Não sei que reação queria, mas não era essa.

– Está perguntando se eu me preocupo com a possibilidade de vocês terem tido um caso e quererem retomá-lo?

– É o que todo mundo vai dizer quando a volta da parceria for anunciada – explico.

Eu me pergunto por que preciso fazer isso. Por que Chris precisa que eu explique o que preocuparia a maior parte dos homens na posição dele.

A expressão dele não se altera – perplexidade e humor fazendo um dueto dissonante.

– Não me importo com o que dizem. Se você e Nathan tiveram alguma coisa, não posso fazer nada a respeito. Eu e você não estávamos juntos. Quanto a esse livro, eu confio em você – diz Chris, tranquilizador.

O chão parece mais firme sob meus pés. Mesmo que essa não seja a reação que eu desejava, qual é o problema? Ele está sendo maduro, não possessivo, está respeitando meus relacionamentos profissionais e minha história afetiva.

– Além do mais – continua ele –, compreendo que escrever um livro com alguém é algo intenso.

Os olhos dele têm um brilho significativo. Não estou acompanhando seu raciocínio.

– Vocês dois já compartilharam muita coisa. – Ele fala em um tom lento e deliberado. – Eu não... não vejo problema nisso. Faça o que tiver que fazer. O que importa é terminar o livro.

A insinuação nos olhos dele se torna mais dura, carregada de significado. Em um instante que me deixa zonza, compreendo o que Chris está sugerindo. Não faz nem um segundo que eu estava feliz com a atitude dele, admirando sua discrição e o respeito que sente por mim. É um pouco menos louvável que meu noivo não se importe que eu tenha um caso amoroso se for para escrever mais uma droga de romance.

Quase desejo questioná-lo a respeito, esclarecer se ele realmente "não veria problema" se eu trepasse com Nathan Van Huysen. Mas acho que eu não gostaria da resposta.

Ele me beija mais uma vez – retribuo, inexpressiva – e se levanta. Da porta, Chris sorri, claramente não se dando conta de como estou atordoada.

– Ei – chama ele –, que tal me mostrar alguns daqueles espaços para casamentos durante o jantar?

Mal consigo processar a sugestão, a mesma que teria recebido com entusiasmo ontem, esta manhã ou em qualquer outro momento. Mas não agora.

Assinto, com vontade de chorar. E me pergunto se ser traída provoca a mesma sensação que receber licença para trair. Chris sorri mais uma vez, sem se dar conta de nada, e fecha a porta ao sair.

Eu atravesso mecanicamente o escritório. Pego a sacola da livraria, tiro de dentro o exemplar de *Refração* e fico olhando meus dedos correrem pelas letras do nome de Nathan em relevo.

Então, abro o livro na segunda orelha, onde está sua foto de autor. Não é a mesma de *Só uma vez*, e Nathan está visivelmente três anos mais velho. As mudanças são sutis, mas percebo cada uma. O rosto mais estreito, com ângulos e contornos mais definidos, a expressão reservada nos olhos.

Ele está olhando para a câmera. Olhando para mim. É a mesma expressão que já vi centenas de vezes, quando ele ouvia minhas ideias, deixando-se envolver por elas, melhorando-as.

Fecho o livro e vou até as caixas no armário, onde coloco esse exemplar mais recente de *Refração* em cima do outro que eu já tinha.

6

Nathan

Faltam alguns minutos para a audioconferência e acho que logo vou receber um e-mail de Jen avisando que Katrina desistiu de tudo. É claro que venho esperando esse e-mail ao longo dos últimos dois dias. Na manhã seguinte ao nosso encontro no bar, enquanto eu atravessava o aeroporto de LaGuardia até o portão de embarque, Jen me mandou uma mensagem dizendo que Katrina tinha concordado em escrever mais um livro comigo. No dia seguinte, foi marcada a audioconferência com a Parthenon.

Como Katrina não entrou em contato comigo de nenhuma forma, duvido que esse projeto vá acontecer. A ideia dessa reunião, ao que parece, é debater ideias, embora os coautores não tenham se comunicado nem para escolher o gênero narrativo. É verdade que eu também não entrei em contato com ela... E me convenci a desistir da ideia por várias razões idiotas sempre que a possibilidade me passou pela cabeça. *Ela pode ter trocado o número do celular. Pode ter mudado de e-mail.* Para um escritor de ficção, crio desculpas muito pouco convincentes.

O e-mail não chega. Estou sentado no sofá do meu apartamento, em Chicago, a sala branca quieta demais. É um cômodo sem decoração, impessoal, a não ser pelos livros espalhados por toda parte. Estantes do chão ao teto guardam minha coleção de ficção, de biografias, de história. Aqueles livros e a completa ausência de qualquer outra coisa que se destaque no meu apartamento são os lembretes de como escrever é tudo que sou. Quando descobri meu ofício, me agarrei a ele com unhas e dentes, até ele se agarrar a mim, se entremeando com quem sou. Agora já não tenho mais como existir sem a escrita.

Nem mesmo Melissa se tornou parte de mim desse jeito. Eu me perguntava por que não conseguia combinar minha alma com a dela do modo como faço com a escrita, do modo como sei que outros se combinam com seus maridos e esposas. Eu não consegui. Por mais que gostasse de Melissa de verdade, simplesmente não consegui. E demorei tempo demais para reconhecer o que não tinha como saber quando a pedi em casamento, o que ainda não tinha compreendido exatamente nem quando finalizamos o processo de divórcio: eu havia confundido companheirismo, até mesmo química, com amor. Achava o trabalho e a ética de Melissa inspiradores. Ela organizava sistemas construtivos e confortáveis para tudo em nossa vida, como quando revezávamos toda noite quem escolhia o que ver na TV – uma noite para os documentários dela, outra para minhas séries da HBO. As mensagens de texto dela eram divertidas. Melissa era boa de cama e uma amiga maravilhosa.

Mesmo se tivessem me dito que amor não é só a soma dessas partes, mas sim o expoente no fim da equação, acho que não teria compreendido. Assim, fiquei apenas com páginas e mais páginas em uma casa muito, muito vazia.

Confiro o relógio do celular e vejo a hora que estou esperando chegar. Entro na audioconferência e digito um código, seguindo orientações de uma voz robótica. Falo com o zumbido distorcido da linha:

– Alô?

Odeio essa parte das reuniões por telefone. Parece que estou gritando para dentro de um poço, esperando que vozes me respondam na escuridão.

– Oi. É a Jen – diz minha agente. – Estamos só esperando Chris e Katrina.

– Nathan, oi.

Reconheço a voz da minha editora, Elizabeth Quirk, ou apenas Liz. Ela trabalha na Parthenon Books e interpreta à perfeição o papel da editora excêntrica de Nova York. Usa óculos de armação grossa, echarpes elaboradas e tem a mesa coberta por copos de café. É uma encenação, ou pelo menos uma meia verdade. Elizabeth é de um profissionalismo impiedoso, e eu a respeito, apesar da frustração por ela ter rejeitado a proposta do meu livro solo, o que me deixou nesta posição com Katrina.

– Já se recuperou da turnê? – pergunta Liz.

– Você me conhece – respondo brevemente. – Estou sempre ansioso para começar o próximo livro.

– É verdade. Adoramos isso – comenta Liz, magnânima.

Sei que ela não vai fazer qualquer menção ao livro que a Parthenon rejeitou. Vamos simplesmente fingir que não há qualquer animosidade entre nós. Não entre mim e Liz, e certamente não entre mim e Katrina.

– Bom – continua Liz –, você não tem ideia de como todos aqui na editora estão empolgados com esse projeto.

Seguindo a deixa, ouvimos um bipe. A voz que escuto a seguir é de Chris.

– Chris e Katrina aqui – anuncia.

Odeio o modo como ele junta o nome dos dois com tanta naturalidade. Odeio o fato de que Chris diz o nome dele primeiro. Ouvir essa voz me lembra as ligações de quatro anos antes, quando ele dava umas ideias fracas e Katrina e eu só precisávamos trocar um olhar para saber que iríamos ignorá-lo.

Espero pela voz de Katrina.

Todos esperam, por um segundo. Como nada acontece, Liz se adianta, animada:

– Katrina! Estava acabando de dizer a Nathan e Jen como todos aqui na editora estamos animados com esse projeto. Vai ser o evento literário do ano.

Não resisto a revirar os olhos. Mesmo que realmente venhamos a ser o evento literário do ano, editores adoram prometer mundos e fundos. Ninguém sabe de verdade o que vai acontecer até o livro estar nas prateleiras das livrarias.

Chris dá risada, e fica claro, para minha profunda irritação, que na verdade está tendo a reação oposta. Ele soa presunçoso, arrogante. Vejo minha mente se desviar para o manuscrito original do thriller já engavetado. Nele, há um personagem de apoio, um agente do FBI babaca e desajeitado que interfere na vida do casal principal. Eu o batizei de Dean, mas é fácil mudar nomes de personagens.

– Fico feliz de ouvir isso – diz Chris. – Todos sabemos que Nathan e Katrina vão entregar um livro fantástico.

Mais uma vez, o nome da noiva dele em segundo lugar. Quando eu e Katrina éramos seus clientes, era o contrário. Era Katrina que Chris enchia de elogios, era por ela que demonstrava um interesse especial. Já naquela época, ficava bem evidente seu objetivo. Bom, no fim ele conseguiu o que queria.

Então é a vez de Jen falar. Se a voz de Liz é como melaço, a de Jen é mais firme e revigorante.

– Gostaria muito de conversar sobre o cronograma de trabalho. Qual seria a data final de entrega do original? E para quando a Parthenon está imaginando a publicação?

Que Deus abençoe minha agente. De todos nessa chamada, ela é a única em quem confio.

– Para um livro desse porte? Não vejo motivo para protelar – responde Liz. – Portanto, vou devolver a pergunta para os autores.

O silêncio se instaura. Eu me pego esperando. E me pergunto quando Katrina vai falar. A combinação de esperança e medo me faz tamborilar com a caneta nas folhas do meu diário encadernado em couro. Não escuto a voz dela.

A pausa se expande, e percebo que não é só ela que permanece em silêncio. Eu poderia ter me manifestado. O motivo para não fazer isso é complexo. É parte da disputa não querer parecer o mais complacente, o mais ansioso nessa reunião infeliz. Mas, por baixo da resistência mesquinha, há uma corrente insuportável de medo. Se eu falar, vou atravessar a cortina sufocante de coisas não ditas nos últimos quatro amargos anos.

Já se passaram quatro anos, lembro a mim mesmo. *Cresça, Nathan*. Não vou jogar minha carreira fora porque não quero falar com Kat.

– Bem – começo, em um tom que torço para que soe confiante –, escrevemos o primeiro rascunho de *Só uma vez* em três meses.

Pronto. Falei primeiro. Katrina com certeza vai aproveitar a vitória e se dignar a entrar na conversa.

Mas ela não faz nada.

– Três meses... – repete Liz. Escuto a impaciência sob o tom afável. Ela está se perguntando o mesmo que eu: onde Katrina se enfiou? – Então acrescentamos tempo para edição, preparação de texto, revisões, divulgação... Sinceramente, vou tirar outro livro do caminho e podemos colocar esse na lista para o ano que vem. Mas é claro que não quero apressar vocês.

– Katrina também gostaria de terminar isso o mais rápido possível – fala Chris. – A meta é dois meses.

Aquilo faz a minha pressão subir. Katrina sequer está *presente* na reunião? E se a ideia for Chris falar por ela ao longo de todo o processo? Seria de um tédio insuportável. Se eu tiver que fazer a versão preliminar do livro através de Chris, talvez acabe finalmente descobrindo a cura para o amor pela escrita e me tornando o consultor de investimentos que meu pai tanto queria que eu fosse.

– Bom, pensamos da mesma forma – responde Liz, e a dureza do tom ecoa meus próprios receios. – Eu adoraria ouvir o que Katrina e Nathan estão pensando como premissa para o livro.

Aguardo... Este seria o momento em que Katrina finalmente entra na conversa. Dou um segundo a ela. Quando o silêncio se estende outra vez, perco a paciência. Ela claramente não se importa com o projeto. Não sei por que ela concordou em escrever o livro, mas não dou a mínima para o motivo misterioso dela. *Eu* me importo com o projeto. Consultor de investimentos porra nenhuma! Se Katrina não quer participar, eu tomo as rédeas da situação. Faço tudo sozinho se for preciso.

– Antes do lançamento de *Só uma vez*, estávamos trabalhando em uma ideia que girava em torno de um jovem casal passando por um processo de divórcio – digo.

Era uma das propostas em que eu e Katrina tínhamos pensado para um próximo livro, depois de *Só uma vez*, antes que nossa parceria implodisse. Era uma ideia boa, apesar de ter sido estranhamente profética. Nunca esperei me divorciar aos 28 anos. Melissa certamente também não.

– Sim, eu me lembro – fala Liz. – Tirar o divórcio do contexto da crise da meia-idade. Gostei do projeto. Mas acho que precisamos de mais.

Concordo com a cabeça. Já tinha pensado a mesma coisa.

– É claro. *Nós* – minha ênfase na palavra é dirigida a uma única pessoa – precisamos desenvolver a ideia. Mas gosto da justaposição do amor jovem, da fase de lua de mel, com tudo desmoronando.

– Liz...

Meu corpo fica rígido. Essa é a voz que eu esperava ouvir. Katrina soa confiante, o tom urgente de sempre quando ela captura uma de suas ideias geniais... ou quando é capturada por uma.

Meu reflexo condicionado à presença dela chega a ser perverso. Não reajo de modo combativo ou defensivo. Na mesma hora, sinto a mente despertar. Estou cheio de energia, sedento para juntar minhas ideias às dela.

– Eu gostaria de brincar com um recurso formal – continua Katrina.

– Alguma coisa como linhas do tempo em que comparamos o início do relacionamento deles com o presente. O que esperamos ser uma justaposição no fim vai acabar se mostrando uma similaridade.

Processo as palavras. Claro que amo a ideia. Katrina é incrivelmente talentosa com estruturas conceituais.

Então, processo o modo como ela propôs a ideia. Obviamente foi um comentário que demanda minha opinião e, ainda assim, Katrina se dirigiu... a Liz. Tenho a impressão de que é o primeiro movimento em uma espécie de jogo de xadrez.

Anoto na hora, no diário: estrutura em linhas do tempo.

– Sim, *Liz* – digo, enfatizando o nome da editora. Vou jogar o jogo de Katrina. – Vamos apurar o que é fato e o que é ficção no casamento, os elementos de cada uma dessas coisas em toda história de amor.

Sinto a ideia começar a me empolgar, apesar da irritação com Katrina.

– Liz, o que você acha da ideia de que um rompimento é em si um ato passional, exatamente como se apaixonar? – Katrina fala como se fosse uma pergunta inocente.

– Acho fascinante... Liz – respondo, então me contenho. – Q-quero que você, Liz, saiba que penso assim.

Há um silêncio desconfortável do outro lado da linha. Liz sem dúvida sabe exatamente o que está acontecendo: está diante de dois autores agindo como crianças.

– Ora, vocês com certeza ainda trabalham bem juntos – diz, por fim.

Não sei bem se foi um comentário sarcástico. Por um lado, Katrina e eu tecnicamente não nos falamos em nenhum momento. Por outro, reconheço que nossas ideias começaram a conversar na mesma hora.

– Gosto disso – continua Liz –, mas quero que mantenham o público leitor em mente.

Franzo a testa... Não estou entendendo.

– Escrevemos sobre se apaixonar em *Só uma vez*. Agora vamos escrever sobre se divorciar – comento. – Acho que os leitores não terão dificuldade em acompanhar a sequência de ideias.

– É claro – responde Liz, tranquila. – Mas vocês sabem por que os leitores amaram *Só uma vez*. Vocês escrevem histórias de amor.

Não respondo porque não quero encorajar a ideia. Eu propus um livro de *rompimento*. Então, Katrina inseriu uma ótima ideia envolvendo um mínimo de romance. Quanto mais Liz fala, mais vejo meu livro de rompimento se enchendo de olhares furtivos, mãos se esbarrando, abraços ternos. Beijos.

– Mesmo que o final seja triste – continua Liz. – Vocês não deram exatamente um final feliz para os personagens de *Só uma vez*. Mas a história é cheia de anseio. Nesse próximo livro, enfatizem essa paixão que estão propondo. Encontrem o romance.

Encontrem o romance. Encontre o romance com Katrina. Sim, e vou subir o monte Everest quando tiver terminado.

– Certo – fala Chris. – Com certeza. Temos que ser consistentes.

Fico em silêncio. Katrina também. Não serei eu a contestar a ideia, não se ela não o fizer primeiro.

Jen se adianta, nos poupando:

– Acho que o mais produtivo no momento seria deixar Nathan e Katrina iniciarem o processo deles. Depois que tiverem mais material para trabalharmos, voltamos a nos falar para determinar os próximos passos.

– Sim, é claro – responde Liz, na hora. – Vocês dois já planejaram o retiro de escrita? Onde vai ser?

Decido me manter firme. Não vou dizer nada. Cabe a Katrina responder a essa pergunta aterrorizante. O silêncio se estende, a linha estala com mais estática. Finalmente, venço.

– Não conversamos sobre isso ainda – comenta Katrina, a voz muito tensa.

– Sei que vai ser um período maravilhoso – comenta Liz e, pela primeira vez, me pergunto se minha editora é mesmo tão inteligente quanto eu imaginava. – Liguem sempre que quiserem.

– Obrigado – respondo.

– Tchau, Liz – diz Katrina.

Desligamos. Parece uma fuga, um recuo. Ainda estou abalado com a conversa. Katrina e eu acabamos de sugerir o livro que vamos escrever juntos sem trocar uma única palavra um com o outro. Não combinamos nem *como* vamos escrever o livro. Então, lembro com um sobressalto que dissemos que terminaríamos a primeira versão em dois meses. E, se a dificuldade do meu relacionamento profissional com Katrina é mesmo tão real, nosso prazo final também é.

Faço a única coisa em que consigo pensar: ligo para Jen.

– Oi – diz ela, quando atende, parecendo animada. – Acho que foi ótimo, não acha?

Ignoro a pergunta. É melhor assim.

– Você pode ligar para o Chris e descobrir qual é a agenda da Katrina? Perguntar quando ela quer fazer isso?

– Não quer você mesmo ligar para ela? – Dá para ouvir o julgamento de Jen em sua voz.

– Não muito.

– Nathan, você vai ter que falar com ela enquanto estiver escrevendo esse livro.

– Isso não é escrever – argumento. – É agendar. Você pode só dizer a Katrina que estou disposto a me reunir com ela a qualquer hora, em qualquer lugar?

Não vai fazer diferença. Katrina pode querer escrever esse livro nas areias peroladas de Aruba ou na fila do Departamento de Trânsito... Sei que vai ser terrível de qualquer jeito.

Jen solta um suspiro alto e sofrido.

– Vou falar com o Chris. Mas não vou bancar a babá enquanto você se recusa a se comunicar com sua coautora. Vocês *vão* para esse retiro e *vão* agir como profissionais.

– Entendido – eu me apresso a responder. – Obrigado, Jen.

Desligo.

Subo a escada e repasso mentalmente a conversa. As palavras de despedida de Liz ecoam nos meus ouvidos. *Sei que vai ser um período maravilhoso.* Por mais que eu não queira, acabo rindo.

7

Katrina

Eu me sinto com febre dentro desta casa. A luz morna da Flórida do lado de fora é forte demais; a umidade, pesada demais. Cada detalhe é vagamente desagradável: o piso de madeira pintado de azul-petróleo, a mobília de vime, as persianas cortando a vista de todas as janelas. Até o peixe no quadro no hall de entrada me encara de sua moldura como se estivesse insatisfeito.

Passaram-se duas semanas desde a audioconferência com Nathan, nossa editora e nossos agentes. Duas semanas desde que Chris e Jen combinaram as datas para este retiro. Ninguém queria atrasar o processo, muito menos eu. Todos os arranjos foram feitos, os voos marcados, a casa preparada. Durante todo esse tempo, Nathan e eu não trocamos um único e-mail.

Estou na sala agora, com o computador na mesa de centro, tentando fazer um *brainstorming*. Essa palavra é engraçada, *brainstorming*, uma tempestade mental para fazer chover ideias. Quando a criatividade está fluindo bem, tudo é fácil, intuitivo. Não hoje. A tempestade em meus pensamentos é parte do problema. Está tomando a forma de um furacão – Nathan, Chris, esse livro que me amedronta e os próximos dois meses em Key Largo, tudo ameaçando arrancar as portas das dobradiças na minha mente.

É claro que não são só os problemas pessoais que me atrapalham. Estou sem prática. Não escrevo ficção há mais de três anos. Meus instintos parecem embotados, letárgicos com a falta de uso. Não tenho tempo para letargia. Me recuso a passar um minuto desnecessário que seja nesta casa.

Mas eu fiz uma escolha, lembro a mim mesma. Ainda que já esteja aqui, com as pontas dos dedos no teclado, Nathan a poucos minutos de distância, é difícil lembrar exatamente *por que* meu relacionamento vale tudo isso. Tenho que me agarrar à minha determinação. Respiro fundo e fecho os olhos. Ideias, atrapalhadas e indistintas, entram em foco, mandando sinais para os meus braços, para as minhas mãos, prontas para enfrentar a tela em branco.

Digito uma letra e a campainha toca.

Fecho o computador, com um alívio constrangido por ser interrompida. Eu me levanto e me viro agitada em direção à porta. Nas janelas, onde as persianas impedem a vista do céu azul intenso, vejo a silhueta de Nathan. A mala está ao seu lado na varanda. Parece irreal ter essa pessoa – que, por quatro anos, vi apenas em lembranças e em fotos em que aparecemos um ao lado do outro em resenhas do livro – parada em carne e osso a cerca de três metros de onde estou.

Ando lentamente até o hall. Respiro fundo e abro a porta.

• QUATRO ANOS ANTES •

Na varanda da frente, a luz do sol aquece minha pele, e a sensação é deliciosa. Está quente em Key Largo, mas não de um jeito incômodo. Não é o calor suarento de quando andamos rápido usando um casaco mais pesado, ou o dos elevadores no verão. Na Flórida, é como o suor pós-sexo.

Meu voo pousou antes do voo de Nathan, e chego muito cedo na casa alugada para conferir o lugar e escolher meu quarto primeiro. Na pequena *villa* italiana que alugamos no ano passado, Nathan conseguiu reivindicar primeiro o quarto principal, e eu fiquei com o que tinha duas camas de solteiro e papel de parede verde-limão. Mas não tive como protestar, não quando Nathan pagara sozinho por aquela viagem. Quando tentei agradecer, ele me encarou de cenho franzido.

– Em que mais eu gastaria? – perguntou.

Achei a pergunta absurda. Nathan era casado e a esposa provavelmente teria adorado uma viagem à Itália. Mas não insisto. O modo como Nathan administra o próprio casamento é problema dele.

Só que Nathan não está pagando por esta viagem à Flórida. Sinto o peito inflar de orgulho ao pensar nisso. Ganhamos algum dinheiro com nosso primeiro livro. Nada capaz de mudar nossas vidas, o que é bom. Ter dinheiro para um retiro de escrita na Flórida já é bem empolgante.

Enquanto espero, as ideias redemoinham na minha cabeça. Estou ansiosa para começar, mas não faço isso. Não sem Nathan. Na última vez em que escrevi sem discutir o rumo da história com ele, Nathan leu as páginas e, em quinze minutos, já tinha sugerido uma melhoria inspirada – e eu tive que recomeçar do zero. Estou lendo um dos livros que encontrei na biblioteca da casa. É um romance histórico, e estou amando, o que não é nenhuma surpresa.

Finalmente, o carro alugado absurdo de Nathan para na garagem. É um Porsche, como sempre. A capota está abaixada, o cabelo dele bagunçado pelo vento. Com uma expressão irônica, observo-o descer do carro.

– Já está lendo? – pergunta ele, da varanda, quando me vê.

Esta é uma piada recorrente nossa: em todo momento livre que tenho, leio o que quer que esteja à mão. Mesmo que seja uma pilha de jornais bolorentos de 1995 que achei no sótão.

– Preferia que eu tivesse começado a escrever sem você?

Nathan pega a bagagem, duas malas e uma bolsa de ombro de couro, onde sei que carrega o notebook.

– O quê? Está me traindo?

Ele sorri, porque sabe que eu jamais faria isso.

– É claro que não. Teria sido bem temático, entretanto.

– A vida imitando a arte.

Ele sobe os degraus da varanda com a bagagem, correndo os olhos pelas colunas de madeira branca, pelas persianas azul-celeste, pela buganvília.

– Durante o voo, tive algumas ideias sobre como melhorar o final da primeira parte – comenta Nathan casualmente.

– Estou chocada.

– Ficou arrastado – insiste ele.

– Não, não ficou. Dê algum crédito aos leitores.

– Ah, essa conversa de novo, não. – Nathan parece impaciente, mas sei que ele gosta dessa troca. Nós dois gostamos.

Fecho o livro, me levanto e paro na frente dele.

– Emoções precisam de tempo para chegar ao ponto de ebulição – digo com firmeza.

Nathan me encara, e sei que não está convencido.

– Vamos pelo menos esperar entrar em casa antes de começar a discutir.

Dou de ombros.

– Foi você quem levantou o assunto.

Ele deixa uma mala no chão, se inclina para a frente e me dá um beijo no rosto, para me cumprimentar. É um movimento instintivo, algo que Nathan herdou da família rica. Ainda assim, é bonitinho, principalmente quando ele sorri.

– É bom te ver, Kat – diz Nathan, o tom gentil.

– É bom te ver também. – Eu o sigo casa adentro, pisando na madeira azul-petróleo. – Como eu estava dizendo, quero pelo menos cinquenta páginas antes de acabar a primeira parte.

Nathan ri, e sua voz ecoa na casa vazia.

• DIAS ATUAIS •

Quando abro a porta, tenho a sensação de voltar no tempo. Nathan está esperando na varanda, com a mesma aparência. A mesma postura perfeita, a mesma bolsa no ombro, até o mesmo Porsche estacionado no mesmo lugar. Se eu estivesse com humor para tanto, acharia o contraste com meu carro alugado – o primeiro Hyundai amassado que pegaram no estacionamento – um pouco cômico. Mas não estou.

As únicas diferenças que percebo é que Nathan não usa mais aliança e que parece arrasado. Ele está de cenho franzido e, por causa dos óculos escuros de lente espelhada, não sei se está me olhando nos olhos.

– Você chegou – digo, em tom neutro.

– Desapontada?

Por mais incômodo que tivesse sido ouvir a voz dele durante a audioconferência, era muito mais desconcertante em pessoa.

Ao longo desses anos eu havia repassado mentalmente as muitas conversas que tivemos. Estar tendo novas conversas é inesperado. Tenho certeza de que passarei as próximas semanas ouvindo esse mesmo tom combativo. Os vários Nathans que conheci quando escrevíamos juntos – o Nathan brincalhão, o Nathan inquisitivo, o Nathan charmoso – não vão voltar.

Escancaro a porta, me viro e entro na casa, sem esperar para ver se ele está me seguindo.

– Seu quarto já está pronto. Avise se precisar de alguma coisa, que pego pra você.

Quando o encaro de novo, vejo que Nathan estacou na entrada. Seus olhos correm pela casa, e sei o que ele está vendo entre essas paredes brancas. Lembranças. Eu também vejo. Algumas das melhores da minha vida. Quando desafiávamos um ao outro o tempo todo sobre quem poderia escrever mais rápido e terminávamos completando vinte páginas cada em um dia exaustivo. Quando entrei pela porta encharcada de chuva e de água do mar... até a minha pele lembra como a areia se grudara em meu rosto.

Vivi aqui algumas das piores lembranças da minha vida também.

– Fiquei surpreso quando Jen disse que você tinha alugado a casa de *Só uma vez* – comenta Nathan, no mesmo tom desafiador.

– Não aluguei. Ela é minha. Ganhei do Chris no nosso primeiro aniversário de namoro.

Incluo esse último detalhe de propósito. Não quero que Nathan imagine que *eu* fiz questão de comprar o mausoléu da nossa parceria. A intenção de Chris era que fosse um presente atencioso. Ele não sabia de tudo o que tinha acontecido nesta casa. Mas é claro que nada com Chris acontecia sem alguma pressão. *Aqui está sua casa. Escreva seu próximo best-seller.* Sempre vim o mínimo possível a este lugar. Preferia alugar a casa para alunos do curso de Belas-Artes.

A menção ao nome de Chris deixa a expressão de Nathan ainda mais azeda.

– Que gentil da parte dele – diz, a cara fechada. – Agora vamos escrever outro livro aqui. Você sempre foi uma mestra da ironia. Quer continuar de onde paramos?

Na minha mente, escuto portas batendo e pneus cantando em frente à casa. Onde paramos é o último lugar do mundo por onde eu gostaria de começar.

– A ideia de escrevermos aqui foi do Chris. Não tive como me opor.

Encaro Nathan com firmeza, torcendo para que ele continue o bate-boca. Quero abrir a caixa torácica dessa conversa e examinar o coração ferido dentro dela. Sei que nunca faremos isso, pois exigiria sinceridade, e o único lugar onde Nathan é sincero é nas páginas de um livro.

– Todo mundo quer repetir o impossível. Recriar as circunstâncias do sucesso – continuo, ao ver que Nathan, como esperado, não diz nada.

– Ah, agora eu entendi.

Ele tira os óculos escuros, olhos cintilando.

– O quê?

– Chris também vai escrever com a gente? Por audioconferência? Ou ele vai voar para cá todo fim de semana? – implica, em tom maldoso.

Por mais que esteja brincando, a imagem que se forma em minha mente é sinistra. Eu e Nathan nesta casa já é ruim. Chris e Nathan nesta casa seria ainda pior. Entre o ressentimento de Chris por Nathan por tê-lo demitido, e o rancor que Nathan tem por Chris devido a vários outros motivos, o ambiente seria menos Jonathan Franzen e mais Truman Capote.

– Não seja ridículo – respondo.

Ele balança a cabeça e segue em direção à escada.

– Vou tomar um banho. Daí podemos decidir como vamos fazer isso. – Nathan passa direto por mim no corredor. – É bom te ver, Kat – diz, amargo, antes de desaparecer escada acima.

8

Nathan

Eu me deixo envolver pelo vapor do banho mais longo da minha vida. Só quando fecho os olhos é que o banheiro não parece a prisão em que estou encarcerado pelos próximos dois meses. Uso a imaginação para invocar outros chuveiros onde já estive. Como o de Danielle – a estrategista de mídias sociais a quem amigos me apresentaram em Chicago, na cama de quem acordei semanalmente até a turnê do meu livro –, que tinha um boxe de pedra com lugar de sobra para dois.

O que tivemos não foi sério. Não tive nenhum relacionamento sério desde o fim do meu casamento. Não foi fácil recomeçar a vida depois do divórcio. De volta à solteirice, com frequência me sentia como se estivesse assistindo a reprises de um programa de que eu já não tinha gostado muito na primeira vez. Deixar Nova York ajudou. Em Chicago, retomei o contato com amigos da faculdade, me forcei a conhecer novos restaurantes e novos cafés, e, é claro, me joguei no trabalho, primeiro em várias ideias descartadas, até finalmente em *Refração*.

Todo dia era a mesma rotina, até a manhã em que acordei e me dei conta de que aquela soma de rotinas se parecia com uma vida. Estranhamente, fiquei mais próximo do meu pai, como ele queria. Nunca tivemos em comum o trabalho em uma empresa como a Goldman Sachs, mas nós dois sobrevivemos a um divórcio o que é semelhança suficiente. Minha mãe o trocara por um fotógrafo que tinha conhecido no circuito de eventos de caridade. Ao longo das décadas que se seguiram, Edward Van Huysen continuou tendo encontros com mulheres que ele mencionava como se eu conhecesse – "Josie", ou "Samantha" e que já estariam fora da vida dele no feriado de Ação de Graças. Passei a receber mensagens de texto incoerentes, com pérolas estranhamente específicas de "sabedoria", o que acabou se transformando em pedidos de indicação de livros e, mesmo parecendo improvável, elogios pelas vendas de *Refração*, até ele morrer, um ano atrás.

Ao longo de tudo isso, escrever foi o meu sustento, o que me ajudou a me sentir humano, como havia sido quando descobri meu talento no ensino médio. Escrever fazia com que me sentisse eu mesmo. Se eu já não tinha algo maior por que viver, como o contexto reconfortante da minha vida com Melissa, tinha o bastante para continuar vivendo: os lucros de *Só uma vez* e cada página vazia na minha frente.

Tudo acabou retornando, a não ser os relacionamentos amorosos, que aconteciam apenas esporadicamente, sem compromisso e de forma passageira. Danielle, loira e com covinhas, sabia disso durante o nosso seja-lá-o-que-for. Já não estávamos mais juntos.

Ainda assim, lembrar-me dela é a distração perfeita para retardar meu encontro com Katrina no andar de baixo.

Chris. É claro que Chris está por trás da disposição de Katrina em colaborar nesse projeto. Isso explica tudo. O único motivo por que ela voltaria a escrever seria a pressão do noivo. Conheço Chris muito bem, da época em que era meu agente. O cara não é uma boa pessoa. Também não é um bom noivo, ou um bom agente, se está pressionando a futura esposa e cliente a participar desse livro. O sonho de Katrina é escrever, não escrever *comigo*.

Esfrego os olhos, volto a abri-los. Os azulejos ainda zombam de mim. Se realmente quero que esta sentença de prisão seja de apenas dois meses, não posso continuar me escondendo no chuveiro. Além do mais, meu estômago está roncando. Fecho a torneira e entro no quarto enrolado na toalha, o corpo ainda úmido do vapor. Cada centímetro deste quarto é odiosamente familiar. As persianas brancas onipresentes, a cama no centro com edredom azul, o guarda-roupa creme. Imagino que Chris tenha comprado a mobília junto com a casa para manter tudo do jeito que Katrina lembrava e, como ela não tem interesse neste lugar, nunca se deu ao trabalho de mudar nada.

Pego as roupas na mala e me visto depressa. Enquanto isso, dou conselhos a mim mesmo. Trabalhar com Katrina vai ser difícil. Mas escrever? Escrever é como respirar. Quando preciso, consigo colocar três mil palavras na tela em um dia. E, neste momento, eu preciso fazer isso. Logo, só há uma escolha.

Continuar respirando.

Esses pensamentos me animam a sair do quarto com algo semelhante a boa vontade. Quando desço a escada, ignoro as lembranças da última vez em que fiz isso. Ignoro o lampejo que tenho da lareira na sala, com sua boca soturna aberta, como se zombasse de mim.

Ao entrar na cozinha, sinto o cheiro do mar entrando pelas portas de correr abertas. Os fundos da casa dão para a piscina e, além dela, para o mar, com o gramado do pátio cedendo aos poucos à areia e à arrebentação. Eu me lembro de erguer os olhos do computador e ver o luar refletido nas ondas. Já é noite, e não vejo a lua, que está escondida pelas nuvens. Vejo apenas a escuridão interminável e ondulante da água.

Katrina está apoiada na bancada da cozinha, sentada de costas para mim. Está comendo uma fatia de pizza pronta, que deve ter esquentado enquanto eu estava no chuveiro. Dividimos dezenas de pizzas como essa nas noites em que escrevemos *Só uma vez*.

Algo na refeição simples e solitária dela é tão humano que chega a ser desarmante. Katrina não é a figura de proporções quase míticas que criei na minha cabeça, emaranhando os fios da minha vida. É só Katrina, jantando. Seu cabelo está rebelde por causa da umidade, a blusa para fora do short branco.

Quando ouve meus passos, ela indica com a cabeça a pizza em cima do fogão.

– Sirva-se.

Lembro em que armário ficam os pratos, o que é irritante. Moro no meu apartamento há dois anos e ainda me pego abrindo as gavetas erradas de vez em quando. Aqui, cada detalhe está inscrito na minha mente, e sei instintivamente onde está tudo. Pego um dos pratos de cerâmica com borda azul e me sirvo de duas fatias de pizza. Então, me viro e me debruço sobre a extremidade da bancada, de frente para Katrina. A ilha da cozinha é o banco de areia no oceano entre nós.

Não digo nada, espero ela falar.

E Katrina finalmente o faz.

– Vamos tirar logo o planejamento do caminho.

Seu rosto está inexpressivo. Katrina tem sobrancelhas notáveis, curvas escuras perfeitas, que tendem a se erguer quando ela está brincando, ou a franzir quando está pensando. Neste momento, nada disso acontece. As sobrancelhas de Katrina estão imóveis, assim como os lábios arredondados e cheios que ela aperta enquanto seus olhos castanhos se fixam em mim.

– Imagino que seu processo de escrita não tenha mudado.

– Não mudou. E o seu? Ouvi dizer que tinha parado de escrever.

Não posso evitar o tom crítico enfático. Fiquei irritado quando soube. Parar de escrever comigo era uma coisa. Por mais que eu não gostasse da ideia, compreendia. Parar de escrever de vez me enfureceu. Parecia desonesto. Parecia que Katrina tinha acordado e decidido não ser mais ela mesma, não sonhar os próprios sonhos.

O rosto sardento continua impassível. Ela parece feita de cerâmica.

– Ora, ouvi dizer que era uma tortura escrever comigo.

Fico sinceramente surpreso ao ouvir a irritação em sua voz.

Imaginei que daria nisso. Só não esperava que teríamos essa conversa na primeira noite. Ainda assim, não tenho resposta, ou nada que queira dizer em voz alta. Em vez de dizer a verdade, opto pelo caminho mais fácil.

– Fica a dúvida.

Vejo que minha resposta a deixa frustrada. Ela se ajeita no assento, inquieta, como se estivesse tentando conter a raiva.

– Ouvi muitas coisas nos últimos quatro anos – começa, o tom leve, como se fosse uma conversa normal.

Sei que não é. Nada com Katrina é *só* uma conversa, nenhuma palavra é desperdiçada. Tudo é dito com o objetivo de alcançar um fim que ela vem compondo desde o início, de forma perfeita, embora imprevisível. Eu me preparo para o que virá, e ela continua:

– Ouvi dizer que sou uma vadia que tentou seduzir você várias vezes e parou de escrever quando não conseguiu fazer com que largasse a esposa.

Eu me encolho. Não de forma figurativa. Sinto o rosto se contrair literalmente. Esse foi um boato horrível, e doeu quando li, por várias razões. Seja qual for a nossa situação, eu respeito Katrina. Eu a chamava de amiga. Esse boato não foi só repulsivo, também estava errado. Ninguém que conheça Katrina seria capaz de pensar que ela tentou me seduzir.

Ainda assim, consigo lidar com os revides de Kat. Eu escrevia com ela. Sei exatamente como me desviar dos golpes.

– É engraçado, porque ouvi dizer que minha esposa nos pegou trepando, e por isso nos separamos. Mas sabe qual é a minha fofoca favorita?

Agora é Katrina quem não diz nada.

– Ouvi dizer que tive um caso com você porque queria ser um escritor melhor. Que eu queria escrever sobre infidelidade a partir – eu enfatizo as palavras – *da experiência.*

O pescoço de Katrina fica vermelho. Compreendo a reação visceral. *Odeio* essa fofoca. A ideia de que eu poderia descartar Melissa a serviço de alguma palhaçada artística é de revirar o estômago. Sei que cometi erros no casamento. Mas Melissa era um ser humano, alguém que eu amava. Só não como deveria.

– Ouvi dizer que você largou sua esposa porque se apaixonou por mim.

Katrina está de pé, segurando o prato com força. O golpe me pega desprevenido. É como um soco doloroso em uma parte sensível.

– Ouvi dizer que você dormiu com o Chris para me atingir – retruco.

As palavras voam da minha boca. O peito de Katrina sobe e desce depressa. Sinto minha respiração superficial e acelerada. Não sei o que esta briga significa, mas está causando estragos, e rápido, como um relâmpago ao atingir uma árvore. O dano é veloz e irreversível. Gostaria de não ter dito nada. É melhor deixar catástrofes como esta para o que escrevo.

Katrina permanece imóvel e dá uma risadinha baixa. Agora eu me preparo. Anos escrevendo juntos me deixaram com um catálogo de tudo o que sei sobre ela. Sei que Kat é persistente, que não desiste quando acha que está certa. Sei que ela é incrivelmente inteligente e capaz de usar essa inteligência como o bisturi de um cirurgião ou como uma arma bruta, dependendo do que a situação exija. E, neste momento, sei que vou estar do lado doloroso de uma ou outra opção.

– É claro que nada disso é verdade – retruca ela, o tom ligeiramente desafiador, como se quisesse que eu discordasse.

– É claro.

Ficamos nos encarando de lados opostos da cozinha.

– Escuta. – A voz dela agora tem um toque de franqueza deliberada. – Nenhum de nós dois quer estar aqui. Não há por que negar isso. Só temos que escrever o livro.

Faço que sim. Foi exatamente o que disse a mim mesmo, no andar de cima. Só temos que escrever o livro. Katrina desvia os olhos, e vejo na sua expressão o mesmo cansaço que sinto em relação a esta conversa.

– Assim, infelizmente – continua ela –, teremos que esboçar a história juntos. Então, podemos escrever do conforto de cômodos separados – quase me permito sorrir, até que ela prossegue –, e depois trocar as páginas para que um leia o que o outro escreveu.

Não vou tolerar essa sugestão.

– *Não.*

– Como assim, não? – Ela franze as sobrancelhas.

– Não vou trocar páginas com você.

Meu olhar determinado está fixo no dela. Sei que Katrina lê a provocação em meus olhos. *Não vou falar nada. Você vai?* Katrina é a única pessoa que sabe que há uma excelente razão para não trocarmos páginas escritas um com o outro. Ela sabe aonde isso nos leva. Quase sinto o cheiro de papel queimado, e imagino que a mente de Katrina esteja exatamente no mesmo lugar.

– O que mais podemos fazer, Nathan? – Ela suspira, frustrada. – Escrever tudo juntos? Ou talvez eu possa escrever a primeira metade e você a segunda, então juntamos tudo sem ler a parte do outro. *Isso* daria certo.

– Não me importo – retruco. – Não vamos trocar páginas um com o outro.

As ondas arrebentam ao longe, e ouvimos sua urgência e seu estrondo entrando pelas portas. Katrina para por um instante, a expressão indecifrável.

– Muito bem – diz, assumindo mais uma vez o tom prático de quando eu havia chegado. – Vamos escrever cada palavra juntos.

A ideia me empolga um pouco, embora eu não queira parar para analisar por quê. Estou surpreso por ela ter escolhido essa opção. Significa que a qualidade do livro é importante para ela. E mais: não me pressionar para trocarmos páginas escritas é o mais perto que ela chega de admitir o que fez. Isso ao mesmo tempo é o que quero e exatamente o que não quero. Se fosse uma cena de ficção, eu poderia escrever o final que quisesse. Na vida, esse final pode muito bem me destruir.

– Mas vamos pular o esboço – diz Katrina, de repente.

Endireito o corpo.

– Você não está falando sério.

– Vamos decidindo a história conforme escrevemos – explica Katrina.

Seus ombros definidos já não parecem tensos, e sua postura é de pura exaustão.

– Nunca trabalhamos assim.

Publicamos dois livros juntos e começamos vários outros. Toda vez, esboçávamos a estrutura do livro juntos, então trocávamos páginas que havíamos escrito separadamente. Dói lembrar como era divertido, os sorrisos que trocávamos ao entregar algo de que nos sentíssemos particularmente orgulhosos, as apostas que eu fazia mentalmente tentando adivinhar os comentários dela. Tudo isso era empolgante... até deixar de ser. O processo que estamos propondo agora vai romper com tudo isso.

– Acho que nós dois sabemos que escrever esse livro não vai ser como os outros – diz Katrina. – Vamos escrever uma versão bruta, trabalhando a partir da proposta que fizemos quatro anos atrás, então editamos separados. Isso vai encurtar o tempo que precisamos ficar juntos.

– Por acaso eu tenho escolha?

A pergunta sai em um tom sarcástico, embora não dê para dizer que tenho uma ideia melhor.

O ressentimento escurece os olhos de Katrina.

– É claro que tem. – A vulnerabilidade deu lugar ao rancor em sua voz. – Você pode desistir. Cancelar o livro.

Não é um desafio. Nem um ultimato. É um pedido.

Quatro anos atrás, eu teria levado o desejo dela em consideração. Mas não estamos quatro anos atrás.

– Se você quer desistir, ligue para o seu noivo – respondo.

A expressão de Katrina se torna rígida. Quase ouço sua tentativa de conter a raiva. Sinto um prazer culpado com aquilo, mas saboreio o momento mesmo assim. Eu vou é aproveitar.

Katrina coloca o prato na pia e se vira para sair, dizendo:

– Nos vemos amanhã de manhã, para a primeira página.

9

Katrina

Nossas bebidas esfriaram. A espuma no cappuccino de Nathan murchou e virou um leite bege, e a única coisa que resta na minha é o saquinho de chá encharcado. Detesto a metáfora óbvia. Antes, as xícaras estavam quentes, cheias de cafeína e de promessas para a manhã. Agora, estão tristes e vazias, e não chegamos a lugar algum.

Nathan e eu estamos a meio metro um do outro, sentados à mesa da sala de jantar, com meu computador aberto entre nós. Esse espaço de meio metro não é nada confortável. Não são duas pessoas relaxando no sofá diante da TV, ou acordando juntas em uma cama queen size. É o meio metro de universitários fazendo prova lado a lado, silenciosos e competitivos, ou de pacientes em uma unidade de terapia intensiva que não querem pegar seja qual for a doença horrorosa que o outro tem.

Estamos em silêncio. O único barulho na ampla sala de jantar é o rugido do oceano ecoando lá fora e o zumbido do ventilador acima de nossa cabeça, brigando contra a umidade. Sentamos aqui para escrever. Um café, um chá, dois bagels e, três horas mais tarde, tudo o que fizemos foi formatar o documento.

Nathan pigarreia.

Eu me ajeito no lugar, e a pele que não está coberta pelo short se descola dolorosamente da madeira pintada. Espero que ele diga alguma coisa, embora não tenha certeza se prefiro ouvi-lo falar ou o silêncio. Finalmente, me forço a dizer uma frase. A sensação é de estar exercitando membros doloridos, rígidos.

– Você ia dizer alguma coisa?

Nathan olha ao redor, com uma expressão intrigada, como se dissesse "Quem, eu?". Sim, Nathan, você. A única outra pessoa confinada comigo nesta prisão em tons pastel.

– Ah – diz ele, um tanto indignado. – Não.

Não respondo. O silêncio volta a se instalar, estendendo-se cada vez mais. Obviamente, uma enorme parte do problema é o nosso legado de desconforto um com o outro. Cada palavra é uma batalha até mesmo para ser dita, já que eu preferia gritar, ou entrar em um avião que fosse para algum lugar muito longe de Nathan Van Huysen. Estar sentada aqui, a poucos metros dele, parece visceralmente errado.

Mas eu estaria mentindo se dissesse a mim mesma que nossa parceria malfadada é todo o problema. Parte disso não chega nem perto de Nathan. É a turbina nervosa zumbindo, voltando à vida dentro de mim, o medo de saber que vou escrever palavras que estão destinadas a serem impressas e lidas por pessoas provavelmente de todo o mundo. Palavras minhas. Palavras que talvez não se comparem às de *Só uma vez*. A sensação se espalha por meu peito, deixando a respiração difícil. Quando o suor umedece meus dedos, escondo as mãos no colo para que Nathan não perceba.

O toque de meu celular nos salva.

Estendo a mão com desespero explícito para a capa de plástico preto que vibra em cima da madeira. Sinto um alívio imediato e doloroso quando vejo o nome de Chris na tela. Meu noivo. A pessoa que sabe como me ajudar.

– Oi – digo, e minha voz sai estrangulada.

– Oi, meu bem. – A voz de Chris está firme. O oposto da minha. – Como estão as coisas?

A cara fechada de Nathan se reflete na tela do computador, preta agora, por não estar sendo usada. Pelo silêncio da sala, não tenho dúvida de que ele consegue ouvir cada palavra de Chris.

– Ah, tá tudo... – A minha vontade é levantar, sair da sala e dizer a Chris que está tudo horrível, que aquilo foi um erro, que eu me sinto enjoada, que sou uma fraude e ninguém jamais deveria querer outro livro escrito por mim. Então penso em voltar para casa, no desapontamento silencioso de Chris, no abismo crescente que nos divide. – Tá tudo bem – respondo, apenas. – Ótimo, na verdade. Estamos realmente chegando a algum lugar.

Nathan ergue as sobrancelhas. Já não está mais fingindo discrição, agora seu olhar está colado em mim. Fico de costas, encarando a parede e o vaso com a samambaia.

— *Fantástico!* Eu sabia que você conseguiria. Você tem talento, Katrina. Você tem talento pra caramba!

Queria poder dizer que o excesso de confiança dele só me deixa mais desconfortável. Passo a mão úmida no short. Para piorar, escuto Nathan se ajeitar na cadeira. Tenho a sensação de que ele quer me lembrar de que está escutando.

— Você está precisando de mim para alguma coisa? — pergunta Chris.

— Não. Nada.

— Bem, então não vou tomar mais o seu tempo — responde, sem hesitar. — Não quero interromper o processo criativo.

Dou risada. Uma risada que tem mais do riso nervoso de quando o martelinho do médico faz nosso joelho saltar do que com alegria e humor genuínos. E me arrependo na hora. Mas Chris nem repara.

— Tá — digo.

— Te amo.

— Te amo — repito.

Desligo. Quando me viro, Nathan está me encarando, sem fazer o menor esforço para esconder o deboche. É a primeira vez que ele olha nos meus olhos hoje. Mais uma vez, eu me surpreendo com a lembrança de que Nathan está realmente aqui comigo, a um braço de distância, de que não é só uma foto on-line. A familiaridade de suas feições é incômoda. A sombra da barba que favorece o rosto, os olhos azuis cintilando como o mar lá fora. A curva pensativa das sobrancelhas.

Então, Nathan sorri.

— Você mente para o seu noivo com frequência?

A minha vontade é devolver o questionamento, perguntando com que frequência ele mentia para Melissa. Mas, ao contrário de Nathan, tenho um mínimo de discrição. Se eu me permitisse brigar com ele, se deixasse essa discussão sair do controle, não chegaria a um lugar onde eu ia querer estar.

— Meu relacionamento não é da sua conta — prefiro dizer, curta e grossa, o equivalente em uma conversa a uma placa de CUIDADO: PISO MOLHADO.

Deveria ter imaginado que Nathan não conseguiria resistir.

– É claro. Só estou curioso – diz ele, o tom digno de um maldito Sócrates. – Por que ele pressionou você a fazer isso? Chris com certeza sabe que você não quer. O que ele vai ganhar? Bom, dinheiro, é óbvio. Mas duvido que até o Chris seja egoísta a esse ponto, e você com certeza não acharia isso motivo o bastante.

Ele fica quieto, pensativo, deixando a pergunta pairar. Eu o detesto por isso, detesto o quão perto está da verdade.

– Sinceramente, não sei por que você concordaria, a menos que seja para satisfazer o ego dele. Ah, Katrina... – Ele levanta os olhos, com uma expressão fingida de mortificação. – Diga que não é isso.

Meu mínimo de discrição voa pela janela.

– Você nunca fez nada para deixar sua esposa, ah, desculpa, *ex-esposa*, feliz?

A flecha acerta o alvo. Nathan fecha a cara na hora, cerra o maxilar, desvia os olhos e fica vermelho, o que me deixa imensamente satisfeita. Magoá-lo, no entanto, me parece um pouco errado. Sei que são só meus antigos instintos de não magoar Nathan e não me intrometer em sua vida pessoal. Esse não é mais nosso relacionamento, mas é uma memória forte demais para não se manifestar.

De repente, com uma rapidez inesperada, Nathan estende a mão e pega meu computador sem que eu tenha a chance de pará-lo.

No instante seguinte, ele está digitando em um turbilhão de dedos e teclas. Eu me inclino por cima de seu ombro para ler a ideia que o possuiu de tal forma, ignorando a proximidade entre nós. Se a fonte da letra dele na tela não fosse onze, eu não teria que manter uma distância de apenas milímetros entre meu peito e a parte de cima do braço dele.

Nathan está escrevendo da perspectiva de Evelyn, nossa personagem principal. Ela está no carro, a caminho de casa, parada no acostamento. Outros carros passam em alta velocidade. É tarde da noite. Um pneu acabou de furar, e Evelyn está esperando pela assistência rodoviária. Ela está nervosa, com as mãos no...

Com as mãos no colo, úmidas de suor.

Isso que ele está fazendo me atinge com a força dos carros passando por Evelyn. Ele percebeu que eu estava escondendo *minhas* mãos e decidiu descrever o meu desconforto na primeira página do nosso livro.

Ele continua. O celular de Evelyn toca na mão dela. O nome do marido aparece na tela. *Michael*. Ela ri para si mesma. Nem tinha cogitado ligar para ele.

Quando Michael fala, sei o que ele vai dizer.

– *Oi, meu bem. Como estão as coisas?*

Observo, impotente, enquanto Nathan reproduz a conversa em detalhes excruciantes. As palavras são minhas e de Chris, mas a voz é dele. E Nathan é bom, terrivelmente bom. Escreve com percepção psicológica e intensidade literária, e me sinto nua ao ver como retrata com perfeição o que senti a cada momento do telefonema. Evelyn decide não contar ao marido o que está acontecendo naquele momento, guarda seus medos para si e se dá conta de que não quer compartilhar tudo com ele.

Nathan se aproxima do fim da conversa. Michael pergunta a Evelyn se ela está precisando de alguma coisa, mais uma vez repetindo Chris palavra por palavra. Prendo a respiração enquanto ele escreve.

Em vez do "*Não. Nada*", que eu disse, Nathan se desvia do meu diálogo.

A noite já não parece mais turbulenta quando ela olha para fora da janela. Agora, parece acolhedora, e a enormidade do céu vazio é quase reconfortante. Evelyn tinha a impressão de que a noite a convidava gentilmente para fazer o que já queria havia algum tempo. No silêncio do carro, ela falou as quatro palavrinhas:

– Eu quero o divórcio.

Nathan para de digitar.

E vira o computador na minha direção, como se eu já não estivesse lendo por cima do ombro dele.

– É alguma coisa, certo? – pergunta, a voz soando como um revólver engatilhado.

Não me encolho. Não enrubesço. Meu rosto não mostra qualquer expressão. Gostaria de poder dizer que isso se deve ao fato de eu ser impassível, de ter tamanho autocontrole que as provocações de Nathan não me atingem. Mas não é verdade. Estou só chocada demais para demonstrar emoção. Chocada por ele estar *começando* dessa forma invasiva, me expondo nas páginas que deveríamos produzir juntos. Eu me lembro de uma vez, na escola, quando eu era pequena e levei uma bolada de queimada no rosto, no recreio. É assim que me sinto.

Mas Nathan não consegue escrever meu relacionamento.

Eu me agarro a essa verdade. Alimento-a. Atiço o fogo que se acende em mim. Percebo que é isso que enfurece Nathan. Ele consegue imaginar Chris e eu nos separando dezenas de vezes na página. Na realidade, isso não mudaria nada.

Pego o computador. Sabendo que Nathan está me observando, ajusto o texto dele, mudando, rearrumando, enfeitando. Na tela em branco que é Michael, o marido de Evelyn, pinto o retrato de Nathan. Faço Evelyn descrevê-lo como o tipo de narcisista que apenas gerações de uma elite rica e com acesso a colégios caros é capaz de produzir.

Eu lhe dou um Porsche. E uma covinha.

Por fim, viro o que escrevi na direção de Nathan e o observo enquanto lê. Eu me deleito com cada pequeno movimento em seu rosto. Ao contrário do meu, o rosto de Nathan mostra... tudo. Vejo-o sofrer em cada linha a lembrança de que é ele que estou descrevendo. Quando percebo que está prestes a terminar, eu me preparo para críticas, discussões e comentários sobre Chris.

Em vez disso, ele se afasta da tela e abre um sorrisinho presunçoso.

– Agora, sim, é um começo – diz, com os olhos fixos nos meus.

10

Nathan

• QUATRO ANOS ANTES •

O calor aqui dentro parece ser de uns duzentos graus. Mesmo com todos os ventiladores ligados, o dia simplesmente não refresca, e o calor emana de todas as superfícies da casa, como se estivéssemos escrevendo dentro da nossa própria sauna particular. Já troquei de camisa uma vez, e a nova já está ficando encharcada de suor. Katrina não está se saindo muito melhor, sentada com as pernas cruzadas no chão, a umidade cintilando em seus ombros e na ponta do nariz. Ela prendeu o cabelo para cima, em um raro rabo de cavalo.

Katrina pergunta, sem erguer os olhos da tela do computador:

– Você fez aquela mudança que combinamos no capítulo dois?

Sua voz tem um leve tom de crítica, como se estivesse preparada para me ouvir admitir que me deixei levar por outra ideia e ainda não fiz a mudança. Não é uma atitude absurda. Houve vezes em que negligenciei edições menores para perseguir a inspiração.

Ainda assim, a suposição dela me deixa tenso, me exaspera, me incomoda. Uma pequena parte racional de minha mente sabe que eu não deveria ceder à irritação.

– Eu disse que faria e fiz – respondo, em vez disso, no mesmo tom.

Katrina me encara.

Eu faço o mesmo. Ela com certeza percebeu a irritação na minha voz, e estreita os olhos.

O calor cobra seu preço, deformando nosso entrosamento, dando-lhe contornos desagradáveis. Há, na sala, uma sensação inflamável. Nossas reações foram se tornando bruscas, a raiva se insinuando em cada olhar que trocamos por cima da tela. Acontece de vez em quando, por causa das pressões de um prazo final, ou quando alguma coisa não está funcionando no livro, ou mesmo quando um de nós não dormiu direito. Centenas de pequenas razões que se somam para criar uma tensão como essa. Some-se a isso o fato de estarmos vivendo cada minuto do dia juntos, por dias a fio, um teste ao qual alguns casamentos não resistem. Ao fim e ao cabo, não é uma comparação descabida. O que Katrina e eu temos não está tão longe de um casamento. Confinados nesta casa quente, estamos começando a parecer um casal briguento.

Tento voltar a me concentrar na tela do computador. Não funciona. Desconfortável, descolo a camisa do suor das costas, e detesto a sensação. Em momentos como esse, até as aflições mais banais – a sensação do tecido úmido, o relógio mostrando inocentemente que são 15:29 no canto da tela – tornam-se monstruosamente frustrantes.

Sei o efeito que minhas palavras terão antes mesmo de dizê-las, mas não consigo me segurar. Já ouvi pessoas compararem brigas com fogo. É a metáfora errada. As chamas crescem com amplidão, espaço para respirar, combustível para alimentá-las. Já as brigas começam do jeito oposto: pressão, contenção, restrição. O que eu precisava era abrir uma válvula de escape e dar vazão à parte da pressão.

– Mas eu queria muito mudar mais uma coisa – digo.

Katrina me observa, desconfiada. Com razão, já que nem tentei soar casual. Nós escrevemos diálogos com camadas e camadas de significados todo dia. Ela reconhece um subtexto quando o escuta.

– É? – devolve, no mesmo tom.

– Cortei o diálogo na abertura.

Ela afasta as mãos do notebook, a expressão afrouxando de desgosto.

– Você está de brincadeira – diz, sem qualquer humor.

Eu me sinto morbidamente feliz por ter causado essa reação. Há algo amargo e gratificante em nos jogar na direção totalmente errada. Quase nunca me sinto desse jeito com Melissa. É difícil imaginar como eu poderia, já que nossas raras "brigas" consistem basicamente em discussões sobre quem colocou a louça do jeito errado no lava-louça, ou quem se esqueceu de comprar mais leite. Sei que deveria ser grato por isso.

– Ficou arrastado – insisto, provocando-a de propósito. – Já disse isso.

Parafraseando Tolstói, cada parceria de escritores entra em conflito da sua própria maneira. Um dos desacordos mais frequentes entre mim e Katrina é sobre ritmo. Enquanto minha coautora gosta de descrever detalhes da vida, eu prefiro começar a contar a partir de onde as coisas começam a acontecer de verdade. Retomando essa discussão, estou brincando de amarelinha em um campo minado.

Kat ajeita o notebook no colo e me lança um olhar letal.

– *Nós* conversamos sobre mantê-lo, se fizéssemos outras mudanças. *Concordamos* com isso. De que diabo adiantou tudo que discutimos ontem se você pode simplesmente mudar de ideia?

Penso, em algum canto da mente, que o argumento dela faz sentido. Mas sei que estou certo, o que me leva além de qualquer remorso que pudesse sentir por ter voltado atrás na decisão. Agora, como já estamos irritados um com o outro, é uma ótima oportunidade para tirar isso do caminho.

– Não está funcionando – insisto. – Sinto muito, Katrina. Teremos que cortar.

– Você não sente muito – retruca ela, furiosa. – Nem sequer perguntou o que eu acho. Simplesmente tomou a decisão sozinho, *de novo*, e eu faço o quê? Aceito? Eu também tenho opiniões, sabe?

– Ah, sei. – O comentário escapa dos meus lábios. É de uma indelicadeza tão desnecessária que me faz parar e me recompor. – Podemos, por favor, cortar aquela conversa? – pergunto, em um tom mais gentil.

Os olhos de Katrina se demoram em mim por mais um momento, os lábios cerrados. Por fim, ela balança a cabeça.

– Não importa. Faça como quiser, Nathan.

Ela pega o computador, mas sinto que a discussão está longe de terminar.

O tempo passa, e a temperatura na sala sobe mais um grau. Nunca sei o que é pior, uma guerra ou um impasse. No momento, não consigo tirar da cabeça as coisas desagradáveis que ainda não dissemos. Mas só o que posso fazer é esperar enquanto releio as mesmas frases no computador.

Sinto um alívio perverso quando Katrina finalmente fala.

– A propósito – o tom dela é frio –, sua metáfora no fim da página 25 está muito forçada.

O comentário dói, mas tento disfarçar. As críticas de Katrina ao meu texto sempre doem de um jeito que difere das críticas de qualquer leitor. É uma retaliação, claro. Minha metáfora pela conversa de abertura dela. Não exatamente um olho por olho, mas chega perto.

– Delete, então – digo.

– Já deletei.

A leveza em sua voz é como passos sobre carvão quente. Estamos entrando na parte mais perigosa de toda briga, na qual o conflito ou pode morrer, ou crescer e explodir em algo muito pior. Já tivemos brigas feias. Katrina já saiu pisando duro de salas onde estávamos trabalhando, o rosto vermelho de raiva. Certa vez, bati a porta do escritório em casa com tanta força que a maçaneta caiu. São lembranças feias, cicatrizes que mantemos escondidas nos demais dias. Sempre fizemos as pazes, sempre encontramos um jeito de seguir em frente.

Casamento realmente não é a pior comparação. Não dá para escrever com alguém com quem se tenha medo de brigar, e só dá para brigar sem medo quando se sabe que, no fim do dia, não importa o que seja dito, nada pode romper aquela relação. Ainda assim, brigas se alimentam de todas as fontes de combustível concebíveis, revivendo antigas desavenças, interpretando tudo como ofensa, tendo implicâncias de estimação que nunca dão em nada. Eu me preparo para seja lá o que esteja vindo.

Katrina abre a boca. Estou pronto para enfrentar qualquer veneno que ela queira lançar.

Só que, neste exato momento, todos os ventiladores da sala desligam.

Na ausência silenciosa do zumbido, olho por cima do ombro para conferir o relógio do micro-ondas. Está apagado. Acabou a luz.

– Ora bolas! – reclamo.

Os ventiladores são nossa tábua de salvação. Sem eles, o calor é sufocante. Eu me viro para Katrina, esperando a guerra, e fico surpreso quando vejo que está sorrindo.

E só sorrio de volta.

Não consigo evitar. Minha raiva escorre por entre os dedos como areia.

– *Ora bolas*? – repete Kat, incrédula.

Dou risada.

– Sim, Katrina. Ora bolas!

O sorriso dela vira uma risadinha, e o som ilumina toda a sala. Katrina se levanta e pousa o computador na mesinha de centro.

– Hora de uma ducha muito gelada – declara, animada.

– Boa ideia – respondo.

Ela me lança mais um sorrisinho antes de seguir para a escada, toda a raiva esquecida. Eu poderia ter deixado as coisas assim, varrido a briga para debaixo do tapete, como se nunca tivesse acontecido.

Mas não. Sou um homem casado e, de certo modo, passei a tratar Katrina como trataria minha esposa.

– Katrina. – Ela para e se vira para mim. – Desculpe por cortar o diálogo da abertura – digo. – Se for importante para você, podemos colocá-lo de volta.

Ela abranda, e sinto um peso sair do peito.

– Desculpas aceitas. Está tudo bem. Pode cortar o trecho.

– Obrigado.

A pressão se foi. Apesar do calor, a sala parece mais ampla, com espaço para o fogo terminar de queimar. Quando minha coautora chega ao topo da escada, diz:

– Quando eu sair do banho, vamos comer todo o sorvete antes que derreta.

– Adorei a ideia – falo na mesma hora.

Estou sorrindo quando volto a me concentrar no computador. Teremos muito mais brigas antes de esse livro terminar e, a cada vez, vamos encontrar uma forma de nos acertarmos. De voltarmos a ficar bem.

11

Nathan

• DIAS ATUAIS •

Nos próximos dias, as brigas são o combustível de nossa escrita. Na verdade, as brigas que não estamos tendo. Deixamos que os personagens briguem, alimentando com nossa própria discórdia interminável as agressões que Michael e Evelyn atiram um no outro. Vai tudo para a página.

Não tenho objeções ao método de escrita. É meu processo basicamente desde sempre. Quando comecei a escrever, esboçava minhas histórias tendo como inspiração o estresse do ensino médio em minha escola cara, as insatisfações dos meus pais, as garotas que eu não conseguia namorar, a expectativa de libertação e vivacidade da vida universitária. Eu meio que... simplesmente tomava tudo como ponto de partida, escrevendo minhas esperanças e meus medos em ficção. Além de aquilo gerar uma prosa palpável, no fundo eu sabia que também me ajudava a processar o que acontecia. Era mais fácil canalizar meus sentimentos na escrita. Mais seguro.

Foi uma lição que aprendi cedo na vida. Responder quando meu pai me pressionava para ser um consultor de investimentos só levava a longas horas de discussão, que terminaríamos parecendo boxeadores ensanguentados, cada um no seu canto do ringue, sem um vencedor. Mesmo com amigos, dar a respostinha perfeita e maldosa em voz alta seria apenas cruel. Mas no texto? Ficava perfeito.

Talvez não seja psicologicamente saudável, mas é um processo produtivo. Katrina e eu derramamos páginas e páginas do livro em nossos notebooks, fazendo progressos impressionantes até mesmo para nós. Produzimos trinta páginas nos últimos três dias.

Estamos levando vidas estranhamente frugais para duas pessoas enfiadas em um lindo chalé na Flórida. Acordamos em extremos opostos da casa, escutando – ou, ao menos, sei que eu escuto – com uma intensidade constrangedora os sons do outro afastando as roupas de cama, abrindo a porta do banheiro, ligando o chuveiro. Há uma intimidade em ver o outro sem banho que não nos permitimos mais. Nos nossos outros retiros, fazíamos isso. Não me permito sentir saudade de ver o rosto de Katrina marcado pelo travesseiro, os olhos sonolentos, os cabelos desgrenhados se derramando sobre o pescoço.

Na cozinha, comemos bagels tostados em silêncio. Então, escrevemos por oito horas. A sala de jantar é um quartel-general de guerra. À noite, descarrego a frustração em corridas pelas ruas tranquilas de Key Largo, ladeadas por palmeiras. É meu único momento de alívio da convivência com Katrina, o único momento em que não fico pensando demais em pontos da narrativa e nos diálogos que jogamos um em cima do outro como farpas.

Só há um problema em potencial com nossa nova rotina de trabalho, um que eu e Katrina escolhemos ignorar. Não escrevemos as cenas românticas do flashback. É um acordo silencioso. Sempre que chegamos a uma dessas cenas, passamos direto para a seguinte. Por mais que eu saiba que acabaremos chegando a elas, me sinto assombrado pela perspectiva. Se estamos nos baseando em nosso relacionamento para as cenas em que os personagens discutem, em que vamos nos basear para as cenas de romance?

Penso nisso enquanto leio a passagem cáustica à minha frente, aberta no MacBook rosé de Katrina. Ela me observa, a expressão atenta, sentada com um pé embaixo do corpo, como sempre. Sua expressão é neutra, e ela finge que está esperando, impassível, por minha reação. Não tenho ilusões. Percebo que seu olhar não se afasta de mim.

– Acho os paralelos um pouco óbvios – digo, por fim.

Katrina está escrevendo Michael como um personagem egoísta, cheio de si e precipitado. Para ser justo, escrevi Evelyn como uma personagem mesquinha e medrosa. Sei exatamente o que estou fazendo. Katrina, obviamente, também.

Ela dá de ombros.

– Só alguém que conhece você como eu conheço perceberia.

É uma declaração surpreendentemente íntima. Por mais que não seja mentira, reflete uma proximidade que não deixa nenhum de nós confortável. A sala mergulha em silêncio, a não ser pelos barulhos permanentes do ventilador de teto e do oceano inquieto. Pela primeira vez desde que havia me passado o notebook, Katrina desvia os olhos dos meus.

Sou poupado de ter que responder ao comentário dela, porque alguém bate à porta.

Katrina se levanta e vai até o hall de entrada, o cenho franzido.

– Você pediu algum delivery?

Estava tão envolvido no trabalho do dia que perdi a noção do tempo. O palpite é razoável. Nas últimas três noites, pedimos o jantar em vários restaurantes da cidade e comemos direto das embalagens enquanto líamos o que havíamos escrito. Mas não esta noite.

– Não. É...

Katrina abre a porta.

– Harriet – diz.

Escuto a voz de Harriet, descarada e despreocupada como sempre.

– Katrina! Que gentileza me convidar para jantar depois de anos sem falar comigo.

Ela entra, segurando uma garrafa do Pinot Noir que nós três costumávamos beber em nossos retiros. As botas de solado pesado fazem barulho no piso de madeira.

Harriet é descolada. Não há outra maneira de descrevê-la. Mesmo quando ainda éramos jovens escritores chegando a Nova York, eu tinha consciência de que ela era descolada de um jeito que eu jamais conseguiria ser. Nada nela mudou. Está vestida em tons de preto e cinza e usa um chapéu enorme de aba mole.

– Eu não convidei você – diz Katrina, e se vira para mim, confusa.

Aquilo me pega de surpresa. Katrina está... brava. Achei que ela e Harriet tinham mantido contato. Sinceramente, quando nossa parceria foi para o ralo, pensei que Harriet tinha ficado do lado de Katrina. Claramente estava errado. Mas não consigo imaginar por que Katrina se afastou de Harriet.

– Nathan convidou – responde Harriet. Ela entra na sala de jantar sem se deixar perturbar pela recepção fria de Katrina. Examina as paredes com a expressão fascinada de uma turista visitando famosos campos de batalha.

– Achei que ele teria comentado com você, mas agora percebo que foi uma suposição muito estúpida. Como vai o livro?

Katrina me encara, do lado oposto da mesa de jantar, endireitando os ombros.

– Você não pensou em mencionar que teríamos companhia?

Sei que poderia ter explicado calmamente o que aconteceu. Por mais que nos últimos dias eu tenha dito coisas, escrito coisas, até mesmo feito coisas para magoar Katrina – desligar o ventilador quando sei que ela prefere que esteja ligado, usar muitas palavras que terminam com "mente" no livro, algo que sei que ela acha fraco e repetitivo –, convidar Harriet não foi uma delas. Harriet me mandou uma mensagem de texto, e eu achei de verdade que Katrina ia querer rever a velha amiga. Achei que ela até ficaria satisfeita por termos um escudo entre nós. Toda noite jantamos em silêncio, quase competindo para ver quem seria o primeiro a se trancar em segurança no quarto, para dormir. Só me esqueci de mencionar que tinha convidado Harriet.

Mas, é claro, não é isso que digo a ela.

– *Nós* não tempos companhia – retruco. – *Eu* tenho. Até onde sei, não preciso aprovar meus planos com você. Não somos um casal.

Harriet arregala os olhos por trás dos óculos de armação de metal.

– Uau, vocês estão ainda piores do que pensei.

Ela vai até um dos bancos diante da bancada da cozinha e se senta para assistir ao embate, servindo-se dos chips de tortilha que tinham sobrado do almoço de Katrina.

Vejo o rubor característico colorir o colo de minha coautora, subir pelo pescoço e chegar ao rosto. Ela está furiosa. Sustento seu olhar, certo de que ela poderia atear fogo a uma folha de papel com o calor cruel dos seus olhos. Percebo que impulsos conflitantes colidem dentro dela. Katrina *odeia* quando tomo decisões sem combinarmos. Mas ela não pode se recusar a aceitar a decisão que tomei sem se explicar, algo que se recusa a fazer há mais de quatro anos.

Neste momento, estou obrigando-a a escolher.

Harriet mastiga uma tortilha.

Ainda com os olhos fixos em mim, Katrina fala as próximas palavras com esforço óbvio:

– Harriet, gostaria de ficar para jantar?

Ela nem hesita.

– Ah, pode ter certeza.

12

Katrina

A primeira meia hora do jantar é muito difícil. Apesar de o comentário canalha de Nathan – "Não somos um casal" – ainda ecoar em meus ouvidos naquele sotaque de Connecticut, ele com certeza *sabe* que teria sido apenas educado mencionar que convidara Harriet para o jantar, e estou frustrada por isso não ter acontecido. Qual será o joguinho dele? Não vou me iludir achando que não tem nenhum estratagema, nenhuma subversão. Cada uma das nossas interações são camadas sobre camadas de subtexto e conflitos ocultos.

Mas não é só com Nathan que estou furiosa. Enquanto voltamos a assumir os antigos papéis e rotinas na cozinha – Harriet coloca a água para a massa em uma panela no fogão, Nathan e eu preparamos pão com alho –, eu me irrito fácil com o humor tranquilo de Harriet. Existe um motivo para termos parado de nos falar há tantos anos. Harriet ultrapassou certos limites de nossa amizade, e ainda não a perdoei. O fato de ela estar aqui agindo como se nada tivesse acontecido me enerva.

Os minutos se arrastam. Começo a imaginar como será a noite. Essa é uma das maldições de escrever para viver: o instinto incontrolável da mente para escrever a cena do que quer que esteja acontecendo em minha vida. E há uma coisa que todo escritor sabe: nada é tão estressante quanto cenas de jantar. Esta se encaixaria em uma passagem dolorosa: eu encarando tudo com impaciência, enquanto Nathan exagera na simpatia com Harriet, ciente de como isso me frustra. Talvez, se houvesse provocações explícitas, nós brigaríamos para valer. Gritaria, portas batendo... Parece difícil e deprimente. Nos últimos tempos, meus dias não têm sido muito mais do que isso.

Assim, enquanto Nathan coloca o tabuleiro com pão de alho no forno, tomo uma decisão. Escrever durante cada minuto do dia já é difícil, e fazer isso junto de Nathan Van Huysen é exaustivo. Não vou aguentar passar a noite toda furiosa com essas duas pessoas. Tenho que deixar de lado meu ressentimento por pelo menos uma delas.

Escolho Harriet.

A noite flui mais fácil daí em diante. O sol já se pôs quando servimos a massa, e a casa toda cheira a ervas e comida quente. Nós nos sentamos, e Harriet começa a falar sobre o seminário que ministrou ano passado. Um dos alunos era Ted Chapman, antigo colega nosso no Programa de Residência para Escritores em Nova York, onde nos conhecemos, e a quem todos detestávamos. Eu me permito rir e deixo Nathan me servir mais vinho. Por mais que estejamos aproveitando a companhia um do outro como se nada tivesse mudado, sei que não passa de uma ficção em que todos estamos trabalhando.

As horas passam sem que eu perceba. Enquanto encho o lava-louça e Nathan tira o lixo, Harriet fica sentada à mesa, terminando sua taça de Pinot. Eu a encaro, preparada para dizer que estou feliz por vê-la na vizinhança. Não é exatamente um convite, mas também não é uma porta fechada.

Minhas palavras somem quando ela puxa meu notebook mais para perto e começa a ler a tela aberta.

– Não é para ler! – digo, e a frase sai ríspida.

Harriet me ignora. Minha determinação de deixar de lado o ressentimento por ela se esvai, levando junto, em um só instante, cada gota de equilíbrio que me aconselhei a ter. Furiosa, vou até ela e fecho a tela com um baque, sentindo o coração aos pulos.

Harriet ergue os olhos com uma expressão de surpresa estupefata.

– É só... – balbucio, ao me dar conta de que a reação foi descabida. – É só uma versão bruta.

Harriet continua me encarando, tentando desvendar minha expressão.

– Já li ideias meia-boca que você anotou no aplicativo de notas do celular às quatro da manhã. Acho que consigo lidar com uma versão bruta.

Escuto a porta da cozinha se abrir. Nathan entra. Ele observa a cena, eu curvada sobre Harriet. Sei que a tensão é óbvia.

– Ela estava lendo nossas páginas – digo, e percebo como meu tom soa infantil.

Nathan dá de ombros.

– O que achou? – pergunta ele, dirigindo-se a Harriet.

A pergunta faz com que eu me sinta traída. Reconheço que é uma reação infundada. Sempre soube que Nathan adora que leiam seu trabalho, o que é direito dele. Além do mais, por que eu deveria esperar que ele ficasse do meu lado, seja no que for? Em outros tempos, ele ficaria. Já o ouvi defender minhas escolhas criativas em apresentações e entrevistas, mesmo sabendo que discordava delas.

Naquela época, éramos parceiros. *Éramos.*

Esperamos pela resposta de Harriet. Sem dizer nada, ela termina o vinho em um gole.

– Você não vai dizer – declara Nathan.

Harriet aponta para mim.

– Ela não quer a minha opinião.

– Não é a *sua* – me esforço para dizer. – É...

– É o quê? – A voz de Harriet sai furiosa. – Que tal explicar por que esqueceu que eu existo por quatro anos?

Comparada à guerra velada que Nathan e eu temos travado, a objetividade característica de Harriet é quase reconfortante. Eu me jogo na cadeira. Tenho uma resposta, só não é a que quero dar, não na presente companhia. Quando Harriet e eu nos falamos pela última vez, a noite foi tão estranha quanto esta, só que sem Nathan. Estávamos na sala de estar, a menos de cinco metros de onde estamos agora. Eu andava de um lado para o outro, enquanto Harriet continuava sentada, com os pés para cima. Quando ela foi embora, mais tarde, fechei a porta de mais de uma maneira.

– Ela fica nervosa quando as pessoas leem o que está escrevendo.

Levanto a cabeça quando Nathan fala. Há algo estranho na voz dele, um tom estrangulado, como se estivesse em conflito. Ele está... me ajudando? Nathan não me encara.

– É engraçado que, quando é *você*, ela não se importa – retruca Harriet, na hora.

Eu inspiro e expiro, lutando contra a ânsia de deixar a sala.

– Não, eu preciso resolver esse problema – me forço a dizer. – O que você acha do que leu?

Harriet me observa.

– Não está ruim – responde, hesitante.

– Mas...? – instiga Nathan.

Harriet se levanta. Pega na bolsa um maço de folhas amareladas presas com um clipe. Dá para ler a primeira frase impressa. Na hora, sei do que se trata.

É uma antiga versão de uma cena de *Só uma vez*. O produto do antigo processo de escrita em conjunto entre mim e Nathan foram centenas, talvez milhares de páginas de rascunho em que trabalhávamos e retrabalhávamos juntos, uma trilha em papel de nós dois inspirando um ao outro por horas infinitas, cansativas e maravilhosas.

A presença dessas páginas me atinge como um soco no peito. Anotações manuscritas dançam pelas páginas impressas. A letra de Nathan, reta e fina. A minha, longa e inclinada. São cartas escritas por versões antigas, praticamente esquecidas, de nós dois.

Olho sem querer para Nathan, que parece tão arrasado quanto eu.

Harriet deixa as folhas de papel em cima da mesa.

– Minha opinião é a seguinte – começa ela. – Vocês têm sido babacas comigo e um com o outro por tempo demais. Portanto, não é surpresa que seus personagens também sejam. No geral, achei bom. A questão é que é impossível imaginar que os dois já tenham se apaixonado um pelo outro. – Harriet olha de mim para Nathan. – Tá certo, os dois estão se divorciando, se odeiam, e tudo o mais. Ainda assim, precisamos acreditar que essas pessoas já estiveram apaixonadas nesse relacionamento. Precisamos ver isso em um relance aqui, outro ali. Caso contrário, não tem nenhuma angústia em relação a esse divórcio, e a história não se sustenta.

Ela pendura a bolsa no ombro e se encaminha para a porta. Eu vou atrás, odiando o que estou ouvindo, mas precisando ouvir mais.

– Sei que não querem fazer isso – continua Harriet –, mas encorajo os dois a lerem as páginas que eu trouxe. Talvez achem inspiração nelas. Ou qualquer outra coisa. – Ela para, a mão na maçaneta. – Ou considerem, sei lá, *fazer terapia*. Para ser sincera, vocês estão lidando com essa merda que aconteceu entre os dois de um jeito bizarro. Bem, esta noite foi pura adrenalina – conclui, sorrindo. – Vamos repetir daqui a quatro anos. Mais cedo, se vocês pararem de ser tão imbecis.

Ela abre a porta e sai para a noite.

Enquanto processo o que Harriet disse, não consigo fazer nada além de voltar para a cozinha. Descubro que nem Nathan nem as páginas incriminadoras no meio da mesa se moveram. Não dizemos nada, nossos olhares não se encontram. Por fim, Nathan segue na direção da escada.

– Estou cansado demais para ler – diz, por cima do ombro.

13

Nathan

Não tive dificuldade para dormir nas últimas noites. Achei que teria, por estar passando o mês na casa que o noivo de minha coautora, com quem não me dou, comprou para ela, para celebrar o momento mais catastrófico de minha vida privada e profissional. Mas o sono veio fácil. Imagino que tenha sido porque... Ah, não sei, pela exaustão de escrever com Katrina durante oito horas, então correr cerca de dez quilômetros. Sempre que me deito nos lençóis brancos e frescos, apago.

Esta noite, não. Estou inquieto, os olhos arregalados no escuro. Eu me remexo embaixo da coberta, numa dança extenuante e solitária de desconforto, fingindo que estou procurando a posição ideal para os joelhos e cotovelos quando, na verdade, sei exatamente qual é o problema.

As páginas que Harriet deixou para trás ainda estão na sala de jantar. São documentos que expõem meus segredos mais profundos à vista de qualquer um. Não quero olhar para aquelas folhas de papel, não quero. Não são só páginas de prosa. As edições feitas à mão, os bilhetes que deixamos um para o outro... são evidências de minha antiga dinâmica de trabalho com Katrina. De como juntávamos nossas ideias, da paixão pelo processo. Não é *Só uma vez* que eu não suporto ver, mas sim o *nós* em cada página comentada sobre aquela mesa, no andar de baixo.

Destruí todos os meus rascunhos. Tenho certeza de que Katrina fez o mesmo. Agora, sabendo que algo sobreviveu, me vejo incapaz de relaxar. As perguntas me atormentam. Que cena é aquela, exposta sobre a mesa de jantar como uma ferida aberta e cheia de pus? Que momento das nossas vidas foi preservado?

Ainda com a cabeça no travesseiro, negocio comigo mesmo. *Preciso* saber quais páginas Harriet guardou. Não vou lê-las. Juro que não.

Depois de fazer esse acordo, jogo as pernas para fora da cama. Não olho o relógio quando meus pés encostam no chão. Sei que não vou gostar de ver os três números – tenho certeza de que já passa de uma da manhã – me acusando na escuridão. Desço a escada com passos leves e me encolho a cada ranger das tábuas. A última coisa que quero é que Katrina saiba que estou acordado por causa daquelas páginas.

Tateio até a cozinha, os olhos se ajustando à escuridão. Quando chego na mesa, procuro pelas páginas.

Só encontro madeira lisa sob a ponta dos dedos, fria ao toque.

Na mesma hora, eu sei. Elas se foram.

Percebo que aquilo me acalma. Katrina com certeza as jogou no lixo. Eu me sinto estranhamente confortado por saber que nunca terei que encarar as lembranças, fossem quais fossem, entremeadas na nossa escrita. Meu peito está mais leve quando volto para a escada, achando que finalmente vou conseguir dormir.

Quando chego a meu quarto, me forço a parar. Mais adiante, no corredor, além da minha porta, vejo luz escapando por baixo da porta de Katrina.

Eu me sinto impelido a ir até lá. É como se mãos de uma força que eu hesitaria em chamar de destino me arrastassem corredor adiante e me prostrassem diante do quarto dela. A cada passo, debato comigo mesmo e perco. Espero ali, consciente da intimidade que representa estar parado do lado de fora da porta do quarto de uma mulher no meio da noite.

Depois de alguns minutos de angústia, eu me esforço para reunir coragem. No fim, venço o medo e bato à porta. Na pausa que se segue, reconheço que será uma vitória de Pirro, com danos irreparáveis. O que eu poderia ganhar de uma conversa com Kat à uma da madrugada?

Finalmente, Katrina abre a porta. Na luz mortiça da única luminária no quarto, percebo que ela está de short listrado e regata, a roupa envolvendo seu corpo flexível com uma elegância que eu não teria imaginado possível em um pijama. O cabelo está do jeito que eu me lembrava das manhãs de anos atrás, as ondas castanhas caindo sobre um dos ombros, roçando o pescoço e mais abaixo. A expressão em seus olhos é cautelosa, questionadora.

Atrás dela, as páginas estão espalhadas em cima da cama.

– Você pegou – digo.

É uma observação idiota, do tipo que eu jamais colocaria na boca dos meus personagens, porque não leva a nada e não revela nada. Agora estou preso aqui. Preso com minhas palavras, preso com a mulher que consegue ver além delas.

– Nathan, está no meio da madrugada. – Por mais que Katrina finja impaciência, sei que é mentira. Escuto sua hesitação, vejo que está na defensiva. – Por que você está aqui? – A dúvida em seus olhos se transforma em constatação, e ela continua: – Você queria ler.

– Não fui o único – digo, imitando aquela confiança fingida sílaba por sílaba.

Descubro que não é difícil, é como um ensaio depois do horário da nossa performance de todas aquelas horas escrevendo juntos.

Katrina bufa de raiva.

– Não se preocupe. Não tem nada nessas páginas.

Ela está mentindo. Consigo *ler* Katrina, as nuances da sua expressão, o modo como ela brinca com as pontas do cabelo.

– Qual é a cena? – A pergunta sai sem fôlego, e sei que isso trai meu pretenso desinteresse.

Não sei de que adiantaria querer esconder minha reação. Afinal, Katrina consegue me ler tão bem quanto eu a leio.

Ela desvia o olhar.

– Uma cena irrelevante.

Katrina *com certeza* está mentindo. As nuances reveladoras em sua expressão se incendeiam. O rosto está ruborizado. Ela engole em seco. A reação só aumenta minha curiosidade irrestrita. Agora, eu *preciso* saber.

– Você não quer me deixar ler – digo, compreendendo. – Preciso lembrar que é a minha escrita que você está lendo?

Katrina recua mais para dentro do quarto e se coloca na frente da cama. É um gesto de proteção, como se ela se colocasse em meu caminho.

– Nathan, essas páginas são irrelevantes. Eu só quis ler para poder julgar o que Harriet falou.

A explicação é quase convincente, mas por que Katrina precisaria julgar a avaliação de Harriet no meio da noite? Entro no quarto, muito consciente de estar pisando em terreno perigoso.

– Se são irrelevantes, por que não posso ver? O que tem nessas páginas, Katrina?

Vou chegando mais perto, até alcançá-la. Ela fica imóvel.

Katrina ergue o queixo em um movimento sutil e combativo.

– Nada real. Só ficção – diz, praticamente exalando. – Ficção – repete, como se a palavra carregasse um peso enorme, ou como se ela desejasse que fosse assim.

Dou mais um passo, direto para o fogo. Sou consumido pelos medos e fantasias, me perguntando qual parte da minha escrita está revelada nessas páginas entre os lençóis de Katrina. O calor abafado do quarto é sufocante. O problema não é só o clima da Flórida, é o quarto, o espaço de menos de meio metro que me separa de Katrina diminuindo ainda mais. É minha certeza de que não devo chegar mais perto, mas chegando mesmo assim. Sei que não estou pensando direito. Praticamente zonzo, continuo avançando na direção das páginas, na direção da cama.

– Prove – peço, quase em um sussurro. – Prove para mim que é só ficção.

Eu me perco nas camadas da conversa. Katrina está bem na minha frente. Eu me aproximo mais para alcançar as páginas – para alcançar Katrina? –, nossos corpos quase juntos. Temos cerca de quinze centímetros de diferença de altura, o que significa que, quando me inclino, nossos lábios ficam a poucos centímetros de se tocarem. Não sei se estou sonhando, se as horas insones provocaram fantasias alucinadas e deformadas em meus momentos despertos, ou se reconheço exalando dela o mesmo calor que sinto dentro de mim. Naquela imobilidade perfeita, Katrina parece segura de si, determinada. Seus olhos grandes e escuros parecem estar esperando.

Sem romper o contato visual, ela se senta na cama e levanta os olhos para mim.

Com certeza estou sonhando, embora a cena seja ousada até para os meus sonhos. Enquanto a observo, paralisado, ela estica o corpo. Um braço esguio se estende para trás. Sigo o movimento, o coração disparado, sem ousar imaginar onde vai levar.

Katrina pega as páginas e, antes que eu possa reagir, as empurra contra meu peito. O fogo em seus olhos não é o que pensei. É um confronto.

– Como eu disse – o tom é incisivo –, não há nada que valha a pena aqui. Nada mesmo.

14

Katrina

Quando Nathan sai do quarto de cara fechada, desabo na cama, deixando tudo o que estou sentindo extravasar. Não é uma sensação refrescante, como o mar em um dia de verão. É mais como ondas inesperadas batendo no rosto. De repente, você está embaixo d'água, girando, as correntes puxando em todas as direções. Embora continue parada na cama, estou ofegante. Eu me sinto confusa e odeio a sensação. Como Nathan Van Huysen ainda é capaz de trazer à tona tanta insegurança, mesmo todos esses anos depois?

Enfio a mão embaixo do travesseiro. Sob o tecido frio, encontro uma única folha de papel amassado que escondi quando Nathan bateu à porta.

É a única página que eu não podia mostrar para ele. Quando a batida na porta ecoou, enfiei a folha embaixo do travesseiro por instinto. Não suportaria que Nathan visse esta página – também não suportaria perdê-la. Não sei bem onde um anseio começa e o outro termina. Não menti para Nathan, não tecnicamente. A cena é *mesmo* irrelevante. Os personagens, Jessamine e Jordan, saem para beber em Greenwich, Connecticut – Nathan insistiu nessa cidade, querendo se inspirar na infância e na adolescência dele e no casamento dos pais –, e trocam um olhar intenso.

Releio vezes sem conta tudo que Nathan escreveu nas margens. Suas anotações são como um terceiro personagem na história. Ele reescreve a descrição de Jessamine, a mulher-que-já-foi-artista e se acomodou em uma vida pacata com o homem que ama... ou amava. Mesmo agora, sou incapaz de resistir e admito que cada intervenção de Nathan torna a cena mais viva. Ele descreve o cabelo, a postura e as roupas da personagem não só com precisão, mas com devoção.

Quando chego ao fim da página, sei o que vou encontrar. Em sua letra inimitável, Nathan anotou, casualmente, como um pensamento fugidio. *Desculpa por ter roubado seu vestido. É que você está bonita.*

Só de ler aquelas palavras, sou arrebatada para o momento em que segurei esta página pela primeira vez, as mãos tão trêmulas quanto agora. É inquietante como demos a volta completa esses quatro anos e terminamos exatamente onde escrevemos *Só uma vez.*

O cenário não é a única semelhança. De várias maneiras frustrantes, o que acabou de acontecer foi uma repetição detestável de como eu e Nathan nos comportávamos quatro anos atrás, nos nossos piores momentos. Sempre imaginando coisas, nunca nos falando, a não ser na escrita, onde gritávamos um com o outro da distância confortável da prosa e dos personagens.

O calor faz minha cabeça latejar. Nem sei o que quero. Metade de mim anseia por quando ainda não estava tudo na merda com Nathan, pelos dias mais felizes, quando era fácil a troca de ideias e, imagine só, quando ríamos enquanto escrevíamos. A outra metade não quer nada além de mergulhar em um rancor eterno pelo estrago que Nathan fez na nossa parceria. Estou desesperada por qualquer coisa que me acalme. Minha imaginação de escritora passa depressa por tudo o que eu queria neste momento. Frio de inverno, chá gelado sem açúcar, sorvete de baunilha.

No instante seguinte, já estou pegando o celular. Disco um número que conheço tão bem quanto o meu próprio. Toca, toca, e começo a achar que vai cair na caixa de mensagem.

Mas Chris acaba atendendo, a voz pesada de sono.

– Katrina – sussurra. – O que aconteceu?

As palavras escapam da minha boca.

– Venha para a Flórida.

– Para a Fló... – repete ele, incrédulo. – Katrina... – percebo que Chris se movimenta como se estivesse olhando a tela –, é meia-noite. Para mim. É *três da manhã* para você. Por que está acordada, pelo amor de Deus?

Eu não tinha ideia, mas não digo isso. Perdi a noção do tempo. E fico frustrada quando me dou conta de que passei horas relendo as páginas.

– Só... venha – peço. – Venha ficar comigo.

– O quê? Não posso simplesmente ir para a Flórida.

– Por favor. – Odeio ouvir a intensidade da súplica e da carência em minha voz. Odeio como me sinto indefesa sentada na beira da cama. – Você pode fazer trabalho remoto – insisto.

Sei que é importante mencionar isso. Chris nunca vai sequer considerar a possibilidade de vir para cá se não tiver certeza de que terá acesso pleno ao computador e ao celular.

– Katrina. – O tom dele mudou. Chris deixou o sono de lado, e reconheço a calma firme nas suas palavras. – Você não precisa que eu vá para a Flórida. Você consegue fazer isso sozinha.

– Preciso, sim. Preciso de você.

Minha voz transparece tudo. Se eu e Nathan nunca podemos ser totalmente sinceros um com o outro, com meu noivo posso ser sincera. Eu me agarro a essa ideia com uma convicção desesperada. É por isso que estamos juntos. É por isso que estou aqui. Antes de mais nada, toda esta conversa parece demais com a forma como nos apaixonamos. Quatro anos atrás, eu liguei pedindo ajuda, e ele me apoiou. Chris sempre me apoiou. Ele me levantou do chão sempre que precisei.

Na longa pausa que se segue do outro lado da linha, imagino ele aqui. Sim, sua presença irritaria Nathan, mas Chris amenizaria a hostilidade desta casa, da qual é impossível escapar. Em vez de ficar lendo e relendo a mesma página enfiada embaixo do travesseiro, eu poderia me aconchegar nos braços do meu noivo toda noite.

– Não acho que seja uma boa ideia – responde Chris, por fim. Conheço cada nuance e inflexão da voz dele como se fossem parte do caminho para casa, e reconheço quando a determinação venceu qualquer vontade de me tranquilizar. – Eu seria apenas uma distração. Por que não conversamos sobre isso amanhã, meu bem? Está tarde, e tenho uma reunião às sete da manhã com um editor de Londres.

Sem permitir que ele perceba, eu desmorono, e lágrimas de raiva enchem meus olhos. Sob a sombra esquiva da luminária, meu quarto nunca se pareceu mais com uma jaula. Ele não virá para cá, mesmo depois de eu ter rastejado e implorado. Acho que às vezes as pessoas que amamos podem romper discretamente, talvez até sem perceber, algum fio que nos mantém atados a elas. Eu me pergunto se não foi o que ele acabou de fazer. Quero ter a sensação de que estou falando com o Chris que tapou meus olhos com uma das mãos enquanto entrava comigo no escritório de nossa casa em Los

Angeles e me surpreendeu com estantes brancas enormes exibindo toda a minha coleção de livros. O Chris que assistiu a temporadas de programas de culinária comigo quando fiquei obcecada, certo verão, apesar de não se sentir nem um pouco atraído por esse tipo de programa.

Por algum motivo, não tenho a sensação de que esse é o mesmo Chris que está na linha comigo agora.

– Claro – digo. – Tudo bem.

Eu desligo, sem nem dar a ele a chance de dizer *eu te amo*. Sem me importar se ele ia fazer isso.

Largo o celular na mesa de cabeceira e lanço um último olhar à página de *Só uma vez*, meus olhos se demorando onde não deveriam.

Eu me dou um segundo, dois, antes de enfiar a página na gaveta da cômoda.

15

Katrina

• QUATRO ANOS ANTES •

Estamos na vasta varanda de Harriet. O dia está quente, com uma brisa gentil em que eu poderia me banhar para sempre, e o vento brando vindo do oceano é como um cumprimento. Estou arqueada no balanço da varanda, uma perna dobrada embaixo do corpo, as sandálias caídas no deque. Harriet está sentada ao meu lado, e Nathan, em uma cadeira Adirondack na nossa frente, fazendo anotações nas páginas que escrevi noite passada.

Eu o acordei para entregar as páginas esta manhã. Nathan abriu a porta com o cabelo desgrenhado, sem camisa, tentando fingir que já estava acordado.

– O que exatamente você estava fazendo esta manhã? – perguntei.

– Escrevendo – respondeu Nathan.

– E você agora escreve sem camisa?

Não pude deixar de notar o rubor que coloriu o rosto dele.

– Para sua informação, eu escreveria sem camisa o tempo todo, se pudesse.

Ele estava improvisando, inventando na hora. Eu sabia disso porque, nas últimas semanas, o vira criar respostinhas e comentários astutos para nossos personagens, todo dia, durante horas. Reconheci o improviso na voz dele, imediata e inegavelmente, embora normalmente não viesse acompanhado de um rosto ruborizado.

– E qual é o impedimento? – indaguei, a sobrancelha erguida.

Nathan deu de ombros. Meu olhar não se demorou no peitoral dele.

Se isso tivesse acontecido, eu teria notado que ele não tem o estereótipo físico de um escritor. Eu já estivera no apartamento dele e vira a academia de ginástica cara e moderna do prédio, sem falar que ele corria desde que nos conhecemos.

– A consideração que sinto pela minha amada coautora, é claro – retrucou Nathan, com um sorriso, realçando a covinha.

A memória me faz sorrir. Ergo os olhos e vejo que ele ainda está fazendo anotações no que escrevi.

– Com certeza não está tão ruim assim – brinco, sem ressentimento ou agressividade.

Eu me sentiria mais constrangida se não confiasse completamente em Nathan. É como se, às vezes, fôssemos uma única voz, uma única mente. Eu não me sentiria constrangida lendo meu próprio texto. Não é diferente quando é Nathan lendo o que escrevi.

Ele levanta os olhos.

– Está ótimo – diz, e sei que está falando sério.

Tenho a sensação de que uma luz cálida ilumina cada centímetro de mim, e não é a luz do sol. Nunca deixo de me surpreender com a facilidade com que Nathan elogia. Ele poderia muito bem olhar para os outros com a indiferença de alguém nascido em meio a privilégios. Em vez disso, é como se a generosidade dessa situação inspirasse generosidade nele. Nathan me elogia diariamente. Sempre que olho em seus olhos, como agora, é impossível duvidar de sua sinceridade.

– Então no que está mexendo tanto? – Estico o pescoço, brincando.

– Quero que fique mais óbvio como Jordan está encantado com Jessamine – diz Nathan. – Sei que os dois acabaram de se conhecer, mas ele deve se sentir como se... – Ele hesita, escolhendo as palavras com cuidado. Seus olhos se desviam para o pátio, para a grama muito verde, para os hibiscos fúcsia. Então completa: – Como se os olhos, a mente dele, fossem inconscientemente atraídos por ela a cada momento.

Fico desarmada quando Nathan diz essas coisas. Só me faz pensar em como Melissa é uma mulher de sorte. Só encontrei a esposa de Nathan poucas vezes, e acho que isso é porque ele fica inseguro em misturar a vida profissional com a pessoal. Nos jantares em que Melissa estava presente – um preparado por Nathan, no apartamento deles, outro no restaurante tailandês perto de onde eu morava –, eu não sabia se ela estaria hesitante ou crítica em relação à mulher que escrevia com seu marido, se ficaria me avaliando. Em vez disso, Melissa, com o cabelo loiro muito bem-arrumado e a maquiagem perfeita, foi calorosa, divertida e generosa. Ela devia ser o objeto de muitas das devoções poéticas de Nathan. Claro que eu também tenho muita sorte, já que essas devoções poéticas vão parar nos nossos livros.

– Se isso for ajudar a escrever mais rápido, sinta-se à vontade para tirar a camisa – sugiro.

Nathan gargalha, e sei que estamos lembrando aquele momento no quarto dele, hoje de manhã.

– Ah, não! – intervém Harriet ao meu lado, indignada. – Não consinto que Nathan tire a camisa. Vão resolver essa merda no quarto.

– Quartos! – retruco, na hora, enfatizando o plural.

Harriet revira os olhos. Disfarço e confiro a reação de Nathan, para tentar saber se ficou chateado com o comentário de Harriet. Ele já voltou a escrever nas margens das minhas páginas, perdido em pensamentos. Deixo a dúvida de lado e volto os olhos para a tela. Esse é só o jeito de Harriet, lembro a mim mesma. Ela solta algumas insinuações sobre mim e Nathan, é uma piada recorrente. Nada mais. Se algum dia já houve um traço de qualquer sentimento romântico entre nós, nunca progrediu além de perguntas ocultas que nunca seriam respondidas. Nathan é casado, e eu respeito isso, ou respeitaria, se a situação conjugal dele tivesse qualquer relevância para mim. E não tem.

Eu me forço a ter foco. Releio as frases que tinha escrito, continuo trabalhando na cena, até sentir os olhos de Nathan em mim. Quando ergo a cabeça, vejo que está me encarando. Ele dá um sorriso envergonhado ao ser surpreendido. Então, volta a olhar para a folha de papel em suas mãos, e eu para o computador. Ainda assim, mesmo com os dedos sobre as teclas, não consigo pensar no que escrever. Nada me vem à mente. Os minutos se passam e, mais uma vez, sinto os olhos de Nathan em mim. Dessa vez, não ergo o olhar.

Por fim, Nathan se levanta.

– Pronto. Vamos trocar?

Concordo com um aceno ansioso de cabeça, e ele me entrega as páginas em que estava trabalhando. Não escondo a curiosidade quando pego as folhas e passo meu computador para Nathan, sem reclamar. Ele volta para sua cadeira e continua a cena de onde parei, com a facilidade de anos escrevendo todos os dias, de anos escrevendo comigo.

Eu me deleito com o que Nathan escreveu para mim. A letra dele está por toda parte, animada, insistente, saltando de linha para linha com uma paixão inequívoca.

O que ele fez com a cena me deixa sem fôlego. Há um novo anseio no modo como Jordan vê Jessamine. Nathan coloriu cada descrição dela como se sorvesse cada detalhe.

Ainda assim, não é a prosa dele que me deixa sem fôlego, não dessa vez. É como se ele tivesse escrito Jessamine sentada exatamente como estou, com uma perna dobrada sob o corpo, usando exatamente o que estou vestindo. Desesperada, começo a racionalizar as escolhas dele. É mais fácil descrever alguma coisa que estamos vendo do que inventá-la. Não significa nada mais que isso.

Quanto ao que Nathan escreveu no fim da página, não encontro uma forma conveniente de racionalizar. Ele me elogia o tempo todo. Por minhas escolhas de palavras, por meus diálogos, por meu equilíbrio e profissionalismo. As duas frases curtas que escreveu não deveriam ter me surpreendido. Mas os elogios dele nunca foram assim.

Desculpa por ter roubado seu vestido, escreveu ele. *É que você está bonita.*

16

Nathan

• DIAS ATUAIS •

Quando Katrina escancara minha porta, o sol está brilhando. Acordo desorientado e percebo que já é de manhã. Essa é a única certeza que tenho.

Eu me sinto péssimo. Confiro o relógio na mesa de cabeceira ao lado do travesseiro: 7:12. A hora tão cedo explica a sensação de ressaca emocional e física, a cabeça latejando, os olhos ardendo. Lembro-me de ter olhado o relógio pela última vez, e eram quase quatro da manhã. Constrangido por ainda estar entre os lençóis, eu me apoio nos cotovelos para erguer o corpo. Lembro que estou sem camisa e que meu cabelo está ofensivo.

Katrina não parece de ressaca. Acabou de sair do banho, e os olhos cintilam com a energia de uma pessoa matinal. Em suas mãos esguias, uma xícara fumegante. Ela entra no quarto, a postura rígida.

– O que você está fazendo? – pergunto, sinceramente, sem compreender o que diabo está acontecendo.

Katrina está no meu quarto. Ela se colocou, por vontade própria, a menos de cinco metros de mim. Com...

– Preparei o seu favorito. – Ela estende a xícara.

O aroma me atinge em cheio. Minha cura preferida para a ressaca, alcoólica ou emocional. O cheiro vívido e amadeirado de café domina o quarto e, por um momento, esqueço que é Katrina Freeling quem segura a xícara. Sei, antes de provar, que é da prensa francesa no andar de baixo. A que eu a ensinei a usar. Katrina detesta café.

Ela aponta para a mesa de cabeceira. Faço que sim, cauteloso.

Enquanto ela se aproxima, eu me pego fazendo anotações mentais sobre sua aparência, sua atitude, arquivando detalhes que mais tarde transformarei em prosa. O modo como ela coloca o cabelo úmido atrás da orelha, a curva gentil das sobrancelhas. Os lábios, um tom acima do rosa, de um magenta tímido. Não tenho o hábito de me inspirar nas características físicas de pessoas reais. Katrina é a exceção. Quando escrevo, não consigo evitar recorrer às mãos, aos olhos, ao sorriso dela.

Katrina pousa a xícara na mesa.

– Está envenenado? – pergunto.

Seus lábios se movem no que talvez nem fosse um sorriso. Sinto um lampejo de vitória e me repreendo. Os sorrisos de Katrina são pontos em um jogo que já não acompanho mais. Sem prelúdio ou explicação, ela se senta ao pé da cama, pousando a mão a centímetros da minha perna, ainda sob a coberta. Eu me afasto um pouco, restabelecendo a distância. Nós sempre tínhamos encontros como este, bem cedo de manhã, para conversar sobre as páginas do dia e decidir onde iríamos almoçar. Não sei como conseguia ficar tão perto dela tão rotineiramente.

– Eu gostaria de propor uma trégua – anuncia.

Endireito o corpo, sem nem fingir que não estou chocado com a sugestão. O movimento é inconsciente, e só tarde demais percebo que o edredom escorregou, revelando meu peitoral sem camisa. Katrina percebe. Ela estreita os olhos por uma fração de segundos, mas eu noto. Quando ela ergue a mão, posso sentir o esforço que está fazendo para não levantar e retroceder para uma distância segura. Mas ela aguenta firme.

– Como seria essa trégua? – Meu tom é cético.

– Nenhum de nós quer estar aqui – explica Katrina, com toda a calma. – Mas aqui estamos. Não há como escapar disso, a não ser terminando um livro. Todos os dias, pelo próximo mês, nós dois criaremos ficção juntos. Então vamos abraçar a ficção. Vamos criar algo onde possamos viver.

É um discurso inteligente, e sinto que ela escreveu essas palavras antes de vir aqui, compondo diálogos para si mesma, como faria com nossos personagens. Ainda assim, Katrina é mesmo muito talentosa. Tenho que admitir que estou intrigado. Tomo um gole do café, a bandeira branca em forma de xícara. Mesmo com o aroma forte, sinto o perfume do hidratante que ela passa nas mãos.

– E que ficção seria essa? – eu me permito perguntar.

– A ficção em que somos parceiros de escrita que se reconciliaram e estão ansiosos para colaborar de novo. – A voz dela não vacila. – Por dois meses, podemos contar essa história a nós mesmos.

– Você quer fingir que estamos gostando disso?

Estou incrédulo.

– Basicamente.

Faço uma pausa antes de tomar o próximo gole. Lembro as manhãs tensas, instrumentais, que temos agora, Katrina em silêncio, olhando pela janela da cozinha, enquanto afundo devagar o êmbolo da prensa francesa. Uso os segundos seguintes para imaginar as semanas que viriam se agíssemos da forma como ela está descrevendo.

– Não vamos discutir nem apontar o dedo um para o outro? – eu me arrisco a dizer, por fim. – Não vamos desencavar o passado?

Katrina não desvia o olhar.

– Isso com certeza vai deixar o processo... mais fácil – responde, com toda a delicadeza.

É irônico como as palavras *mais fácil* soam forçadas saindo dos lábios dela. Lábios que, agora percebo, ostentam leves marquinhas, como se ela os estivesse mordendo há pouco tempo.

Não digo nada. Considerar a ideia já é ousado demais. Será possível, para nós dois? Se fosse possível, o que isso significaria?

Pouso a xícara com cuidado na mesa de cabeceira enquanto penso em repostas para essa pergunta. Ou significaria que somos muito talentosos em viver uma mentira, ou que, no fundo, estamos cansados desse conflito interminável. Sinto isso toda vez que olho para Katrina e lembro que preciso me sentir ressentido. Não é natural. Não sei o que seria natural para nós, mas alimentar esse ódio é exaustivo. É como atiçar uma fogueira no meio de uma tempestade, lutando contra o vento e a chuva para evitar que as chamas se apaguem.

– Eu concordo – eu me escuto dizendo.

É o primeiro lampejo de surpresa que vejo nos olhos grandes dela.

– Concorda?

– Com uma condição.

As sobrancelhas dela voltam ao ângulo normal.

– Não aguento mais comer bagel. Vamos sair para tomar café da manhã.

É quando vejo acontecer. Como eu sabia que acontecera mais cedo: Katrina morde o lábio.

– Você quer... que a gente saia para tomar café da manhã – repete ela.

– Sim – confirmo.

– Juntos?

– Sim, Katrina.

Ergo uma sobrancelha. É óbvio o que o convite realmente representa: o primeiro desafio. O quanto ela quer essa trégua?

Katrina se levanta, e tenho a sensação de que cada músculo de seu corpo está dolorido. Estou pronto para balançar a cabeça, terminar o café que deixei em cima da mesa de cabeceira, talvez sair para uma corrida. Pronto para esquecer que essa conversa sequer aconteceu.

Então, ela força um sorriso no rosto, o primeiro que me dá em quatro anos.

– Espero você lá embaixo – diz.

17

Nathan

Não consegui relaxar desde que Katrina entrou de repente no quarto, hoje de manhã. Não é fácil se apegar ao estresse no pátio do Cottage, o restaurante aonde Katrina e eu vínhamos para o brunch todo fim de semana enquanto escrevíamos *Só uma vez*. O lugar é idílico, uma cerquinha branca envolvendo o terraço com piso de cerâmica, cheio de guarda-sóis com listras brancas e azul-claras. Garçons e garçonetes em trajes índigo passam apressados, equilibrando travessas com bolinhos cobertos de açúcar e fritadas coloridas. O ruído das conversas e o calor do sol nos envolvem.

– Como estão? – Katrina indica meus ovos Benedict com o queixo.

Ela está sentada à minha frente com seus óculos de sol de armação dourada, o chapéu de aba frouxa cobrindo preguiçosamente o cabelo. Com toda a delicadeza, ela toma um golinho do suco de toranja.

– Excelente – respondo. – E o seu prato?

Katrina corta um pedaço da panqueca de banana com chips de chocolate.

– Ótimo.

Esse é o problema. Essa foi a manhã toda, um vazio incessante.

Como se estivéssemos vasculhando as areias com detectores de metal, vasculhamos o entorno por pontos de interesse em comum, mas não encontramos nada além de uma troca de frases banais: o clima, como o bairro mudou, a seleção de sucos do restaurante. Aqui serve suco de goiaba, o que nos rende uma conversa com três frases inteiras.

Para duas pessoas que ganham a vida escrevendo diálogos, nossa conversa é dolorosamente forçada. Mas não vou desistir. Se vamos agir como se não odiássemos um ao outro enquanto escrevemos, com certeza temos que ser capazes de manter uma conversa enquanto comemos panquecas. É só praticar, como o exercício de uma matéria que fiz na faculdade, de reescrever nossa própria prosa no estilo de autores diferentes. Era só praticar.

Por isso decido insistir um pouco mais.

– Preciso dizer – começo, dando um gole no café – que estou curioso para saber por que você concordou em escrever comigo de novo.

Sei que é um assunto arriscado, próximo demais de outros que não queremos retomar ainda. Estou colocando o pé na água para testar a profundidade e decidir se estou pronto para mergulhar.

Katrina demora um tempo mastigando. Fico desesperado para saber o que se passa na cabeça dela. Ignoro a convicção aterrorizante de que enveredei por um mau caminho. Praticar a cordialidade foi ideia *dela*. Katrina vai entender o que estou fazendo.

– Acho que eu estava entediada – diz, por fim, a voz calma e neutra.

Franzo o cenho. Katrina não fica *entediada*. Não é assim que a mente dela funciona. Ela é uma pessoa extremamente curiosa e intensamente observadora que se empolga só de examinar e compreender seja lá o que capturar seu interesse. Esse é um dos maiores dons literários dela, a autenticidade da prosa, fruto da compreensão intuitiva que ela desenvolveu em relação ao mundo e às pessoas que o habitam.

Pego a faca.

– Então não tem nada a ver com o Chris.

A expressão dela se endurece por meio segundo. Katrina toma um gole e, quando pousa o copo, vejo que decidiu alguma coisa.

– Não, tem a ver, sim – responde. – Estou fazendo isso porque o Chris precisa do dinheiro.

A voz dela perde o tom vazio e ensaiado de hoje de manhã. A mudança é sutil, Katrina não está sendo ácida ou emotiva. Seu tom é apenas prático.

Percebo que ela não disse tudo, que há verdades fundamentais demais para serem ignoradas. Não cabe a ela ganhar dinheiro para Chris. A verdade é que ele está tirando vantagem do relacionamento pessoal para melhorar o profissional. Katrina obviamente se sente desconfortável com a posição em que está, e tem todo o direito.

Apago a centelha de prazer que a notícia da discordância entre os dois acende em mim. Estamos fingindo ser amigos, e não é certo me deleitar ao saber que minha amiga está noiva de um cretino manipulador e ganancioso. Mas, por mais razões que eu tenha imaginado – e imaginei várias –, nunca pensaria que Katrina voltaria a escrever por conta do egoísmo de Chris.

– Por que *você* concordou? – pergunta ela, claramente se esforçando para manter a pergunta cordial. Fico grato pela atitude.

Nossa escrita juntos, até agora, foi um combate. Produtivo, mas hostil. Neste momento, entretanto, estamos colaborando. Em uma conversa respeitosa e normal. Estamos no mesmo barco, os olhos fixos no mesmo horizonte.

A sinceridade dela me inspira a ser sincero.

– As vendas do meu livro solo não... não são ótimas – admito. – Os editores, e parece que os leitores também, só querem ler os livros Nathan Van Huysen se eles tiverem sido escritos com você. Não posso culpá-los.

A expressão de Katrina não se altera. É uma tarefa contínua tentar descobrir o que está acontecendo por trás daqueles óculos escuros. Já vi a fachada neutra dela em muitas ocasiões – costumava observá-la lendo um livro, à luz do sol ou de alguma luminária nas casas que alugamos, e tentava adivinhar o que estava pensando. Quando Katrina terminava de ler, eu nunca conseguia antecipar se ela levantaria os olhos iluminados, ansiosa para passar a próxima hora conversando sobre tudo que tinha amado, ou se balançaria a cabeça, frustrada com o que achava que o escritor poderia ter feito melhor. Também nunca consegui descobrir como ela fazia aquilo, como continha tanto e revelava tão pouco.

– Eu li *Refração* – diz.

Eu me inclino inteiro para a frente, ansioso para ouvir o que ela tem a dizer. Esse é o momento que todo autor odeia: "Eu li o seu livro", seguido por elogios ou por absolutamente nada. No geral, é uma conversa que prefiro não ter. Com Katrina, eu preciso saber.

– Eu... adorei.

Se eu estivesse de pé, o alívio teria deixado meus joelhos bambos. Faço minha melhor imitação do tom neutro dela.

– Estou surpreso até que você tenha lido – digo, com sinceridade.

– Sempre vou ler o que você escrever – declara Katrina.

Sinceridade, mais uma vez. Posso ouvi-la na suavidade da voz dela, na facilidade com que as palavras saem.

Voltamos a nos concentrar na comida, o silêncio menos artificial. Enfim me sinto... confortável. Ou quase. Estou pronto para mergulhar, estou à vontade nestas águas.

– Eu deveria ter dado os parabéns pelo seu noivado – comento.

Lembro quando descobri. Claro que não recebi nenhum e-mail de Katrina contando a novidade. A notícia chegou a mim pela droga do Facebook, o carrossel de fotos de bebês e de casas novas de que eu adoraria me livrar e que me conectava a pessoas com quem não preciso mais de conexão. Pessoas como Chris Calloway, que obviamente postou sobre o noivado. Era uma foto de Katrina sorrindo de olhos fechados, a mão entrelaçada na dele, o anel de noivado à vista enquanto ele beijava seu rosto. Katrina com certeza aprovou. Era tão ela, tão sutil e humana, nada exagerado. E todo dia sou obrigado a ver o diamante de lapidação princesa em seu dedo, que é esfregado na minha cara enquanto escrevemos. Eu não costumo respeitar o gosto de Chris, mas neste caso entendo por que ele quis postar para que o mundo visse.

Os dois estavam em uma varanda qualquer. A foto era da noite de Ano-Novo. Vi o post na manhã seguinte, com uma ressaca tão forte que até mesmo o branco do sofá da sala machucava meus olhos. Examinei as expressões dos dois e o sorriso de Katrina, tomado pelo ressentimento e pela revolta reservados às crueldades com que sabemos que o destino pode nos atropelar, mas torcemos para que nunca aconteçam. Desliguei o celular. A dor de cabeça latejante não foi a única razão para a minha total falta de produtividade no dia de Ano-Novo.

Mas fechar o Facebook não foi o bastante. Meu celular não parou de vibrar depois disso. Todos que nos conheciam tinham que me mandar mensagens, falar comigo. Todos precisavam interpretar minhas pausas e minha pontuação para determinar como eu me sentia. Decidi que a cura para a ressaca seria outro drinque, sozinho.

Nos últimos quatro anos, os momentos em que a existência de Katrina invadiu a minha pareceram interlúdios. São dias perdidos. Eu escrevo, é claro, mas é mecânico, sem entusiasmo, uma prosa equivalente a carne moída. Porque cada palavra não era escrita por paixão ou determinação, mas por resistência. Resistência à gravidade terrível da pergunta que eu não queria contemplar: se Katrina seria minha vida real, e todo o resto o interlúdio.

Katrina ruboriza.

– Não era necessário. Nem estávamos nos falando – retruca, recuperando a compostura.

Estamos perigosamente próximos dos assuntos que contornamos com cada comentário rancoroso, cada olhar magoado. O fato é que de fato fico feliz por ela, se ela estiver realmente feliz com o noivado com Christopher Calloway. Se ela se enche de alegria a cada vez que olha para o anel de noivado em seu dedo, não quero nada além disso. Mas não há como ignorar o que sei sobre Chris, nem o que sei sobre Katrina.

Ela tira os óculos escuros, que guarda com todo o cuidado, dobrando as hastes.

– Eu... fiquei chateada quando soube de você e da Melissa – continua ela.

Vejo em seus olhos que está fazendo exatamente o mesmo que eu. Testando as águas. Tentando descobrir se somos mesmo capazes de fingir isso. Eu a imagino recebendo aquelas mesmas mensagens de texto, só que para contar sobre meu divórcio. Fico imaginando qual foi a resposta.

– Obrigado. Tenho... mais arrependimentos do que gosto de admitir – confesso, com dificuldade.

É uma admissão difícil. Porque não é apenas para Katrina, também é para mim mesmo. Não existe um jeito bom de terminar um casamento, assim como não existe um jeito bom de quebrar a perna. Se eu pudesse mudar o passado, ainda teria me divorciado, mas agiria de forma muito diferente. O divórcio foi absurdamente doloroso, como uma piada ruim do universo. Houve vezes em que quase desejei que um de nós *tivesse* traído o outro, só para que pudéssemos observar nosso casamento da distância segura do ódio. Isso com certeza teria sido melhor do que ver minha ex-esposa assinar os papéis do divórcio e, em seguida, irromper em lágrimas.

Katrina concorda com a cabeça, então seus olhos se perdem na distância.

– Chris não me quer se eu não estiver escrevendo – diz, em seguida.

Aquela admissão me arranca das lembranças de Melissa. É de uma tristeza profunda e inesperada. Sinto o instinto de confortá-la, de tranquilizá-la, um instinto que achei que já não teria mais.

– Katrina... – começo a dizer.

Ela olha para mim.

– Está tudo bem. Quer dizer, não está, mas você não precisa falar nada. – Katrina recoloca os óculos escuros e chama o garçom. – A conta, por favor? – pede, com um sorriso.

O sorriso é falso, mas o que ela disse foi real. Tudo o que dissemos foi real.

É irônico, eu me dou conta. Em nosso fingimento, acabamos tropeçando em alguma sinceridade. Nós nos permitimos compartilhar coisas que não teríamos compartilhado se permanecêssemos em nossas versões combativas, entrincheirados no presente.

Eu me pergunto como ficamos com tudo isso... porque essa amizade falsa começa a parecer inquietantemente real.

18

Katrina

Estamos no sofá. Hoje, estabelecemos o acordo tácito de trabalhar aqui, não na mesa de jantar. O brunch me deixou com uma sensação esquisita... não sei por que confessei a ele coisas que mal admito para mim mesma, verdades que só encaro nos breves instantes em que me reviro na cama. Ditas em voz alta, pareceram absurdas. Mas Nathan escutou tudo de um jeito que me fazia compreender que não eram.

Talvez eu preferisse me sentir absurda.

Chegando em casa, deixei as inseguranças de lado. Sabia que cena nos aguardava. Se conversar sobre nossas vidas comendo panquecas tinha sido o aquecimento, escrever cenas românticas juntos é entrar em uma arena de boxe. Mas já fugimos dessas partes por tempo demais.

Preferimos, então, escrever na sala. Nathan trouxe o computador dele, e nós nos acomodamos no sofá, de frente para as janelas da varanda. Está um clima agradável, não faz muito calor. As almofadas macias são reconfortantes. A sala de estar é aconchegante, mas completamente incongruente com o que temos que fazer. Nathan está sentado a meu lado, as pernas cruzadas, o tornozelo apoiado no joelho.

Enquanto escrevemos, sinto seus olhos se desviarem da tela para minhas mãos, pousadas em meu colo. Sei no que ele está reparando, e não é a primeira vez. Assim como percebi que Nathan continuava parecido com a imagem que eu tinha dele, ele com certeza sentiu o mesmo. Sem dúvida notou que eu continuava muito parecida com a Katrina que ele conhecera, apesar das reviravoltas em nosso relacionamento. Continuo tendo cabelo comprido e a pele pálida por trabalhar sempre dentro de casa.

A diferença é o anel.

A aliança de noivado, que uso há dois anos, é o único sinal exterior do que mudou durante os anos em que Nathan e eu fingimos que o outro não existia. Para ser franca, não é o anel que eu teria escolhido. Mas é bem a cara de Chris, o que conquistou meu apreço. É um corte estilo princesa, com faixas de diamante e platina emoldurando a pedra quadrada. Um diamante enorme. Tenho mãos pequenas, proporcionais à minha altura de 1,63, e lembro como no começo foi estranho digitar com o peso extra no dedo. Com o tempo, acabei me acostumando.

Chris me pediu em casamento no Réveillon. Ele me chamou para a celebração do bar de um de seus hotéis favoritos, onde reservou uma suíte. Fomos. Foi divertido. Uma diversão previsível, nada complicada. O que apreciei bastante, se bem me lembro. Minha vida tinha sido difícil por tempo demais. O trabalho com Nathan, a preocupação com *Só uma vez*, a fuga para um labirinto em meu subconsciente que eu às vezes desconfiava que não tinha fim. Eu queria algo confortável, comum, compreensível. Curtir um pouco de música e drinques com meu namorado na companhia de estranhos era perfeito.

Faltando minutos para a meia-noite, Chris insistiu gentilmente para que saíssemos do bar cheio e fôssemos para o quarto. Ele então me levou até a varanda, onde a noite se estendia diante de nós, pródiga. Chris é um bom bebedor, mas estava com o rosto corado, o olhar cintilante e intenso, e, quando me pediu em casamento, foi numa voz clara e cheia de emoção.

Foi fácil dizer sim. Chris me beijou e puxou meu rosto para perto, para tirar uma foto. Não sei por quê, mas fechei os olhos. Transamos. Eu me lembro de me sentir feliz deitada ao lado dele na cama, depois da meia-noite, quando já era oficialmente Ano-Novo. Eu era amada. Estava bem. Estava seguindo em frente. O futuro diante de mim era seguro e acolhedor.

Talvez Chris não fosse a história de amor que eu tinha imaginado. Nosso romance não era de anseio profundo, de fanfarras e floreios do destino. Mas era melhor, porque era real. Eu não precisava estar em uma história de amor, só precisava amar.

Eu não dava a mínima para o que Nathan sentia quando via meu anel. Mas, neste momento, duvido que esteja ajudando o progresso na cena. Terminamos a primeira página, escrevemos a abertura sem nenhum percalço.

É um flashback: Evelyn e Michael acabaram de voltar para casa, exaustos do longo dia na estrada, viajando de carro pela costa. Uma fagulha entre os dois se incendeia.

É o mais longe que chegamos. Os dois trocaram um olhar ardente, e a partir daí não conseguimos mais avançar o cursor.

– E se simplesmente não fizéssemos os flashbacks? – propõe Nathan, quase uma súplica.

– O livro não funciona sem isso – lembro, com gentileza. – Temos que mostrar o auge da paixão dos dois.

Nathan descruza a perna e pousa o pé no chão.

– Tá certo... mas e se o auge da paixão deles for... cuidar do jardim, ou fazer massa fresca? Por que tem que ser sexo?

Abafo uma risada. *Massa fresca?*

– Você ouviu o que saiu da sua boca? – pergunto.

Se Nathan Van Huysen está sugerindo algo tão contraproducente, é porque está se sentindo tão desconfortável quanto eu.

Não penso nos motivos, não vale a pena.

Quando Nathan e eu começamos, descrever cenas físicas de amor era constrangedor. Escrever qualquer coisa é um ato de vulnerabilidade. É se despir para o leitor, mesmo quando a cena não tem nada a ver com sexo. Naqueles primeiros dias, Nathan e eu corávamos, desviávamos os olhos e disfarçávamos o desconforto com risadas. Conhecer melhor um ao outro não facilitou as coisas. Muito pelo contrário: piorou. Eu não queria pensar sobre como meu amigo pensava em despir uma mulher, ou como ele gostava de ser tocado. Também não queria que ele soubesse do que eu gostava. Não importava se as coisas que eu escrevia não refletiam minhas preferências pessoais. *Eu* tinha escolhido as palavras, o que já é significativo.

A verdade é que, naquela época, trocávamos páginas. Era a única coisa que tornava o processo suportável. Agora, ambos nos vemos forçados a escrever sob o olhar atento de um parceiro. É a diferença entre sussurrar no ouvido de um amante, sob os lençóis, e dizer a mesma coisa em voz alta no meio da tarde. Nathan e eu nunca conseguiríamos desenvolver a intimidade que tornaria isso suportável.

Nathan, com orelhas vermelhas, tem a elegância de sorrir.

– Certo – diz ele, a voz estrangulada enquanto se rende aos fatos. Ele coloca o computador no meu colo. – Quer tomar as rédeas?

Ao ouvir as próprias palavras, Nathan faz uma careta.

Entro em pânico ao ver o notebook dele sobre minhas coxas. Quando abaixo os olhos, a tela me encara, como se planejasse me engolir junto de qualquer talento criativo que eu tenha.

– Precisa ser... hã... descritivo? – balbucio. – Quer dizer, mencionamos partes do corpo, ou...?

– Nada descritivo – responde Nathan, decidido. Ou desesperado.

– Diz o cara que ontem fez o esforço de encher uma página inteira com a descrição do ambiente.

Posso jurar que ele está prestes a rir. Em vez disso, ele se endireita no sofá.

– Katrina – diz Nathan, com uma formalidade inédita. – Você é uma autora de best-sellers. Eu confio na sua capacidade de fazer essa escolha. Vou seguir sua deixa.

Reviro os olhos. Pouso os dedos nas teclas planas do teclado do MacBook e começo a digitar. Eu nos levo até o primeiro abraço de Michael e Evelyn, escrevendo cada vez mais rápido, sem deixar o constrangimento absurdo que sinto diminuir o ritmo. Finjo que estou trancada no quarto, que estou escrevendo isso para outra pessoa. Qualquer pessoa. Termino um trecho e paro, certa de que meu rosto está muito vermelho, e ainda nem chegamos à cama.

Nathan lê por cima do meu ombro. Ele respira fundo, e vejo a guerra entre seu desconforto e seja qual for a ideia que está tendo. Por fim, estende as mãos por cima das minhas para acrescentar suas ideias.

Nathan traz imagens e ardor novos para a cena, as palavras transbordando para o fundo branco da tela. Em duas frases, ele me faz sentir a perplexidade de Michael ao se dar conta da intensidade do desejo que sente por aquela mulher que ele vê todos os dias. De como não consegue se saciar dela. Enquanto leio, Nathan termina e se afasta do computador.

Estalo os dedos e começo a despir Michael. Eu e Nathan pegamos o ritmo. Descrevo cada lugar que a pele do casal toca, cada beijo cáustico. O computador está quente no meu colo. Quando termino o parágrafo, viro a tela para Nathan.

Ele pigarreia.

– Eu... não tenho nada a acrescentar – ele se força a dizer.

Continuo, então, os dedos voando. Chego ao ponto em que Evelyn e Michael se deitam, nus, entre os lençóis. Então... paro. Nem inspiração nem qualquer instinto refinado de autora consegue me ajudar. Não consigo escrever isso. Não com Nathan a meio metro de distância.

– Podemos, *por favor*, escrever esta parte separados? – peço.

Nathan fica muito sério.

– E depois vamos fazer o quê? Trocar as páginas?

– Só neste capítulo – insisto.

– Não. – É a resposta imediata.

Eu sabia que ele não aceitaria. Não posso culpá-lo. É inegável que trocar capítulos é um ato carregado de intimidade. É claro que o que estamos fazendo agora também é muito íntimo, mas escrever páginas e páginas com um único leitor em mente muda as coisas. Capítulos inteiros lidos como cartas, entregues diretamente à sua porta. Se o texto escrito é romântico... Bem, já vivi isso, não estou pronta para voltar a viver desse jeito. Não sei se algum dia estarei.

– Vamos conseguir continuar assim – declara Nathan.

Ergo os olhos, surpresa ao perceber como seu tom se tornou encorajador.

– Temos que conseguir – prosseguiu ele. – Lembra o que dizíamos sobre *Só uma vez*?

Faço que sim com a cabeça.

– São os pensamentos e sentimentos dos personagens. Não os nossos – digo, repetindo o mantra que conheço tão bem, sentindo que puxei o pino de uma granada que agora seguro com toda a força.

Recupero o controle e escrevo a cena. Descrevo a mão de Michael por baixo das cobertas, correndo pela parte interna da coxa de Evelyn. Escrevo como ela move inconscientemente a perna em resposta, o suspiro trêmulo quando ele a toca.

– Gosta disso? – pergunto a Nathan, em uma voz que eu não achava que sairia tão baixa.

Ele enfia a mão no bolso.

– Meu Deus, Katrina.

Eu me dou conta de como soou.

– Não era a intenção...

– Sei que não.

Irritado, ele pega o computador do meu colo. Então, escreve as coisas que só alguém que já transou com uma mulher seria capaz de escrever: o desejo desesperado que Michael sente por Evelyn, o modo como seus olhos se demoram nos lábios entreabertos dela, como ele deseja sentir as curvas suaves e macias dela a cada segundo, para sempre.

Então, Nathan descreve os detalhes como só Nathan Van Huysen é capaz: o lirismo nos movimentos, a emoção em cada roçar de lábios.

Ele me devolve o computador, e sinto o metal quente arder sobre as coxas. Sei o que preciso fazer. Recorro à mesma linguagem das brigas de Evelyn e Michael – punhos cerrados, corações disparados, rostos tensos, desta vez de prazer, em vez de sofrimento.

– Ótimo – murmura Nathan. – Sim.

Suas palavras me provocam arrepios indecifráveis. Termino a cena, acelerando a conclusão: Michael e Evelyn selam o momento final com um beijo. No instante em que coloco o ponto-final, Nathan se levanta, dizendo:

– Que bom que acabou.

Fecho o computador, ignorando meu coração acelerado. É por ter escrito tanto. Escrever pode ser intenso.

– Quer pedir algo para jantar? – pergunto, animada.

– Por mim, tudo bem. – A voz dele tem o mesmo tom que a minha.

Estamos fingindo que está tudo normal, como se nada tivesse acontecido. E... nada aconteceu de verdade. Saber disso não acalma a pergunta que não sai da minha cabeça: *se tudo está normal, por que é tão difícil?*

– Vou sair para correr – avisa Nathan, em tom casual. Sua postura parece desconfortável. – Comemos às sete?

Forço um sorriso.

– Até lá, então.

Ele sai. Continuo sentada no sofá, sem saber muito bem o que fazer, mas certa de que não quero cruzar o caminho dele. A cena é entre os personagens, lembro a mim mesma. Não tem nada a ver conosco. Eu me envolvo nessa garantia como faria com uma manta fina demais em uma noite gelada. A linha entre nós e o que escrevemos precisa se manter firme. Se ruir, se nos deixarmos transbordar no trabalho, não nos restará nada além de uma terrível confusão de páginas e vidas.

19

Nathan

• QUATRO ANOS ANTES •

Escrevo noite adentro, todas as luzes no quarto acesas em desafio ao adiantado da hora. Meus pulsos doem, minha visão parece distorcida, mas não me importo. Preciso terminar a cena de *Só uma vez* que comecei horas atrás, quando Katrina e eu subimos para dormir. Chegamos à parte que eu adoro no processo, com ideias e inspirações se antecipando aos meus dedos. Tudo está se encaixando, e corro para escrever mais um trecho antes de dormir.

Katrina e eu escrevemos o tempo todo agora. É revigorante, não exaustivo. Como um movimento perpétuo. Esse é o fluxo que sempre busco, em que o fim se materializa no horizonte, as nuvens se abrem, e tudo faz o mais absoluto sentido. Não há nada que chegue perto dessa sensação. Toda noite, deito a cabeça no travesseiro e mal posso esperar para acordar, encontrar Katrina na cozinha e continuar a escrever.

Confiro o relógio. Uma da manhã. *Merda*. Sei que preciso dormir se quiser alguma produtividade amanhã.

Quando me levanto de má vontade, escuto uma batida à porta.

Sorrio. Katrina também está acordada, exatamente como eu. Ela também é dominada pelo mesmo impulso inexplicável. Deixo o computador aberto e atravesso o quarto para abrir a porta. Qualquer cansaço que pudesse estar sentindo desapareceu. É Katrina, ela é meu segundo fôlego. Quando abro a porta, eu a vejo parada do outro lado, segurando páginas na mão.

– Trabalhando até tarde? – Apoio as mãos no topo do batente e me inclino para a frente.

Kat está ruborizada. Ela prendeu o cabelo para cima, o que só faz em surtos de escrita. E parece que acabou de voltar de uma corrida. Quando ela fala, não soa exatamente tímida, mas seu tom também não é casual.

– Fiz um primeiro rascunho do... sonho – diz.

Endireito a postura. Quando abaixo os olhos para as páginas em suas mãos, me sinto culpado, como se estivesse olhando o decote de sua blusa. Não estava. Minha curiosidade é pelo papel e pela tinta. Essas páginas guardam o primeiro conteúdo explícito do livro, uma cena em que Jessamine fantasia sobre Jordan em um sonho.

– Não sabia que você estava trabalhando nisso – comento.

– Não foi planejado – responde ela. – Eu só... – Seus olhos fogem dos meus. – Eu estava inspirada.

Várias mechas de cabelo emolduram seu rosto, soltas do rabo de cavalo. Os fios acariciam sua face quando ela ajeita a postura. À luz indireta do quarto, sua pele parece macia.

– Mal posso esperar para ler – digo, com sinceridade.

Katrina percebe as mechas soltas e as coloca atrás da orelha. Estendo a mão para as páginas.

Ela não entrega.

– Nathan... – Katrina hesita, como se as palavras tivessem ficado presas na garganta. – É um sonho erótico – continua. Ela está declarando o óbvio, mas sua voz vacila. – Mas não é o *meu* sonho erótico, certo? Preciso deixar isso claro. É a personagem falando. Não é... bem, você sabe. Não é meu.

Forço uma risada, embora ouvi-la dizer as palavras *sonho erótico* me provoque reações nada divertidas.

– Eu sei. – Ela me encara por um bom tempo. – Não vou confundir o que está nessas páginas com suas preferências pessoais – garanto.

Ela concorda com a cabeça.

– Ótimo – retruca, soando mais segura do que parece.

Continuo com a mão estendida, e Katrina finalmente me entrega as páginas.

– Não fui feita para escrever esse tipo de cena – complementa, com uma risadinha desconfortável.

Sinto uma ânsia urgente de estender a mão para ela, de ceder a algum gesto cheio de gentileza, como acariciar seu ombro ou apertar sua mão. Mas a ideia escapa tão rápido quanto chegou.

– É por isso que temos um ao outro, certo? – prefiro dizer.

– Certo. – Ela fica mais um momento ali, parada, emoldurada pelo corredor escuro, como se quisesse dizer mais alguma coisa. – Bem... divirta-se – fala, por fim.

– Escolha interessante de palavras.

Katrina ri, o que alivia a rigidez da conversa.

– *Boa noite*, Nathan – diz, com um toque de sarcasmo.

Balanço a cabeça, sorrindo de volta.

– Boa noite, Kat.

Ela cruza o corredor, os passos silenciosos dos pés descalços na madeira, e eu fecho a porta. Atravesso o quarto e abaixo a tampa do notebook, a tela ainda aberta no parágrafo em que trabalhava. Pego a mesma caneta que sempre uso para revisar. Foi presente de formatura do meu pai, e, por mais que eu saiba que ele queria que eu a usasse para assinar contratos ou boletins médicos, esta caneta é o mais perto que cheguei de sentir o apoio dele, mesmo que tácito, à minha escolha de carreira. Tiro a tampa da Montblanc prateada e me acomodo na cama.

A cena que Katrina escreveu explode imediatamente. É ousada, estabelece logo o ardor da paixão dos personagens, sem hesitar. Sou tragado.

Katrina estava errada. Ela tem muito, *muito* jeito para isso.

Sua escrita é sensorial e intensa, repleta de emoções conflituosas. Jessamine deseja um homem que não pode desejar, a não ser neste momento, protegida pela inconsciência. Essa liberdade a empolga, e as páginas se sucedem em uma paixão irracional. Katrina trabalha bem cada sensação, elevando-as a extremos.

Sei que não é só sua escrita inebriante que me cativa. Cada palavra, cada descrição está impregnada com a essência dela. Impossível não ver suas digitais por toda parte. E Katrina me alertou que aquela não era a fantasia *dela*.

É claro que não, lembro a mim mesmo.

Mas, no meio da noite, deitado na cama, suas palavras de anseio por prazeres e abraços proibidos enchem minha mente, e faço o que sei que não deveria. Convido a linha entre autor e personagem a se dissipar. Escuto tudo na voz dela, e isso me acende.

Estico os dedos, levo a caneta ao papel. Leio tudo duas, três vezes. Na terceira, já elogio o que gosto e contribuo onde posso. Enquanto trabalho, sinto acontecer: fantasio não mais só na voz dela, mas com a nossa. Nós construímos isso juntos. A oportunidade me deixa zonzo. Como em um sonho, estas páginas levam meus pensamentos a rumos insanos, a me esbaldar em tudo que não deveria.

Só quando termino é que contenho os caprichos da mente. Repito para mim mesmo o que sempre digo conforme Jessamine e Jordan se apaixonam cada vez mais. É fácil ser arrebatado pelos sentimentos deles. É o resultado de uma boa escrita. Mas os sentimentos e sensações são *deles*. Essa não é a minha fantasia. Aliás, nem sequer é uma fantasia.

É ficção.

20

Katrina

• DIAS ATUAIS •

Nossa trégua deu certo. Escrever vai ficando mais fácil para nós dois ao longo dos dias. Não é mais o tumulto psicológico a que me acostumei nas últimas semanas. Nathan e eu não vomitamos mais nossos ressentimentos nas páginas. Somos civilizados, até descontraídos, enquanto argumentamos sobre o texto com disposição e sinceridade. Ainda está longe da manhã que passamos em Florença escrevendo *Voos de conexão*, quando Nathan colocava ideias de diálogo absurdas nas vozes dos nossos personagens enquanto eu ria tanto que minha barriga chegava a doer. Mas já é alguma coisa.

No sábado, decidimos que precisávamos sair de casa. Tínhamos o hábito de escrever em cafés. Quando não estávamos em algum retiro, nos enfiávamos nos cafés de Nova York, em vez de trabalhar na sala de estar de um ou de outro. Eu achava o ritmo das músicas e as conversas revigorantes; já Nathan, suspeito, ficava desconfortável com Melissa por perto, para ouvir seu processo criativo. Agora que não brigamos constantemente ao definir cada cena, me sinto confiante de que podemos escrever em público sem perturbar quem estiver ao nosso redor e sem passar vergonha. Mais confiante, pelo menos.

Nathan sugere convidar Harriet. Disfarço minha relutância e concordo. Apesar da trégua temporária quando ela veio jantar, ainda há muita mágoa entre nós. Mais do que dá para ignorar por muito mais tempo e mais do que consigo administrar por enquanto. Não quero explicar nada disso a

Nathan, ainda mais depois que adquiri o hábito irritante de revelar a ele mais do que pretendia.

A casa não fica longe do centro da cidade. Seguimos por ruas laterais imersas em vegetação verdejante, com palmeiras frondosas e uma abóbada de árvores se estendendo acima dos cabos de luz, até chegarmos ao café que Harriet sugeriu. Descubro, a contragosto, que estou feliz por estarmos aqui, na Flórida. É o eco distante de como Nathan e eu nos sentíamos nos outros retiros, como se viajar – andar por ruas estranhas, ver o toque da novidade em cada farfalhar de árvores, nas conversas pelas calçadas, ou no arrastar dos sapatos – pudesse abrir os portões da inspiração.

Chegamos ao café, um bangalô adaptado com uma varanda azul-petróleo e o teto anguloso. Dentro, é perfeito. Tem tudo para garantir um dia inteiro de escrita: janelas amplas, uma farta seleção de chás e muitas tomadas. Sento-me ao lado de Nathan, com Harriet à nossa frente, cheia de curiosidade disfarçada que ela acha que não percebo.

Para minha surpresa, a tarde foi muito agradável. Harriet pediu conselhos em relação a um plano de estudo, e eu consegui conversar com as duas pessoas com quem, meses atrás, nem desejaria estar no mesmo cômodo. Por cima do ombro, observo Nathan escrever. Ele está no meio de uma frase quando intervenho:

– Espera, você precisa...

– Merda, você tá certa – diz ele.

E deleta.

– E se...? – Nathan reescreve a frase.

– Sim – concordo. – Só não deixe de mencionar...

Ele escreve exatamente o que eu ia dizer.

Então, levanta os dedos das teclas e sorri, comentando:

– Nada mau, hein?

Reviro os olhos e puxo o computador para perto.

– Uau – comenta Harriet.

Paro de digitar. Ergo os olhos e a vejo me encarando, já sem esconder o interesse. Percebo que Harriet tinha parado de trabalhar no plano de aula.

– O que foi? – Nathan soa desconfortável, como se soubesse o rumo que o comentário tomaria.

– Vocês dois estão... realmente entrosados – responde ela, surpresa, quase desconfiada.

Sinto Nathan tenso a meu lado.

– Estamos tentando – digo, sem saber por que minha resposta sai na defensiva.

– Tentando? Cacete, estão conseguindo – afirma Harriet. Ela estreita os olhos. – Como?

Nathan se apressa em responder.

– Isso importa?

– Bom... não. Quer dizer, não como a paz mundial e o fim da fome *importam*. Só estou morrendo de curiosidade. Vocês estão fazendo aquele negócio de ler a mente um do outro. Pior, parecem estar *se divertindo*.

A máquina de cappuccino sibila, e eu me encolho, assustada.

– Não estamos nos divertindo – declaro, decidida.

Nathan inclina a cabeça, mas não diz nada.

– Achei que vocês tinham me convidado para servir de apoio moral, árbitra ou coisa parecida – explica Harriet. – Acho que estava errada.

– Convidei você porque somos amigos – retruca Nathan, tranquilo.

Harriet o encara por um longo momento, compreendendo o mesmo que eu. É uma meia resposta, direta, ainda que incompleta, desviando do assunto que importa.

Ela não insiste. Só destampa a caneta e volta ao plano de aula.

Continuo a digitar, os ouvidos zumbindo. Deveria estar orgulhosa por termos enganado Harriet. Orgulhosa por finalmente estarmos trabalhando com um ritmo coeso. *Isso é bom*, digo a mim mesma. Então por que tenho a sensação de ter quebrado as regras?

– Não – me interrompe Nathan. – "Sempre", não "para sempre".

Ele está se referindo à escolha de palavras. Releio o trecho. *Evelyn se lembrou daqueles primeiros segundos só deles, logo depois que disseram o "sim", quando riram com alívio por terem sobrevivido à parte difícil – agora só restava o jantar, a dança e o amor que sentiriam para sempre.* Algo mudara? Faço uma careta, porque sei exatamente aonde ele quer chegar.

– "O amor que sempre sentiriam." – Nathan enfatiza a palavra "sempre", confirmando meus medos.

– Para sempre – respondo, com paciência. – Assim a frase fica mais fluida.

O tom dele continua leve.

– Você *sempre* implica com a palavra *sempre*. – Ele ri, a covinha despontando no rosto.

Ignoro a covinha, que foi golpe baixo.

– Não é verdade.

Era verdade, em parte. Não consigo explicar minha aversão à palavra, mas me ressinto por ele se lembrar disso.

– Katrina. – Nathan apoia os cotovelos na mesa e defende sua escolha. – Isso muda completamente a conotação da frase. "Para sempre" tem a ver com... – Ele pensa um pouco, tentando conceituar a diferença. – "Para sempre" tem a ver com um futuro distante, com anos que ainda estão muito longe, sobre os quais nada se sabe. "Sempre" se refere a cada segundo de cada dia. A dimensão é tão ampla quanto "para sempre", só começa mais cedo. – Seus olhos estão fixos nos meus. – Sozinha, a palavra é imediata, imortal. É melhor.

De jeito nenhum. Não vou deixar que ele leve a melhor com um de seus discursos à la Nathan Van Huysen.

– A grandeza do "para sempre" impacta o leitor imediatamente – contra-ataco.

Nathan não diz nada, só me encara. Então, se vira para Harriet.

– Sem chance – diz ela, erguendo as sobrancelhas. – Eu me recuso a ser envolvida. Resolvam entre vocês.

Posso jurar que vejo um brilho de satisfação nos olhos dela. Quando franzo o cenho, Harriet dá de ombros.

Encaro Nathan.

– Pedra, papel ou tesoura? – sugiro, esperançosa.

Ele me responde com um olhar irônico. Já usamos essa brincadeira de criança para resolver disputas em relação ao texto, vez ou outra. Neste momento, entretanto, ele não estende o punho.

Em vez disso, se levanta.

– Tenho uma ideia melhor.

Fico olhando, sem entender, o peito apertado de medo, o que só piora quando, sem hesitar, Nathan sobe na cadeira.

– Meu Deus – digo. – Desça daí.

Ele ri, a covinha despontando outra vez.

– Com licença! – Ele fala em voz alta, dirigindo-se a todos no café.

Pouso as mãos no colo, já sabendo que não vou gostar do que ele vai fazer – Preciso da ajuda de vocês para resolver uma disputa.

Cabeças se viram. Ouço sussurros, as pessoas sem dúvida se perguntando por que tem um estranho de pé em cima da cadeira. Nathan não parece se importar.

– Estamos escrevendo um livro. Levantem a mão para a frase que preferem. – Ele exala aquele charme característico, e posso ver alguns clientes do café, que até então pareciam céticos, se interessarem. – "O amor que sempre sentiriam" ou "o amor que sentiriam para sempre"? Levante a mão quem prefere "sempre".

Ele espera, na expectativa. Ninguém levanta a mão.

– Ah, vamos – pede Nathan aos presentes, a voz instigante. – Minha parceira e eu não conseguimos chegar a um acordo e temos que ir para casa juntos essa noite. Não nos façam brigar durante o jantar.

Deixo escapar uma risada, então levo a mão à boca, o que leva muitos da audiência de Nathan a olharem para mim. Um sujeito com colete de pesca levanta a mão, seguido por dois adolescentes no fundo. Ao vê-los, Nathan se empolga e quase cai, a cadeira oscilando sob seus pés. Rio mais alto, já sem esconder que estou me divertindo.

Nathan percebe. Ele me lança um olhar, e seus lábios se curvam em um meio sorriso.

– Levante a mão quem prefere "para sempre" – pede, os olhos ainda fixos nos meus.

Mais mãos são erguidas. Observo em volta, vendo os *meus* eleitores. O casal idoso perto do balcão do café, que parece muito comprometido com a escolha. Os dois baristas preferem "para sempre". A mulher de 30 e poucos anos trabalhando no computador levantou a mão sem nem tirar os olhos da tela. Venci. Nathan pende a cabeça, desanimado.

– Aceito o veredito, embora não goste do resultado. Obrigado a todos – diz, e desce da cadeira.

Quando se acomoda de volta ao meu lado, parece muito satisfeito.

– Espera, é sério? – pergunto. – Você vai aceitar minha opção só porque quatro pessoas neste café levantaram a mão?

– Foi o combinado, então é o que devo fazer – retruca ele, com uma seriedade zombeteira. Seus olhos cintilam.

Dou outra risada, incapaz de me conter.

– Você é ridículo.

– Isso é alguma surpresa? – responde ele, na hora.

Só balanço a cabeça, fingindo reprovação, e volto ao computador. O sorriso se demora em meus lábios. É difícil me concentrar. Releio a última frase várias vezes até sentir os olhos de Harriet em mim. Ergo a cabeça e vejo que ela está me encarando. É fácil ver o que está pensando, e agora não tenho defesa. Desta vez, não só *parecia* que eu estava me divertindo. Eu estava mesmo.

21

Nathan

Saímos do café bem no pôr do sol. Harriet foi embora cerca de uma hora antes, balançando a cabeça enquanto Katrina e eu discutíamos a cena em que trabalhávamos.

Foi um dia bom, de acordo com todos os parâmetros. Katrina e eu terminamos a cena que tínhamos planejado, e ficou excelente. E mais: nós nos divertimos. Harriet não estava errada: quando nós dois trabalhamos bem, completar frases um do outro não é nem metade da sincronia. Completamos frases, ideias e matizes. Meu tio, que era parte do time de remo de Harvard, costumava comentar sobre a sensação de ver a equipe inteira entrando no ritmo, deslizando pela água com fluidez. É assim que me sinto quando eu e Katrina temos um dia bom.

Caminhamos para casa, aproveitando a primeira brisa fresca da noite. Queria poder só aproveitar o laranja e rosa do céu, ou o orgulho que sinto do que escrevemos. Em vez disso, sinto um aperto no peito. O dia foi agradável *demais*. Isso me assusta. Sei aonde levam dias como este, e é para lá que não quero voltar.

Katrina caminha a meu lado, a bainha do vestido branco de algodão oscilando no vento, revelando vislumbres das panturrilhas. Ela desce a rua com uma expressão satisfeita, o olhar distante como se perdida em pensamentos, os lábios entreabertos. O silêncio é confortável, e é por isso que preciso arruiná-lo.

– Por que você vai se casar com ele?

No mesmo instante, percebo que quebrei nossa camaradagem crescente. Isso alivia a tensão em meu estômago. Katrina volta os olhos para mim.

Ela não diminui o passo, e suas sandálias batem no mesmo ritmo na calçada arenosa.

– Eu amo o Chris. – A voz dela é gélida.

Ótimo. Preciso lembrar que isso está aqui, sempre presente sob a superfície dessa nossa amizade encenada. Posso fingir pelo tempo que for necessário, desde que não esqueça o que é real. Não que eu acredite nela, é claro, mas não digo nada. É reconfortante pensar que voltamos a mentir um para o outro.

Porque Katrina *está* mentindo. Algumas pessoas usam relacionamentos como moletons confortáveis. Outras os usam como grilhões, e outras ainda como armaduras. Katrina usa seu relacionamento como um casaco pesado, restritivo, até desconfortável, mesmo que a proteja do frio lá fora. Não é bem amor, mas tampouco é a ausência total desse sentimento.

Katrina torce os lábios e não me deixa responder.

– Por que você se divorciou? – pergunta, claramente uma tentativa de empatar o placar. – A Melissa largou você por causa dos boatos?

Ela não especifica a quais boatos se refere. Não há necessidade.

– Não – respondo, seco, satisfeito com a hostilidade mútua. – Ela não me largou. Fui eu que terminei tudo.

Katrina fica em silêncio. Por um instante temerário, quero que ela pergunte por quê. Quero a pergunta pairando na minha frente como uma *piñata* espalhafatosa. Quero a chance de ceder a todos os impulsos, de destruir tudo entre nós, de acabar até com a possibilidade de terminar esse livro. De parar de fingir que algum dia poderíamos ser amigos.

Ela não pergunta por quê. Não diz nada pelo resto do caminho. Nem eu.

22

Katrina

Desde a volta do café para casa, a temperatura está cinco graus metafóricos mais fria. Sei o que Nathan está fazendo. Mais do que isso, sei o porquê. Eu me deixei levar por sentimentos antigos, rachaduras emocionais que achei que tinha consertado. Enquanto olhava para ele, de pé em cima da cadeira no café, era como se estivesse vendo o Nathan que impressionava as pessoas em nossos painéis em eventos, ou que fazia nossos amigos da oficina de escritores rirem. Não vou fingir que não sinto alguma gratidão por ele nos manter afastados.

Eu me sinto terrivelmente confusa. Não quero estar aqui, escrevendo com ele nesta casa, mas também quero, porque voltar significaria encarar Chris, aquela situação financeira ridícula e a provável ruína do meu relacionamento.

Tenho vasta experiência em querer e não querer ao mesmo tempo.

No domingo, nos damos folga da escrita, como sempre. Insistimos desde o começo que precisaríamos de tempo para descansar e fazer pesquisas. No passado, isso significava idas à praia, mas nenhum de nós levanta essa possibilidade hoje.

Enquanto eu lia na varanda, pela manhã, Nathan saiu com seu short de corrida, mal parando para se despedir com um aceno antes de sair e começar o aquecimento. Tentei me acomodar para ler, mas não consegui. Não queria ficar enfurnada nesta casa, esperando que ele voltasse. Peguei a bolsa e saí para andar.

Harriet mora a quinze minutos da nossa casa. Quando subo os degraus da varanda da frente, estou suando por causa da umidade. Bato na porta de madeira branca e espero. Poderia ter mandado uma mensagem para avisar da visita, mas deletei o número dela em um ataque de raiva anos atrás. Se pedisse a Nathan, seria obrigada a aturar perguntas intrometidas sobre por que não tinha mais o contato.

Já me preparo para dar as costas e ir embora quando Harriet atende a porta.

– Estava me perguntando quando você ia aparecer – comenta, dispensando qualquer cumprimento.

O cabelo muito preto está solto, caindo sobre a camiseta preta da banda Cocteau Twins.

– Tem um minuto para conversar? – pergunto.

De trás da tela, Harriet me encara. Por fim, abre a porta. Assim que entro, percebo que ela reformou a casa. Agora carrega menos da excentricidade da Flórida, está mais simples. O papel de parede retrô com estampa de folhas se foi, e no lugar vejo paredes pintadas de branco. A mobília agora é de madeira escura, e há esculturas de mármore. É um lembrete de que nem tudo é igual depois de quatro anos.

O outro lembrete é a forma como Harriet cruza os braços e me encara, perplexa.

– Nada de Nathan hoje? – Não é uma pergunta simpática nem casual.

Nem me dou ao trabalho de responder.

– Você passou dos limites – prefiro dizer.

Não estou falando do café, e ela sabe.

Harriet ergue as sobrancelhas.

– Sério? Esta conversa não está um pouco atrasada?

– Se não quer falar a respeito, eu posso ir embora – respondo.

A expressão com que a encaro diz o resto: *e nunca vamos superar isso*.

Harriet solta um longo suspiro. Não de irritação, mas de resignação.

– Muito bem. Vamos fazer isso. Você acha que passei dos limites? Eu era sua amiga. Estava tentando *ajudar*.

– Como? Arruinando minha parceria? Minha carreira? – retruco, sem hesitar.

Já vivi dezenas de versões desta briga em minha cabeça, no chuveiro. Nunca achei que chegaria a vivê-la de fato, mas também não havia considerado a possibilidade de voltar aqui, de estar próxima de mais peças do meu passado além de Nathan.

Harriet aperta os lábios. Não parece convencida.

– Ah, pelo amor de Deus! Você mesma estava arruinando sua parceria. Só está com raiva porque eu disse o que você não queria ouvir.

Balanço a cabeça. Harriet tem ideia de como aquele argumento parece óbvio? De como ela soa mal-informada?

– Estou com raiva porque você me desrespeitou – retruco.

– Como foi que eu desrespeitei você?

Ela arregala os olhos, com uma incredulidade zombeteira.

– O que você disse...

Ela me interrompe.

– Chega de eufemismos. Eu disse que você estava apaixonada pelo Nathan, e você não conseguiu lidar com isso. – Harriet me encara. – Porque era verdade.

Pela primeira vez nesta conversa, eu me sinto abalada, sem palavras para reagir a uma fala que não previ. Nós nos encaramos, uma de cada lado da sala, como lutadoras no ringue observando a oponente. Ela acabou de me acertar com um golpe intenso.

Por fim, consigo reagir.

– Ele era *casado*.

– Sim, era – responde Harriet, no mesmo tom. – E, se eu achasse que vocês dois tinham transado, a conversa teria sido *muito* diferente.

Sinto o rosto arder. Ainda não recuperei a compostura, ainda escuto as palavras dela latejando no ouvido. *Porque era verdade.* Eu tinha fugido disso, quatro anos antes. Tinha fugido de tudo aquilo. Era a pior época da minha vida. Não importava que eu e Harriet tivéssemos ficado amigas com o que eu sabia ser uma facilidade impressionante, depois de Nathan ter nos apresentado no segundo dia do Programa de Residência para Escritores em Nova York. Não importava que ela, Nathan e eu tivéssemos comemorado só os três quando Harriet vendeu seu primeiro livro. Não importava que ela tivesse sido a primeira pessoa a quem contei que meu gato tinha morrido. Quando ela veio sem ser convidada na casa da Flórida, no dia seguinte à partida de Nathan, eu não consegui entender por que estava tão determinada a pressionar, incitar e zombar.

Despenco na poltrona azul-escura atrás de mim.

– Se era verdade ou não, não era o ponto. Se... se eu estava... como você disse – não consigo me forçar a dizer a palavra "apaixonada" –, que bem faria admitir isso? Tínhamos toda uma carreira pela frente. Tínhamos vidas.

Devo estar com uma expressão muito infeliz, porque o rosto dela se suaviza.

– Eu não estava tentando ser cruel – retruca, então se apoia na parede próxima a mim. Agora parecemos menos lutadoras e mais pessoas que já foram amigas. – Mas, Katrina, você não pode simplesmente fingir que seus sentimentos inconvenientes não existem. – Por mais que sua voz não seja gentil, também não é áspera. – Achei que vocês dois escreveriam juntos para sempre, não consegui simplesmente ficar parada vendo você se apaixonar pelo Nathan, que estava bem ao seu lado, mas fora de alcance. Achei que... Achei que se você falasse sobre o assunto, ou talvez se desse tempo e espaço, ou algo do tipo, poderia ser bom.

Não digo nada, e de repente me sinto exausta. Rompemos anos de silêncio e, em vez de me sentir cautelosa ou ressentida, ou tudo que me acostumei a sentir sempre que pensava nela, eu me sinto entorpecida. Não sei onde ela errou e onde acertou. Só sei que fiz o que tinha que fazer para proteger tanto a mim quanto Nathan.

Hesitante, Harriet cruza a sala e se senta na poltrona perto de mim.

– Você já conversou com ele sobre isso?

Eu a encaro com uma expressão feroz. Imediatamente, a chama combativa dentro de mim se extingue. Estou exausta de brigar com tudo e com todos.

– É claro que não – respondo, baixinho. – Nathan não... faz essas coisas.

Nathan não se abre sobre o que é real. Ele escreve a respeito. Usa o real para inspirar e aprofundar sua arte.

– O que ele disse sobre você na entrevista para a *New Yorker*... Ele estava magoado. Sei disso – fala Harriet, sua voz acolhedora, não mais me afastando.

Franzo o cenho ao me lembrar da entrevista. A dor que as palavras dele provocaram foi física, palpável. Foi como intoxicação alimentar emocional, invadindo dolorosamente as minhas entranhas, sem me deixar ignorá-la. As declarações cruéis, levianas e ainda assim tão típicas de Nathan foram a primeira notícia que tive dele em semanas.

– Ele não precisa da sua defesa – respondo.

Sei que não é isso que Harriet está fazendo, mas tenho que dizer mesmo assim.

Ela recebe minha frustração com elegância.

– Tá certo. Bem, nada disso importa agora, não é? Você está noiva e, até onde sei, esse livro é o último que vão escrever juntos.

Os olhos dela encontram os meus, questionadores.

– Com certeza – confirmo, e deixo a cabeça pender. – Nada disso importa mais.

Tento me sentir reconfortada com a ideia, mas a sensação é de vazio. Depois de algum tempo, levanto os olhos e noto minha amiga me observando da poltrona. Pensar em Harriet como amiga é tranquilizador, até me dá forças. É o que ela é, ou o que quero que seja. Nossa briga nunca teve a ver com ela. Não exatamente, percebo. Para ser franca, qualquer raiva que eu tenha sentido por ela já morreu há anos. Eu estava me agarrando ao fantasma de um sentimento, dizendo a mim mesma que era real, mas não era.

– Desculpa ter me afastado. Eu... deveria ter conversado com você anos atrás.

Harriet fica em silêncio por um instante, então sorri.

– Você e o Nathan têm muito em comum.

Dou uma risadinha. Não me ofendo, ela tem razão. Eu desviei, me esquivei e fugi desta conversa, exatamente como Nathan teria feito, exatamente como ele se recusa a se abrir a não ser através das páginas de um livro.

– Amigas de novo? – pergunta Harriet.

É minha vez de sorrir.

– Graças a Deus – respondo, sentindo o alívio abrir asas no meu peito. – Não consigo fazer isso sozinha com ele.

Ela ri e apoia o cotovelo no braço da poltrona. De repente, e com toda a naturalidade, nossa amizade parece outra vez intacta, como se aqueles anos de distância tensa não tivessem existido.

– Eu me lembro de quando estávamos na Itália, e vocês dois começaram a gritar um com o outro às duas da manhã por causa de... do que foi mesmo? Eu só lembro que desci a escada e ameacei jogar água nos notebooks se vocês não calassem a boca.

Meu sorriso se alarga.

– Ele estava obcecado com alguma metáfora – explico. – Depois daquela bronca, fui para a cama e continuei mandando mensagens gritadas para ele por mais uma hora.

– Eu deveria ter imaginado. – Harriet balança a cabeça, em um lamento jocoso. Então, sua expressão se modifica. Ela pergunta, sincera e séria: – Posso dizer uma coisa sem que você pare de falar comigo pelos próximos quatro anos?

Fico tensa. Bem quando eu estava começando a sentir o chão firme sob meus pés, Harriet me lembra de que ainda estou sobre gelo fino.

– Se você insiste... – concordo, hesitante.

– Não sei que sentimentos restam entre você e o Nathan. Talvez seja só ressentimento. Talvez seja...

Balanço a cabeça, e ela tem o bom senso de não terminar a frase.

– Seja o que for, vai se revelar nesse livro que vocês estão escrevendo – continua ela.

– Somos profissionais – retruco na hora, só então me dando conta de como as palavras soam automáticas. Como uma prece. – Conseguimos nos distanciar do trabalho.

– Não – discorda Harriet. – Vocês não conseguem.

Não digo nada. Por mais que seja possível que ela interprete meu silêncio como teimosia, desconfio que ela perceba que, na verdade, me sinto desamparada.

Harriet se levanta.

– Ninguém cria algo a partir do nada – continua. – Vocês *vão* se colocar no que escrevem. Só... tome cuidado.

Por mais que queira contestar, não sei como. Não é exatamente o que Nathan e eu temos feito? Jogar a animosidade na escrita? Cruzo as pernas, desconfortável.

– Está quente como o diabo – declara Harriet. O fim generoso e antecipado da discussão vem como um alívio. A gentileza de uma amiga. – Quer nadar? Posso emprestar uma roupa de banho.

– Sim. Quero, claro! É uma ótima ideia.

Sigo-a até o andar de cima, mas minha mente ainda está presa na sala, como um tecido que se prendeu em um alfinete. A costura começa a se abrir, e me pego cismando com o aviso dela. Não me questiono se Harriet está certa, sei que está. Estou me perguntando que partes de mim acabarão expostas nas entrelinhas de Nathan.

23

Nathan

Minha corrida foi de castigar, exatamente como eu precisava. Não gosto de correr depois que o sol se põe, como tenho feito nesse retiro. O bairro tem tão poucos postes de luz que cada carro que passa é um perigo. Mas, hoje, eu não tinha nada para fazer, então pude sair para correr. Senti um prazer perverso em traçar minha rota sob o sol forte, tive que estreitar os olhos para percorrer os mesmos caminhos que me acostumei a fazer na escuridão.

Não sei o que Katrina está fazendo. Duvido que esteja no celular com Chris, com quem mal a vi trocar mensagens de texto desde que chegou. Deve estar na varanda, imersa no que estiver lendo, sem perceber que o sol está queimando seus pés.

Viro a esquina na nossa rua e diminuo o passo. Saí já faz mais de uma hora, e o suor escorre por minhas costas. No caminho, vejo uma mulher se esforçando para carregar um tapete. Obviamente, a compra foi entregue e deixada no meio-fio, e sobrou para ela levar o rolo pesado para dentro de casa. Eu a reconheço vagamente. Cabelo loiro liso, preso em um rabo de cavalo apressado, pernas longas em leggings. Já a vi várias vezes nos últimos dias, levando caixas para o anexo nos fundos do terreno. Ao que parece, acabou de se mudar.

A mulher levanta os olhos do tapete problemático e me vê.

– Oi – chama. Escuto o sotaque sulista nas sílabas mais alongadas. – Pode me dar uma mãozinha?

Abro os braços, para que ela veja o suor pingando.

– Se incomoda com o suor?

Ela me encara. Conheço esse olhar. É do tipo que aprendi a decifrar em minha vida de solteiro em Chicago. Ela gosta do que vê. Seu sorriso fica mais largo e sedutor.

– Não – responde. – De jeito nenhum.

Corro até onde ela está, levanto um dos lados do tapete, e ela o outro.

– Prazer, Meredith – apresenta-se ela.

– Nathan.

Enquanto seguimos na direção da casa, com Meredith caminhando de costas, passamos por uma piscina convidativa sob uma buganvília alta. Flores cor-de-rosa caídas flutuam na água. Subimos os poucos degraus da frente da casa e entramos na sala de estar, repleta de caixas de papelão.

– Acabei de me mudar para a cidade. – Meredith passa os olhos pelas caixas. – O que é óbvio. Você mora aqui perto, não é? – Vejo quando ela franze o rosto. – Não estou espionando, por mais que pareça. Só quero conhecer os vizinhos.

Dou risada, me solidarizando com o constrangimento dela. Eu me lembro muito bem de como me senti à deriva quando deixei a casa que dividia com Melissa e me mudei para outra cidade. Eu me pergunto qual será a história de Meredith, um pensamento que soa meio clichê, mas é por isso que escrevo ficção, e é assim que encontro inspiração.

– Não se preocupe – tranquilizo-a. – Sim, estou em uma casa mais adiante na rua. A de persianas azuis.

– De férias?

Balanço a cabeça.

– A trabalho, até o fim do verão.

Meredith ergue as sobrancelhas. Percebo que é a resposta que queria. Como ela demora um pouco para responder, aproveito a oportunidade para examiná-la um pouco melhor. É uma mulher sexy, 30 e poucos anos, corpo de jogadora de vôlei. O bronzeado é perfeito demais para ser casual, e a regata preta curta revela seu corpo sarado.

Meredith nota meu olhar e sorri.

– Bem, Nathan, obrigada pela ajuda.

Ela soa confiante. Não é mais a mulher que precisava de ajuda e me convidou para entrar na sua sala cheia de caixas, mas uma que sabe que eu estava admirando seu corpo.

– Boa sorte com as caixas – respondo.

Ela me leva até a porta.

– Espero ver você correndo por aí.

Já de saída, sorrio de um jeito que revela a covinha. Na rua, já planejo como conseguir o número de Meredith. Já é um reflexo, depois de semanas na turnê de divulgação do livro, cada noite em uma cidade diferente. Oportunidades como essa não dão em árvore. Meredith é atraente, ao que tudo indica solteira, e sem dúvida está flertando comigo. É como se o universo me mandasse um presente para me ajudar a passar pelos próximos meses junto de Katrina.

Fico esperando, na expectativa de sentir alguma empolgação com a perspectiva. Não sinto.

Os segundos passam, e meu fogo permanece brando. Por que eu *não* iria querer terminar os dias estressantes de escrita fazendo seja o que Meredith quiser fazer em seu quarto novo, nossas taças de vinho pela metade abandonadas no chão da sala? Não há uma boa razão.

Ainda assim, sinto apenas um breve lampejo de desejo, o fogo não se alastra. Não estou interessado na possibilidade, não me empolga. Enquanto caminho de volta para a casa de persianas azuis, me pergunto por quê.

24

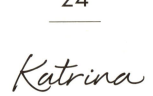

– Eles ainda se amam – declara Nathan.

– Mas não estão mais *apaixonados*. – Já estamos há vinte minutos nesta discussão, o relógio no canto da tela me lembrando quanto tempo se passou sem que fizéssemos qualquer progresso. – E nunca mais voltarão a estar – acrescento.

Estamos sentados à mesa de jantar. Este é o momento do dia de trabalho em que normalmente já teríamos encontrado o ritmo, ou ficado irritados. Estamos trabalhando há horas, mas o sol dourado da tarde através das persianas avisa que ainda temos horas pela frente. Só que a conversa no caminho de volta do café acabou instaurando um profissionalismo frio.

Somos pacientes, até desapaixonados, enquanto discutimos a questão que paira no ar, como o livro vai terminar. Precisamos planejar como a narrativa será construída e ainda não conseguimos chegar a um consenso.

– Não estou dizendo que eles não detestam seus sentimentos. – A diplomacia forçada de Nathan é inabalável. – Mas não se pode negar que eles existem. – Sua voz está rouca depois de passarmos tanto tempo debatendo o assunto.

Cerro o maxilar. Não gosto do rumo que a conversa tomou, ou do ponto que estamos debatendo. Quero que as coisas *continuem* desapaixonadas. Mas o debate é desconfortável, cheio de insinuações implícitas, e não gosto de ficar me equilibrando na corda bamba emocional que é debater a persistência de sentimentos indesejáveis com Nathan Van Huysen.

– Está tentando me dizer que acha que Michael e Evelyn nunca vão superar um ao outro, nem se apaixonar por outras pessoas? – pergunto.

– É claro que não – responde ele, sem pestanejar. – Dá para amar duas pessoas ao mesmo tempo, de maneiras diferentes.

Cometo o erro de cruzar os olhos com os dele. Queria não ter visto a sombra rápida que os atravessa. Desvio o olhar. Como um personagem de histórias de fantasmas, finjo ter imaginado o que vi.

Levanto e começo a andar de um lado para o outro, para me afastar dele. Sei que conseguiria deixar a discussão de lado se Harriet não tivesse posto na minha cabeça a ideia que escreveríamos nossos sentimentos represados nesse livro. É culpa dela, não nossa, que eu esteja vendo nuances a mais em tudo o que Nathan e eu dizemos. Mas, com o alerta da Harriet soando em meus ouvidos, não posso concordar com o que Nathan propôs, não se houver a menor chance de que esta conversa não seja só sobre os personagens.

– Eles são importantes um para o outro – declaro. – Mas a paixão mudou de forma. De amor, virou ódio.

Nathan me encara da mesa de jantar.

– Então você quer terminar esse livro com os dois assinando os papéis de divórcio e queimando todas as lembranças que têm um do outro?

Hesito. Paro no extremo da sala, sob o quadro de um barco navegando tão tranquilo no mar que parece zombar de nós. Quero dizer que sim. Infelizmente, ele está certo. O final que propus não é interessante. Falta profundidade.

O que significa, percebo, que insistir nele seria dar voz a meus sentimentos. Porque esse é o final que *eu* quero, entregar esse livro e esquecer qualquer lembrança que Nathan e eu temos um do outro. Se eu permitir que minha esperança se concretize no final de Evelyn e de Michael, só vou provar que Harriet está certa. Em vez disso, tenho que escrever deixando de lado qualquer sentimento que eu possa ter, não importa o final.

– Não – respondo.

Nathan inclina a cabeça, como se não tivesse certeza se ouvira direito.

Elaboro um pouco mais a resposta, finalmente vendo, com uma clareza reconfortante, como o final deve ser.

– Você tem razão. Esse livro fala de como o amor muda e também permanece o mesmo. Até a separação é, em si, um ato de amor. Do amor ao ódio, então de volta ao amor, agora menos apaixonado, mas ainda ali. Para sempre.

As últimas palavras saem opressivas e arrepiam meus pelos da nuca.

Nathan me examina, sem dúvida tentando decifrar o que eu sinto a partir do que eu disse.

Não lhe dou a chance. Volto a me sentar diante do computador.

– Então terminamos com eles finalizando o divórcio e *depois* dizendo um ao outro que se amam – falo enquanto digito, deixando as ideias se derramarem no esboço do texto. – E as duas coisas, embora contraditórias, são verdadeiras para eles. As vidas passadas aceitas no presente.

Nathan desvia os olhos de mim.

– E eles se beijam com emoção verdadeira. Uma última vez.

Estranho o tom de sua voz.

– E cada um segue o seu caminho – digo.

– Fim – completa Nathan.

Ficamos um tempo em silêncio. Minhas mãos estão suadas. Ignoro a sensação e prefiro me concentrar no lampejo de orgulho que sinto com o final que formulamos. Eu consegui. E mais, com *Nathan*. *Nós* conseguimos. Mantivemos nossas emoções à parte.

Pela primeira vez em semanas, eu me sinto segura, até confiante. Porque me dou conta de que não só sei como vai ser o fim da história, mas como vai ser o fim deste tempo escrevendo com ele. Vamos nos manter distantes, como fizemos desde a ida ao café. Vamos adotar a aspereza, em vez de nos tornarmos cada vez mais perigosamente próximos. Vamos escrever a partir da estrutura da história. Não de nossos sentimentos.

Nathan volta a me encarar, e escuto quando ele respira fundo, como se estivesse prestes a dizer alguma coisa.

Evito isso pegando o celular. Isso de certa forma destrói o momento, mudando a tensão na sala. Quando ligo a tela, descubro que Chris me mandou mensagem. Olhe as manchetes, mandou. A próxima mensagem é um link para uma matéria da revista *Vanity Fair*.

– Merda – digo.

– O que foi? – Nathan olha para mim.

Desbloqueio o celular e abro o link. Na fonte estilosa do site, leio a manchete: "Sua dupla de autores favorita talvez tenha se juntado de novo". Sinto o estômago revirar. Abaixo da manchete, uma foto nossa no café. Nathan está de pé na cadeira, falando com os clientes. Eu o observo, sorrindo, arrebatada. Meus olhos empacam na expressão em meu rosto na foto, e não consigo arrancá-los dali para ler o resto da matéria.

Nathan se aproxima mais para ler na minha tela.

– A *Vanity Fair* nem se deu ao trabalho de fazer uma resenha de *Refração* – comenta, mal-humorado. – E agora posta essa merda? – Ele balança a cabeça. – Seja como for, não tem importância. Não confirmaram o livro nem nada. É só especulação.

Nathan se afasta antes que eu termine de rolar a tela até o fim, tirando o cabelo da testa com um gesto brusco.

– Certo. Sim – concordo. – Não é nada.

Rolo a tela para cima de novo e paro outra vez na foto. O sorriso nos meus lábios. O modo como Nathan está em movimento, como se estivesse prestes a se virar para mim.

– Já estamos tendo um caso?

A pergunta dele me faz levantar a cabeça.

– O quê?

Ele indica meu celular com o queixo. *É claro*. Nathan quer dizer que já devem estar especulando na internet sobre um caso entre nós.

Meu rosto fica vermelho.

– Ainda não. Mas é só questão de tempo.

Também estou me referindo à especulação on-line. Obviamente.

Nathan me encara por um tempo longo demais.

– Aguardo ansiosamente – diz.

25

Katrina

• QUATRO ANOS ANTES •

Nathan me observa da poltrona enquanto leio. Ele não está relaxado, o que é raro. Nathan em geral se deleita em ter seu trabalho lido. Não que seja categoricamente narcisista, só tem orgulho legítimo do que escreve, se empolga com o prazer do leitor. Exceto agora. Estou jogada no sofá, lendo as páginas que ele me entregou esta manhã, recém-saídas da impressora.

É uma cena de sexo. É *a* cena de sexo. A que acontece *só uma vez*. Nathan escreveu a primeira versão do que deve ser a cena mais importante do romance, em que Jessamine e Jordan se entregam à paixão. É a primeira vez que fazemos isso. Até agora, Nathan e eu nunca escrevemos uma cena de sexo assim juntos.

Ler a cena com ele tão próximo é... desafiador. Ainda mais porque ele não para de balançar a perna, me assistindo virar as páginas.

– Pode não ficar me encarando, por favor? É esquisito – peço, sem afastar os olhos do que leio.

Não preciso vê-lo para saber que está revirando os olhos.

– Seja profissional – retruca Nathan.

Ele me faz levantar os olhos por meio segundo, irritada.

– Eu sou! Só é difícil ler enquanto você está... olhando tão fixamente.

Ele bufa. Não sei se aquilo era para ser uma risada ou um protesto. Sem aviso, ele se levanta, atravessa a sala e se senta bem perto de mim no sofá. E começa a ler por cima do meu ombro.

– Ah, tá, agora melhorou! – Mesmo constrangida, não consigo evitar um sorrisinho.

– Katrina, por favor! – implora ele. – Leia a cena e me diga como está. Acabe logo com essa aflição.

Tenho esperança de que ele volte para onde estava sentado. Como não acontece, percebo que não tenho escolha além de aceitar.

– Está... – hesito, passando a ponta dos dedos na beira da página que seguro. – Está sensual – concluo, sendo sincera.

Nathan funga. Mais uma vez, ignoro sua expressão, seu sorriso arrogante e inevitável.

– Quer dizer, o texto em si é ótimo, claro – continuo.

– Claro.

Resisto ao impulso de balançar a cabeça com desdém. Não darei essa satisfação a Nathan.

– Mas está... Sim, funciona.

Cruzo as pernas. É difícil ler sobre as mãos de Jessamine no corpo de Jordan, sobre o prazer crescente dela, sabendo que cada palavra foi pensada, escolhida e digitada por Nathan.

– Funciona – repete Nathan, analisando o que eu disse. – Não é a pior crítica que uma mulher poderia fazer, mas eu costumo aspirar que seja incrível, até inesquecível.

Sinto o rosto arder.

– Bem, não sei o que dizer.

– Eu ficaria satisfeito com um feedback construtivo – responde ele no ato. – Do que você teria gostado mais?

Solto o ar, torcendo para ter sido discreta, torcendo para disfarçar o coração acelerado. As páginas em minhas mãos parecem esperar por mim. Tenho minhas preferências de escrita – pontuação, escolha de palavras. Tenho outras preferências também.

– Eu? – pergunto. – Ou Jessamine?

Nathan faz uma pausa antes de responder, os olhos fixos em mim.

– Você.

A palavra soa maior do que é. Tenho vontade de desviar os olhos. Mas resisto e sustento o olhar de Nathan. Quando falo, minha voz sai firme.

– Eu daria uma acelerada.

Já vi Nathan reagir com ceticismo ou desapontamento quando critiquei sua escrita. O que passa pelo rosto dele agora é diferente.

– Não é melhor saborear o momento? – Sua voz é insondável.

– Na segunda vez, sim. Se houvesse uma. A primeira vez, depois de toda a espera... eu não aguentaria mais esperar. – Engulo em seco. – Se eu fosse a Jessamine.

É Nathan quem acaba desviando o olhar e pigarreando, sem jeito. Na mesma hora, me dou conta do quão próximos estamos. Seu ombro está colado ao meu. Quando ele respira, sinto seu peito roçar a lateral de meu corpo.

O que é isso? Eu me sinto tonta, como se meus pés não estivessem firmes no chão, mesmo sentada. Sem reparar, nós nos aventuramos em um território perigoso, ignorando todos os sinais de que deveríamos parar. O pior é que nem sei exatamente que território é esse. De quem estamos falando? Com certeza não de nós mesmos. Não com Nathan sendo *casado*.

Mudo drasticamente o rumo da conversa.

– Vou trabalhar na cena em que eles são flagrados – digo, então me levanto.

A frase ameniza o calor na sala. Sinto um alívio absurdo. Sigo para a escada a passos rápidos e estou quase fora da sala quando ouço Nathan atrás de mim.

– Anotado.

Não consigo me conter e paro. Do primeiro degrau da escada, eu me viro de volta. Nathan continua exatamente onde estava, no sofá, as páginas intocadas ao seu lado.

– O que você disse – continua. – Está anotado. Entendo a sensação de ter esperado demais.

Eu o examino em busca da mais leve indicação do que está acontecendo em sua mente. A expressão de Nathan é contida, os lábios cerrados, o maxilar tenso. Sua postura é defensiva. Tudo na atitude dele é de uma contenção que não lhe é característica. Seu olhar queima como brasa.

Subo a escada sem responder.

26

Nathan

• DIAS ATUAIS •

Mergulho a cabeça na água. A piscina está perfeita e refresca minha pele enquanto boio de olhos fechados, flutuando na escuridão. Deixo os segundos passarem e sinto a tensão se desprender do corpo.

Depois de 45 minutos discutindo sobre um ponto do enredo, Katrina e eu decidimos que precisávamos de um tempo para esfriar a cabeça. No meu caso, literalmente. Embora frustrante, a briga foi inesperadamente *vintage*. Clássico Nathan e Katrina. Não discutimos ressentimentos antigos ou questões não resolvidas. Não, essa foi uma disputa feroz, uma campanha em várias frentes para decidir se começávamos o capítulo com conflito ou com mais cor na vida dos personagens. Arrancamos sangue um do outro – Katrina me acusou de não achar que eu conseguiria escrever algo bom o bastante para abrir o capítulo, e eu contra-argumentei que a ideia dela era entediante.

A partir daí, ficou óbvio que as coisas não iriam melhorar. A briga, mesmo depois de resolvida, ficaria no ar. Recuperaria o fôlego a cada novo parágrafo, enquanto discutiríamos sobre diferenças criativas com as quais nenhum de nós realmente se importa, buscando vingança pelas feridas recém-abertas. Teria sido insuportável. Pior, improdutivo.

Quando resolvemos parar de escrever por uma hora, Katrina subiu para seu quarto. Sozinho na sala de jantar, olhei pelas portas de correr, e um plano se formou em minha mente. Nenhum de nós botara sequer um dedo na piscina da casa durante a viagem, e ficar um pouco distante de Katrina com certeza ajudaria.

Aproveito a solidão. Volto à superfície e começo a nadar com braçadas curtas na piscina de um metro e meio de profundidade. O esforço físico alivia a pressão em meu peito, e as repetições automáticas do exercício clareiam meus pensamentos depois da briga.

Até chegar à beira da piscina na quarta volta. Tiro a cabeça da água e vejo Katrina entrando no deque.

Ela está só de roupa de banho, o maiô azul colado ao quadril e ao peito com uma precisão voraz e elegante. O cabelo preso em um coque alto e casual. Óculos escuros escondem seus olhos, que certamente não se demoraram nem um pouco em mim.

Ela entra no lado oposto da piscina com um livro na mão.

Solto o ar, tentando retomar o relaxamento que sentia até momentos antes. Katrina abre o livro, que apoia na beirada de concreto da piscina. De costas para mim, vejo que as alças do maiô azul formam um X nas costas, como um mapa do tesouro – ou como um alerta.

Sem me dar atenção, ela tira uma das mãos molhadas da piscina e vira a página, despreocupada.

Mergulho mais uma vez e dou um impulso contra a parede. Não estou nem na metade da piscina quando começo a pensar em levar o notebook para o *meu* extremo da água. Eu poderia trabalhar em um dos meus outros livros. Na verdade, eu *deveria* trabalhar em um dos meus outros livros. Tenho minha própria carreira, que vou retomar quando terminar esta viagem com Katrina.

– Está planejando respingar água o tempo todo?

A voz de Katrina me interrompe no meio de uma braçada. Paro no meio da piscina e ergo o corpo para encará-la. Katrina teve a ousadia de vir até aqui enquanto eu usava a piscina e insinuar que *eu* estou atrapalhando?

Ergo uma sobrancelha.

– Estou distraindo você? – pergunto, brincalhão.

– Um pouco.

Fico olhando para ela, buscando algum constrangimento em seu tom, mas não encontro nada. É quase uma piada. Tiramos essa uma hora justamente para evitar briguinhas bobas, então fico em silêncio.

Katrina me olha por cima do ombro, definindo ainda mais o contorno das costas no maiô. Não me contenho e deixo o olhar descer pelo tecido até a água cristalina, passando por suas pernas, até parar no fundo, onde ela se apoia na ponta dos pés.

Desvio o olhar. Os quinze metros de água que nos separam não são a distância que eu tinha em mente. Sem espirrar água, ando até a beirada e saio da piscina. Quando pego a toalha que deixei em uma das cadeiras do deque, a voz dela vem até mim, flutuando pela umidade quente.

– Eu não queria expulsar você daqui.

– Não tem problema. Eu só preciso de um pouco de espaço. Além do mais, tenho que ir ao centro resolver uma coisa.

Katrina – ou resignada, ou ruminando em silêncio – não responde. Prendo a tolha na cintura e passo por ela, que mantém os olhos fixos na página do livro, respingada e borrada com a água da piscina. Não consigo me conter:

– Está molhando o livro – comento, o tom neutro.

Katrina enfim levanta os olhos, e sinto uma felicidade inexplicável ao descobrir o traço de um sorriso em meio à irritação em seu rosto. Percebo que ela quer rir. Quando entro em casa, estou sorrindo. Logo estaremos de volta ao normal, pelo menos ao nosso normal.

Vou para o quarto e troco de roupa. Paro diante do espelho e arrumo o cabelo molhado para trás, de um jeito que fica bem em mim, modéstia à parte. Pego as chaves. Dirijo os dez minutos até a livraria local, e meu Porsche alugado ronrona pelas ruas bucólicas. Depois de estacionar, pego no porta-luvas o estojo de canetas que sempre carrego quando viajo, então entro.

A livraria continua exatamente como me lembro das visitas frequentes que fazia com Katrina enquanto escrevíamos *Só uma vez*. Sou recebido por um cheiro de papel e madeira. O suporte com cartões-postais, o capacho no chão... tudo me faz sentir em casa.

Esta é uma das minhas partes favoritas de ser escritor: me apresentar a livreiros e leitores. Talvez seja pura vaidade, embora o que busco não seja atenção. Pelo menos não só. Minha intenção é ter a oportunidade de conhecer melhor as pessoas reais que se encontraram nas minhas palavras. Isso ajuda a lembrar por que faço o que faço. Escrever pode parecer uma profissão solitária, mesmo com um coautor. Mas não é. Minhas páginas, como linhas, me conectam aos leitores, que raramente tenho a chance de conhecer. Adoro cada oportunidade de tocar essas linhas e vê-las de perto.

Entro mais na loja, procurando por algum atendente. Vejo uma mulher arrumando livros em uma estante na seção de jovens adultos.

A mulher baixa de meia-idade se endireita quando paro ao seu lado.

– Olá – cumprimenta. – Procurando alguma coisa?

– Na verdade, sou escritor. Achei que poderia autografar alguns livros meus que possam estar no estoque.

Dou uma olhada em volta, preocupado. Espero que venda *Refração* aqui. No meio editorial, é comum dizer que *um livro autografado é um livro vendido*. Agora, estou doido para aumentar as vendas de *Refração*, e faço o possível para ajudar. Essa é a carreira para a qual vou retornar depois de escrever com Katrina, e autografar exemplares deve ajudar mais do que levar o notebook para a beira da piscina.

– Que maravilha. Deixa eu ver se temos algum dos seus livros em estoque. Se não tivermos, posso encomendar e você assina depois. – A mulher parece mesmo animada. Ela ajeita os óculos e examina meu rosto. – Qual seu nome?

Estendo a mão e abro um sorriso, a covinha despontando.

– Nathan Van Huysen.

27

Katrina

Não durei mais de dez minutos na piscina depois que Nathan saiu. Ficar ali sozinha logo me trouxe uma sensação de opressão, e o sol, que antes parecia caloroso e revigorante, de repente deixou tudo abafado e quente demais. Eu só conseguia me perguntar para onde ele teria ido, tão relaxado e decidido, me largando sozinha no silêncio do pátio dos fundos.

Fiquei com inveja – não de Nathan estar passando um tempo longe de mim, em qualquer outro lugar, mas por ele ter outro lugar para onde ir. Começo a ter a sensação de que, neste momento, toda a minha vida gira em torno de Nathan e de escrever esse livro. Não tenho nada que seja só meu. Ler na beira da piscina serviu para me distrair um pouco, mas só até eu terminar o livro. Depois eu não tinha mais nada, só o revolver dolorosamente suave da água.

Saí da piscina, revoltada. *Não vou ficar largada e sofrendo até Nathan voltar.* Se ele podia sair para fazer seja lá o que estivesse fazendo, vivendo uma vida além do nosso tempo escrevendo, eu também podia. Terminar o livro que estava lendo me garantiu a desculpa perfeita para começar a viver.

Quinze minutos mais tarde, já estou vestida, o cabelo ainda preso em um coque meio molhado, estacionando em uma rua da pequena área comercial de Key Largo. O dia parece brilhar de novo, cheio de possibilidades. Eu me concentro no cenário em volta, nos sons, na grama seca sob minhas sandálias, nas palmeiras frondosas oscilando no céu claro. Não estou nem pensando no que Nathan pode estar fazendo.

Enquanto caminho na direção da única livraria local, começo a pensar nos livros que posso querer comprar. Para outras pessoas, encontrar um novo romance para ler talvez não seja uma questão de vida ou morte, mas, para mim, é muito importante.

Quando já estou com a mão quase na maçaneta, a porta se abre. Um homem sai e quase dá de cara comigo.

Cambaleio para trás. Sinto a mão do homem em meu braço, me ajudando a me apoiar. Enfim reencontro o equilíbrio.

Então, levanto os olhos.

– *Nathan?*

Ficamos nos encarando, imóveis, parados no degrauzinho da frente da loja. Sua mão continua segurando meu cotovelo, provavelmente por pura surpresa. Ele penteou o cabelo para trás. Ficou muito bom.

– Isso é o exato oposto de um pouco de espaço – comenta Nathan.

– Eu... – Ele continua segurando meu braço. – Como eu ia saber onde você estava?

Como se finalmente reparasse no que está fazendo, Nathan deixa a mão cair junto ao corpo. Então, seus lábios se curvam em um meio sorriso.

– Que irônico.

– O que você está fazendo aqui, aliás? – pergunto.

Abaixo os olhos, procurando por uma sacola da livraria ou por um livro na mão dele. Nada.

– Estava autografando alguns volumes de *Refração*.

Deixo escapar um suspiro de frustração e desvio os olhos para o ponto onde a grama encontra a rua.

– É claro que estava – murmuro.

É tragicômico o modo com isso resume nossas vidas. Nathan e eu sempre terminamos em rota de colisão, de uma forma ou de outra.

– Eu... sinto muito? – diz ele. E não parece sentir. Parece estar se divertindo. – Já terminei. Fique à vontade para continuar como se não tivesse nem me visto.

Mordo o lábio e espio a vitrine da loja, exibindo livros de capa dura de mistério e de culinária. Por mais que não queira admitir minha hesitação, sei que Nathan não vai simplesmente dar as costas e ir embora.

– Agora não posso – digo, hesitante.

Nathan franze o cenho.

– Por que não?

– Você deve ter se apresentado aos livreiros – explico. – Que com certeza puxaram seu catálogo dos livros.

– E daí?

Ele se apoia no corrimão de metal, sem pressa. Vejo em seu bolso o estojo de couro com as canetas com que costuma autografar livros.

Volto a falar, forçando alguma paciência na voz.

– E essa pessoa viu no seu catálogo que você escreveu dois livros com uma coautora. Se eu entrar logo depois de você ter saído...

Faço um gesto que deixa claro que ele mesmo pode completar a frase.

Vejo um lampejo de cautela passar pelos olhos dele. Seu rosto mantém a expressão brincalhona, mas com bordas afiadas, como uma cena de malabarismo com facas.

– Ela provavelmente vai reconhecer seu rosto. Ah, Deus, não permita que isso aconteça... Teríamos que autografar alguns dos nossos livros juntos.

– *Não* vai acontecer.

Retribuo a cautela de Nathan com uma expressão de alerta que espero que ele perceba.

Se minha recusa o magoa, ele não demonstra. Na verdade, Nathan não poderia parecer mais relaxado, a mão repousando tranquila no velho corrimão.

– Bem, não sei o que dizer – responde ele.

Fico parada na escada, sem dizer nada. Sinto um aperto no peito. Estou irritada. Sei que é uma reação irracional. Nathan não teria como saber que eu viria para cá, nem como sua presença acabaria com minhas esperanças para o dia. Ainda assim, aqui estou, irritada. Notando o sorrisinho presunçoso no rosto dele, os óculos escuros pendurados na gola da camisa, sinto a mesma revolta que tomou conta de mim quando estava na piscina.

– Terminei o livro que estava lendo – declaro. – Preciso de um novo.

Seu sorriso vacila, e ele permanece em silêncio por algum tempo. Então, franze o cenho.

– Você não está sugerindo o que acho que está.

– Por favor? Volte lá para dentro e compre um livro pra mim – imploro. – Só unzinho.

Nathan bufa.

– Que livro? – pergunta, desanimado.
– Ah, não sei.
– Katrina!

Ele se afasta do corrimão. Eu engulo o riso quando escuto a irritação em sua voz.

– Só entre lá e me diga o que tem – oriento, com toda a educação, me divertindo com a situação. – Estou procurando por alguma coisa alto-astral. Escapista. Romântica, acho.

Nathan hesita, então o seguro pelo braço e viro seu corpo na direção da entrada, e sinto quando ele começa a gargalhar.

Nathan entra na loja, relutante. Eu me afasto um pouco e paro diante da vitrine de outras lojas, fugindo de vista. Me sinto furtiva escondida sob a sombra da árvore na esquina, perto da cerca da loja de barcos. A agente secreta Katrina, de short jeans e sandálias. É meio ridículo e meio engraçado.

Depois de alguns minutos, Nathan sai da livraria e olha em volta, procurando por mim, então corre em minha direção.

– Muito bem – começa, com uma seriedade enternecedora. – Tem aquele lançamento de que todo mundo está falando, *O cliente*. Capa rosa e amarela. Também tem um livro novo daquela série de romance histórico que você curtia sobre os príncipes bastardos. Ah, e um de que eu nunca tinha ouvido falar, mas parece o seu estilo... uma releitura moderna de *Middlemarch*.

Eu sabia que seria divertido colocar Nathan para trabalhar. Só não esperava que ele faria um trabalho tão bom. É um lembrete dolorosamente doce. Nathan já foi meu melhor amigo, a pessoa com quem mais conversei sobre livros no mundo. Quatro anos mais tarde, achei que esses laços teriam se rompido. Notar que ainda estão intactos significa alguma coisa, só não sei bem o quê.

Percebo seu olhar em mim, aguardando minha escolha. Fico em silêncio, pensando em cada possibilidade – não para irritá-lo, e sim porque as sugestões foram muito boas.

Notando minha indecisão, Nathan abre um sorriso de quem me conhece.

– Os três, então – declara. Abro um sorriso e faço menção de pegar a carteira. Nathan afasta a possibilidade com um gesto. – Não se preocupe. – E volta para dentro antes que eu possa protestar.

Enquanto espero, aproveitando a brisa do mar, percebo que a frustração de mais cedo desapareceu de vez, mesmo com a proximidade a que chegamos agora há pouco.

Nathan volta triunfante e me entrega uma sacola de papel marrom. Sinto a empolgação e a curiosidade de um livro novo. Nathan, por sua vez, está visivelmente orgulhoso de si mesmo.

– A vendedora tinha certeza de que eu estava comprando livros para uma mulher – me informa ele.

Fico tensa.

– O que você respondeu?

– Relaxa – zomba ele. – Não falei pra ninguém que a autora best-seller Katrina Freeling está escondida numa moita feito uma doida paranoica. – Agora não consigo conter a risada. Nathan estufa mais o peito. – Disse que eram todos para mim. Não vejo por que não poderiam ser.

– Obrigada, Nathan. De verdade. – Permanecemos parados na sombra enquanto o momento se estende. Parece que nenhum de nós dois sabe bem como agir agora. – Bem... nos vemos em casa?

Nathan olha com interesse para o saco com os livros.

– Sabe, eu não me importaria de ler alguma coisa.

Dou mais uma risada. Então, pego *O príncipe canalha*.

– Exatamente o que eu queria – diz ele, encantado, quando lhe entrego o livro. – Essa série é viciante.

Ele coloca *O príncipe canalha* debaixo do braço e acena por cima do ombro, me deixando sozinha na esquina gramada. Volto para o carro com minhas novas compras, sem esconder o sorriso. No caminho para casa, me pego ansiosa para trabalharmos juntos de novo.

28

Nathan

Meus dedos massageiam a ponte do nariz, e me pergunto se escrever já foi fácil, ou se sempre foi uma frustração infinita. Sei que já gostei de escrever, que já me senti confiante e competente. Teriam sido só delírios? Lembranças distorcidas, produto de alguma dissonância cognitiva?

Não, claro que não. Mas é como me sinto quando não consigo escrever bem, por mais irracional que seja. Eu e Katrina estamos trabalhando na *segunda* cena de sexo do livro novo, no meio do divórcio do casal. Por mais que a paixão da cena seja alimentada pelo ódio, o objetivo é espelhar a ternura da cena de sexo anterior. Essa é a "última vez" deles, e, enquanto compomos cada parágrafo, não consigo evitar pensar que esse livro é a *nossa* "última vez".

A comparação não ajuda, ainda mais combinada com as várias camadas de significado que todas as minhas conversas recentes com Katrina parecem ter. O resultado? Não estou no meu melhor momento. Meu texto está forçado, sem alegria, insosso.

Mas eu sabia que seria um dia ruim. Soube no instante em que desci a escada e percebi que Katrina tinha lavado o cabelo com um xampu diferente.

Foi uma calamidade. Não a mudança do xampu, claro, o cheiro é bom. Mas eu *ter percebido*. Ao longo do tempo que passamos aqui, nossa rotina profissional e pessoal evoluiu do impulso intenso dos primeiros dias para uma trégua hesitante. Agora, encontramos um ritmo novo, pontuado por lembretes dolorosos de por que tivemos que nos separar.

Nesse meio-tempo, eu me tornei alguém que *repara no cheiro do xampu dela*. Continuo reparando pelo resto da manhã, incapaz de escapar da consciência aguda de sua presença. Essa percepção me acusa e tenta o tempo todo. Neste momento, sentado a seu lado no banco da mesa de jantar, reparo toda vez que Katrina joga o cabelo por cima do ombro.

A ida ao café lembrou que conseguimos nos divertir juntos. Esbarrar nela do lado de fora da livraria lembrou que até poderíamos ser amigos. Isso lembra por que isso não é uma boa ideia.

– Não é passional o bastante – comenta ela, franzindo o cenho para a tela. Katrina corre os dedos para cima e para baixo pelo MacBook. – Precisamos destacar a impetuosidade do sentimento. É mais até do que já foi no auge do relacionamento, pelo contraste com o gosto do término iminente.

Concordo com um aceno de cabeça, em silêncio, me sentindo um lixo.

– Oi? – Katrina olha para mim. – Alguma ideia? É como se eu estivesse falando sozinha o dia todo.

Não consigo nem me ressentir do comentário ácido. Katrina está absolutamente certa. Estou imprestável. Eu me levanto e, sem motivo algum, levo minha caneca para a pia. A brisa lá fora balança as persianas de leve.

– Não. Desculpa. Você está certa. A cena mostra que... – Engulo em seco, cavando fundo dentro de mim, forçando as ideias a virem à tona. – Depois de já ter um passado com a pessoa, é fácil... que as cinzas voltem a ser uma labareda com a mais leve mudança no vento.

Paro diante da pia, de olhos fechados. *A mais leve mudança.*

Como ir dormir obcecado com a foto de uma mulher sorrindo para você enquanto estava distraído, então acordar e reparar no maldito cheiro do xampu dela.

A voz de Katrina soa tímida da mesa de jantar.

– Não importa o que digam a si mesmos, Michael e Evelyn sempre sentirão atração um pelo outro. – Odeio me perguntar se há sentidos ocultos por trás de suas palavras. – Mas é puramente físico – acrescenta.

Volto para a mesa e paro ao lado de Katrina, que digita esses pensamentos.

– O que é uma mentira, é claro – intervenho.

Ela enrijece o corpo. Não sei se é por causa do que eu disse ou se porque se espantou com minha presença a seu lado.

– Posso? – peço.

Katrina empurra o computador em minha direção, e eu me debruço por cima dela enquanto escrevo. Forço-me a colocar na página a tensão que corre por meu corpo. O exorcismo é bom.

E mais, o texto é bom. Melhor que tudo o que escrevi hoje. Sigo em frente, tudo finalmente claro, fluido, emotivo. Está funcionando. *É claro que está*, lembro a mim mesmo. Faz tempo que aprendi que os melhores textos nascem da verdade.

Empurro o computador de volta para Katrina e me sento. Não estou nervoso.

– Nada mau – admite ela, lendo os parágrafos.

– Está bom, e ambos sabemos disso.

Estou a observando, então percebo quando ela reprime o sorriso prestes a curvar seus lábios. Katrina começa a digitar. Minutos se passam, retomamos o ritmo. O computador vai de um para o outro, e nossos dedos se esbarram. Não precisamos falar enquanto escrevemos, as palavras se mesclam em um vaivém perfeito. O tempo todo, estou ciente de que nunca conseguirei sentir algo assim trabalhando sozinho. É parte do que torna maravilhoso escrever com um parceiro. Nos anos que passei longe de Katrina, não me permiti sentir falta dessa sensação, até esqueci como era.

Pior, sei que vou esquecer de novo depois que voltarmos às nossas carreiras separadas, nossas vidas separadas.

Vejo o número de páginas escritas aumentar. Não minhas, não dela: nossas. É indescritível, até para mim.

Katrina lê em voz alta o diálogo que está escrevendo para Evelyn.

– *Eu quero você, mas isso não é amor.*

Pouso as mãos sobre as dela para escrever a resposta de Michael.

– *Eu jamais teria como confundir. Não com você.*

Michael puxa os lábios de Evelyn para os seus e, pela primeira vez, Katrina e eu deixamos a peteca cair.

– A coreografia... não funciona – digo, compreendendo o problema conforme vou falando. – Michael precisa se levantar, para ficar na mesma altura.

Katrina lança aquele olhar característico de quando não tem paciência para minhas objeções.

– A coreografia está ótima. É sexy.

– Não é nada sexy... – começo a protestar.

Katrina se levanta. Olho sem entender enquanto ela vai até o outro lado da mesa estreita e se senta, agora de frente para mim. Então, ela se ajoelha no banco, exatamente como Evelyn faz na cena.

– Pode se inclinar para a frente, por favor? – me orienta ela.

Eu obedeço, sem ousar pensar no que está acontecendo.

Katrina pousa uma das mãos no tampo, para se apoiar, então inclina o corpo todo por cima da mesa. Ignoro o relance do sutiã clarinho por baixo da gola da blusa. Katrina usa a mão livre para envolver minha nuca. Estamos bem próximos. Quando o cabelo dela cai para a frente, por cima do ombro, e roça meu rosto, sou atingido pelo perfume do xampu.

– Sexy, não é? – Apesar da expressão ardente em seus olhos, o tom de Katrina não é convidativo. É vitorioso.

A pergunta quebra represas dentro de mim. Os sentimentos se adiantam aos gritos. Sou arrastado pela enxurrada que ameaça me afogar, o esforço impossível de conter tudo o que quero dizer. *Por favor* e *Por que a gente não esquece o que aconteceu quatro anos atrás?* e, finalmente, *Deus do céu, há coisas tão mais difíceis do que não escrever bem.*

– Certo. – Minha voz é quase um sussurro. – Sim, é sexy.

A mesa está pressionando meu peito, mas não digo nada. Isso com certeza não é relevante.

Com o coração disparado, quero esquecer tudo o que sei sobre escrever com Katrina, esquecer cada momento de camaradagem que já tivemos, banir cada lembrança, porque *sei*, com toda a certeza que consigo reunir, que é isso que me espera por trás de cada dia bom com Katrina. Essa imensidão de emoções que não posso ter. Foi por isso que destruí qualquer possibilidade de amizade que construíamos no caminho de volta do café. Por que devo me contentar com nossa *última vez*? Porque prefiro morrer de sede a me afogar.

Os lábios de Katrina tremem. Dessa vez, ela não esconde o sorriso. Preciso de um esforço enorme para manter as mãos espalmadas na mesa. Consigo pensar em lugares demais onde preferiria colocá-las.

Como se reparasse que ainda está tocando minha nuca, que está a poucos centímetros de mim, Katrina fica constrangida. Ela se afasta e engole em seco.

Quero segurá-la pela mão e puxá-la para mim. Então, não sei mais o que quero.

Não tenho a chance. Meu celular vibra em cima da mesa, bem entre nós, o zumbido amplificado pela madeira. Quando olho, vejo o nome de Jen na tela. Por instinto, meu olhar busca Katrina. Ela parece desesperada para que eu atenda, e é o que faço.

– Oi, Jen – digo, nem um pouco relaxado. – E aí?

– Nathan. Oi. Surgiu uma oportunidade – diz ela. Direto ao ponto. – Katrina está por perto?

– Sim. Ela está bem aqui.

Coloco o celular no viva-voz.

Sou arrastado de volta ao passado, como se nada tivesse mudado, como se os anos não tivessem transcorrido. Revivo a réplica de todas as outras ligações exatamente como esta que Katrina e eu atendemos: o celular no viva-voz, nós dois nos inclinando para ouvirmos juntos. Escutando Chris ou a editora enquanto ignoramos a proximidade fora do normal.

– Eu... – Katrina engole em seco mais uma vez. – Estou aqui.

– Conversei com o Chris, que gostou da ideia. Ele disse que eu poderia falar direto com vocês. Um jornalista do *New York Times*, Noah Lippman, entrou em contato, interessado em fazer uma entrevista com os dois. Quer falar sobre terem voltado a trabalhar juntos, etc., etc. Ele viu a matéria da *Vanity Fair*. Se planejarmos direitinho, essa pode ser a entrevista de anúncio do livro novo, além de promover o *Refração*. Mas vocês decidem, claro.

Olho para Katrina, certo de que sei o que vai responder.

– Claro – repete ela.

Escuto apenas cordialidade em sua voz, como se a pergunta fosse insignificante. Como se lhe oferecessem açúcar para o chá.

Jen se empolga na hora e começa a tagarelar sobre a logística da entrevista. Não consigo acompanhá-la. Não consigo parar de pensar em Katrina. "Claro"? O *New York Times* fazendo uma entrevista com a gente? Não compreendo por que ela, do nada, está disposta a aparecer em público comigo. É possível que seja algum vestígio da trégua, alguma fachada que Katrina insiste que a gente mantenha. Parte de mim pondera se, na verdade, não é porque as coisas mudaram entre nós.

Concordo mecanicamente com datas, horas e planos, então desligo. Quando o faço, Katrina pede licença e sai da sala. Eu fico olhando, sem saber o que fazer.

Sinto a distância. Por longos minutos depois que ela sai, encaro o lugar onde ela se inclinou sobre a mesa e sinto a pele do pescoço quente no lugar onde sua mão pousou. Eu me lembro do que desejei, do quanto Katrina se demorou tocando minha pele, do quão perto estive de estender a mão para tocá-la de volta. Quão incontrolável foi o impulso.

Eu me agarro a meu único consolo. É só instinto, o efeito colateral volátil da proximidade. Puramente físico, como com Michael e Evelyn. Não precisa ser nada além disso.

29

Nathan

Dou tudo de mim correndo esta noite. Quero meu corpo exausto, arrasado, esvaziado de tudo que não a dor do cansaço. Quando enfim cair na cama, quero dormir um sono tão profundo que não vou nem lembrar os sonhos que possa vir a ter com Katrina. Sei que virão. As visões de Katrina se debruçando sobre a mesa, quase se deitando, seu perfume inebriante, estão marcados a fogo em minha mente. É o que meus sonhos e minha escrita têm em comum: ambos escancaram minhas verdades para mim mesmo.

O eco de meus passos é o único som na rua escura. Corri por horas. Paro na esquina de casa, sentindo os pulmões arderem, os músculos das coxas gritarem. Eu me inclino para a frente, as mãos apoiadas nos joelhos, e respiro com dificuldade.

– Ou você está treinando para uma maratona – escuto alguém mais atrás –, ou está se punindo.

É Meredith. Reconheço o sotaque sulista. Endireito o corpo e a vejo ali, colocando o lixo para fora. O suéter largo, aberto na frente, caiu de um dos ombros, deixando à mostra um decote profundo. Sei que ela está brincando comigo, mas chegou tão perto da verdade que fico desconfortável.

– Dia duro de trabalho – respondo, sem me comprometer.

Meredith para um instante, e seu olhar se demora no meu.

– Estava prestes a tomar um drinque. Quer se juntar a mim? – convida, sem esconder o tom sugestivo. Ela está deixando bem claro qual é a oferta.

Penso a respeito, o peito ainda ofegante. Se estiver procurando uma forma de esquecer o que quero com Katrina, talvez seja disso que eu precise. A brisa da noite refresca meu corpo, e escrevo a cena mentalmente.

Aceito o convite. Meredith abre um vinho e nos serve. Não jantei com Katrina, então sugiro a Meredith que comamos algo. Aquecemos o que ela tiver na geladeira, ou pedimos alguma coisa. Seja como for, ela tira o suéter, e eu me aproximo mais no chão, onde estamos sentados, já que ela ainda não tem cadeiras. Deixo espaço para que se afaste. Ela não o faz. Passo a noite com Meredith e apago de vez qualquer frustração sexual que tenha sobrevivido à corrida.

É tentador. De repente, voltar para a casa onde Katrina está e passar a noite deitado, insone, esperando a manhã chegar, parece infernal. Por que eu não aceitaria? Sou solteiro, e Meredith compreende que não ofereço nenhum futuro ao meu lado: só estou aqui durante o verão. Ou seja, ninguém sairia magoado.

– Seria ótimo – respondo, por fim. – Mas não posso.

Meredith parece um tanto surpresa. Se minha resposta a magoa, ela disfarça bem. Apenas dá de ombros e sorri.

– Bem, se mudar de ideia... – Ela indica a porta com a cabeça. Então, ajeita o suéter e volta para casa.

Fico olhando até a porta se fechar. Por mais que me odeie pelo que recusei esta noite, no fundo sei que era o que precisava fazer. Quando meu casamento terminou, prometi a mim mesmo que não ficaria mais com ninguém se estivesse interessado em outra pessoa.

Na rua vazia, olho para a casa de Katrina, contemplando a noite que escolhi, a noite em que não irei a lugar algum, que vai me deixar agoniado e insone.

Ando o resto do caminho até em casa, sentindo cada músculo que forcei demais.

30

Katrina

Quando escuto Nathan girar as chaves na porta, sinto um alívio tão grande que chega a ser patético. Acomodo melhor as almofadas no sofá e pego o *Middlemarch* que ele comprou para mim, que tentei ler e não consegui. Não quero que ele pense que estava à sua espera, mesmo que estivesse. Costumamos jantar depois da corrida dele, mas esta noite Nathan passou tanto tempo fora que comi metade do frango xadrez congelado que comprara no supermercado, no primeiro dia.

É irritante me dar conta de como me preocupei enquanto aguardava. Por baixo da preocupação, contudo, estou abalada e confusa. Sei que passamos do limite enquanto escrevíamos. Só não sei aonde chegamos com isso.

Nathan entra, as solas de borracha dos tênis de corrida fazendo barulho no piso. O som ecoa pela casa enquanto ele fecha a porta. Nathan segue na direção da escada e mal olha para mim.

– Deixei um prato para você em cima da bancada.

Não sei que impulso me leva a falar com ele. Nathan é adulto. Se quiser jantar, que resolva como. Não é minha responsabilidade.

Ele não olha na minha direção quando responde:

– Tá certo. Obrigado.

Ele está suado, ruborizado e obviamente de péssimo humor. Deveria deixá-lo subir logo, deixar que o não dito seguisse imperturbável. Não é o que faço.

– Nathan. – Odeio como minha voz sai aguda. – Eu te devo um pedido de desculpa.

Ele para e se vira para mim, ainda no primeiro degrau, mas não diz nada.

Continuo, com esforço:
— Eu não devia... — *Ah, Deus, por que fiz aquilo?* — Não devia ter tocado em você daquele jeito. Não foi nada profissional. Desculpa.

É o mais próximo que já chegamos de conversar sobre o que há de errado entre nós. Pude sentir o que ele estava pensando quando segurei sua nuca, um gesto tão imprudente. Sabia aonde sua mente estava indo porque a minha ia na mesma direção. É como um sol destruidor que, mesmo a milhões de quilômetros, ainda é quente o bastante para torrar.

Temo a resposta dele. Quando finalmente vem, é acompanhada de uma expressão indecifrável.

— Tudo bem. Não foi nada.

É a resposta menos satisfatória que ele poderia ter dado. Concordo com a cabeça, mas fico incomodada com aquelas palavras. Fecho meu livro. Tarde demais, reparo que me esqueci de colocar um marcador na página onde parei. Nathan percebe. Não lhe dou a chance de comentar.

— Desenvolvi uma teoria — começo, forçando na voz uma confiança que não sinto. — O que escrevemos influencia o que sentimos ou pensamos. Por exemplo, se escrevemos uma cena triste, talvez a gente se sinta deprimido. Já se for um texto alegre e bem-humorado, talvez deixe a gente com uma sensação de felicidade... por um tempinho. Não é *real*. Isso é importante. É uma sensação temporária. Transferência literária.

Conheço o termo das aulas de psicologia da faculdade. Lemos sobre como as pessoas às vezes projetam sentimentos ou crenças nas outras. Já faz anos que penso isso da escrita. Mesmo quando escrevia sozinha, mergulhava na mente dos personagens. Com Nathan, com qualquer coautor, é natural projetar no outro sentimentos que pertencem às páginas do livro.

Ele não se mexe. Só apoia o cotovelo no corrimão, a postura mais relaxada.

Mas o olhar, não. Espero, porque sei o que ele está prestes a perguntar:
— Por que está me falando sobre *transferência literária* agora, Katrina?

Reconheço o modo como seus olhos cravam os meus. Ele sabe por quê. Só quer me ouvir dizer.

Não vou dar a ele o prazer de ver a reação que espera que eu tenha. Não hesito.

— Escrever conteúdo sexual, naturalmente, teria o efeito que estou descrevendo. Ainda mais quando escrevemos esse conteúdo perto de... outra pessoa. – Consigo não apressar as palavras finais, embora a tentação seja grande.

Os lábios dele se curvam em um meio sorriso. O suor escorre pelo rosto, pelo pescoço. Eu o conheço bem o bastante para saber que seus movimentos são calculados quando tira a camisa e seca a testa.

Já o vi sem camisa. Muitas vezes. Nadamos juntos no mar de dois continentes, tomamos sol em espreguiçadeiras em Capri. Nem prestei atenção no outro dia, quando estávamos na piscina. Na verdade, me mantive de costas, tomando o cuidado de não olhar.

Agora é diferente. Nathan está em forma, o que não me surpreende. Ele tem recursos, tempo e disciplina para tanto. Tento me concentrar objetivamente nesses fatos, mas, ao longo dos últimos quatro anos, acabei esquecendo a geometria perfeita do corpo dele. Sinto a boca seca, o rosto quente. Não consigo parar de encarar seu peitoral enquanto me recordo de como ficamos fisicamente próximos hoje, mais cedo.

Os olhos dele cintilam. Não do jeito que o sol cintila sobre a água, ou como as estrelas se espalham no céu. Não há nada gentil ou convidativo no olhar que ele lança para mim. É como a centelha que escapa do aço segundos antes de se tornar chama.

– Está dizendo que escrever nossa cena de sexo fez você se sentir como, exatamente? – pergunta. – Estou mesmo curioso.

Mantenho o queixo erguido.

– Meu *ponto* – digo, inflamada – é que não significa nada.

Nathan ri e volta a subir a escada.

– Você trabalhou muito nessa teoria? Espero que ela a ajude a dormir esta noite. Você pode contar a historinha que quiser para si mesma, Katrina. Afinal, é escritora.

Ele solta uma risadinha irônica, despida de generosidade ou simpatia. Dá as costas e continua a galgar os degraus, os passos pesados no piso de madeira.

Desabo de volta no sofá, me sentindo derrotada. Fui sincera no pedido de desculpa, a despeito de algumas conversas depois daquele dia no café terem sido tensas e desagradáveis. A rejeição dele me magoa de formas que me recuso a reconhecer, não quando revelam como estou desconfortável com tudo o que se perdeu entre nós. E mais: Nathan tomou o escudo que usei para me defender das perguntas que estou cansada de confrontar, como de onde *exatamente* tinha vindo minha decisão de me debruçar em cima da mesa, e o atirou ao mar.

Não, penso comigo mesma. Não vou dar a ele essa satisfação. Enfio o marcador nas páginas do livro que não estava lendo, de qualquer forma. Já no andar de cima, escuto o barulho do chuveiro dele. Quando minha mente é inundada por imagens de Nathan tirando a roupa, entrando embaixo da água, deixo que venham. Não me importa se ele vai dar sorrisinhos arrogantes ou me encher de perguntas capciosas. Estou certa. Isso é só um delírio, produto do trabalho. É transferência.

Vai passar.

31

Nathan

• QUATRO ANOS ANTES •

São sete da manhã. Estou sentado de mau humor em uma toalha listrada que encontramos na casa, estreitando os olhos para o oceano. Katrina, a meu lado, passa protetor solar. O clima é úmido, abafado até, um prenúncio da tempestade prevista para hoje. Não é de surpreender que a praia esteja vazia.

Minha coautora, que conferiu a previsão do tempo, me arrastou para fora da cama às 5h45 da manhã, insistindo que passássemos algum tempo no mar, antes de ficarmos confinados na casa. Tenho areia até em lugares que mal encostei na praia, como os tornozelos e a lateral das mãos. Tem areia em tudo. Não quero estar aqui, sob camadas de nuvens ameaçadoras que cobrem o sol. É domingo, mas quero ficar em casa, escrevendo.

Passamos os últimos dois dias empacados na mesma cena, sem avançar uma linha sequer. A falta de progresso me frustra. Não é que eu deteste a ideia de bloqueio de escritor, é que não acredito nisso. Bloqueio não é nada além de um escritor que esqueceu o que os personagens querem. A solução não é ficar sentado na areia da Flórida em uma manhã úmida. É voltar ao trabalho.

Algo frio e gosmento atinge meu ombro, interrompendo minha ruminação. Quando levanto a cabeça, vejo Katrina parada sobre mim, com seu maiô preto, segurando o filtro solar que acabou de espirrar em mim.

Esfrego o filtro solar, a expressão fechada.

– Jura? Vai ficar emburrado até aqui? – Ela gira, empolgada, abrindo os braços. Cachos soltos emolduram seu rosto. – Com uma das suas pessoas favoritas?

– Não estou emburrado – respondo. – Estou refletindo. Totalmente diferente.

Katrina ri e franze o nariz, encantada. Então, forja uma expressão de falsa solidariedade, dizendo:

– Tá certo. Lamento muito.

Parte de mim quer rir junto, só um pouquinho. Em vez disso, forço a conversa teimosamente na direção que *eu* quero.

– E se mudássemos a cena do jantar? Talvez esse seja o problema. Levaríamos semanas para reescrever, mas...

Katrina joga a embalagem de filtro solar no meu colo.

– *Nada disso* – retruca. – Não vamos conversar sobre trabalho. Hoje, você não é meu coautor, é...

A frase que paira no ar é o bastante para tirar meu foco. Não sei como Katrina vai terminá-la. O que somos um para o outro, senão coautores? Foi com a colaboração criativa que tudo começou. Antes disso, não éramos nem amigos. Busco pistas no rosto dela, mas não leio nada no olhar que Katrina fixa no horizonte.

– Você é o cara com quem eu vim para a praia – termina, sorrindo. Registro meu desapontamento uma fração de segundos antes que ela continue: – Não me obrigue a trocar você por outra companhia.

Examino a praia de cenho franzido.

– Katrina, não tem *ninguém* aqui para me substituir. São sete da manhã e vai chover.

Ela inclina o quadril e faz biquinho. Sem hesitar, estende a mão para mim.

– Então vou ter que entrar no mar com *você*.

Não resisto e sorrio, mesmo que de leve. Pego a mão dela e me levanto. Nossas palmas se tocam tão rápido que mal sinto a pele de Katrina na minha antes de ela se afastar. O contato não é nada. Inofensivo, como girar o acendedor de um fogão sem gás.

– Além do mais – continua ela –, talvez isso nos traga alguma inspiração.

– Tomara que venha antes dos relâmpagos.

Katrina revira os olhos. Sem aviso, ela sai correndo pela areia até mergulhar no mar. Quando volta à tona, o cabelo está colado ao pescoço.

Eu me vejo impelido a seguir os pequenos semicírculos que seus passos deixaram na areia. Entro devagar no mar, deixo a água envolver meus pés. Está fria, um contraste com a manhã quente. É refrescante. Avanço mais, a água salgada chegando ao peito, enquanto sigo em direção a Katrina.

Ela está boiando, o peito se erguendo e se abaixando conforme ela respira. Há gotas de água em seus cílios. Ela pergunta, quase num sussurro:

– Quando nos conhecemos, você imaginou que um dia estaríamos aqui?

Como sei que não poderei me perder em reflexões enquanto Katrina estiver determinada a deixar o livro para trás naquele dia, mergulho de cabeça. O choque é revigorante. Volto à tona, ofegante, e afasto o cabelo da testa.

– Sim – respondo.

Ela ergue a cabeça da água e me encara. Mesmo com o sol encoberto, os pontinhos dourados em seus olhos castanhos cintilam.

– É mesmo? – Ela está tão curiosa que parece incrédula. – Naquela primeira noite que voltamos para casa, depois do jantar, você imaginou que escreveria um romance comigo na Flórida?

Tiro os pés do fundo e boio, como ela. Lembro os primeiros dias logo depois que a conheci, quando saímos para tomar um café e acabamos com o que se tornaria nosso primeiro romance. Foi fluido. Katrina fez algum comentário bem espontâneo, eu sugeri que aquilo poderia ser uma premissa e a enfeitei um pouco. Ela mexeu um pouco mais, e eu soube que tínhamos algo. Não apenas a ideia. Eu soube que *tínhamos* alguma coisa.

– Não pensei na Flórida, especificamente – respondo. – Tudo o mais, sim. Foi por isso que corri tanto atrás de você. – Não minimizo a seriedade do que estou dizendo. Nosso relacionamento é forte o bastante para que eu seja sincero. – Eu via tudo o que teríamos juntos. E também tudo o que ainda não temos. Mas teremos.

Katrina parece lisonjeada, o que me deixa feliz de maneiras que não consigo decifrar muito bem. Ela se move na água, impulsionando o corpo preguiçosamente com as mãos estendidas, o queixo mal roçando a superfície.

– Eu não sabia o que pensar quando você propôs que escrevêssemos juntos – conta.

– Deve ter achado que era alguma desculpa elaborada para eu levar você para a cama.

Katrina ri, o rosto ruborizado.

– Sim, essa ideia passou pela minha cabeça, então você mencionou seu noivado. Mas, falando sério, você conhece um estranho e propõe escrever um livro juntos? Foi... surreal. – Nessa última palavra, a voz dela soa delicada, frágil.

Paro de boiar e fico de frente para ela. Estamos indo mais fundo, e mal consigo tocar os pés na areia.

– O que fez com que você levasse a proposta a sério?

Ela fica um tempo em silêncio, se deslocando pela água. A corrente nos aproxima.

– Conforme conversávamos, passei a sentir algo que nunca tinha sentido. Era como se você conseguisse articular cada pensamento dentro de mim que eu não sabia expressar. Como se você me trouxesse um foco mais preciso. – Ela sorri, constrangida. – Não sei se isso faz sentido.

– Faz.

Encontro seus olhos sobre a água cintilante entre nós. Algo estala no céu nos segundos em que permanecemos nos olhando.

Então é como se o céu se abrisse, e a chuva se derrama sobre nós. Quase um balde de água fria literal. O susto nos faz olhar para o céu. Eu não tinha percebido as nuvens negras se fechando. Katrina dá um gritinho.

– Vamos correr? – grita para que eu escute, enquanto pisca para tirar a água dos olhos. Já estou concordando com a cabeça.

Quando Katrina parte em direção à praia, vou atrás, mas sinto que estou em câmera lenta. Juntos, pegamos as toalhas e as roupas encharcadas, então disparamos para o carro.

Poucos metros à minha frente, uma das sandálias que Katrina segurava cai na areia. Ela volta para pegá-la, cobrindo a cabeça com uma das mãos quando a chuva aperta, embora não adiante nada. As gotas pesadas deixam marcas na areia. Passo correndo por ela. Quando destranco o carro, o primeiro trovão ribomba acima.

Entramos e fechamos as portas. Deveríamos ter vindo no carro dela, mas, como não tenho carro em Nova York, a chance de dirigir o Porsche foi meu único incentivo para concordar com esse plano. Está tudo ensopado e coberto de areia. Eu deveria estar furioso. Terei que pagar uma pequena fortuna pelos danos ao Porsche Carrera alugado, danos que eu sabia que aconteceriam se fôssemos para a praia horas antes da tempestade prevista.

Em vez disso, começo a rir e não paro mais. Katrina se junta a mim. De repente, estou rindo de chorar enquanto ela se dobra às gargalhadas no banco do passageiro. A chuva bate nas janelas com tanta força que não dá para ver nada. É como uma cortina de água, nos escondendo em um mundo particular.

Olho para Katrina, para o cabelo desalinhado, os olhos cintilando, e percebo que a risada morreu. Tem areia no rosto dela, logo abaixo dos olhos. No instante seguinte, tenho a sensação de assistir à cena de longe: estendo a mão por impulso e limpo a areia da pele dela. Katrina fica imóvel sob meu toque, e o único som é o bater furioso da chuva no carro.

Ela sustenta meu olhar, e vejo oceanos de possibilidade naqueles olhos grandes. Mergulho neles e afundo nela. Mantenho minha mão na pele dela por tempo demais.

Olho para os lábios de Katrina e vejo quando ela prende a respiração. Pela primeira vez, sinto a necessidade impossível de puxar seu rosto mais para perto. De beijá-la. De ter seu corpo junto ao meu.

A pontada de culpa bate forte, como um soco no estômago. Além do desprezo pelo que fiz, eu me sinto desorientado. Tenho um casamento feliz, estou apaixonado por minha esposa linda. Não fico olhando para outras mulheres. Não *quero* beijar outras mulheres. Tampouco costumo encarar amigas e colegas desse jeito tão sexual. Katrina vale mais do que isso. Mesmo assim, preciso fazer um esforço enorme para afastar a mão do rosto dela e olhar para a frente.

Eu me concentro em tirar a ideia da cabeça. Jamais trairia Melissa, e um pensamento desgarrado não é traição, desde que se mantenha apenas isso. E é o que vai acontecer.

Katrina não diz nada quando ligo o carro. Não tenho ideia do que ela está pensando, mas a conheço bem o bastante para saber que está pensando alguma coisa. É engraçado como duas pessoas podem ficar apenas sentadas lado a lado, cada uma contendo o próprio turbilhão.

Quando os limpadores de para-brisa começam a funcionar, um relâmpago corta o céu acima do mar.

32

Katrina

• DIAS ATUAIS •

A preparação para a entrevista do *New York Times*, imediata e intensa, vira prioridade. Entramos em um frenesi midiático de comunicação, um picadeiro onde ninguém sabe quem comanda o espetáculo. Liz briga corajosamente pela função: na manhã seguinte já acordamos com um e-mail em cópia para toda a equipe de divulgação da Parthenon. Querem marcar "uma ligação" hoje à noite. Essas são três das palavras de que eu menos gosto. *Marcar uma ligação.*

A longa lista de nomes que estarão na chamada deixa meu estômago inquieto. Eu me lembro das conferências intermináveis com a *equipe* nas semanas antes do lançamento de *Só uma vez*. Ligações em que os elogios ao livro eram incessantes, todos falando como o livro era especial, como mal conseguiam esperar para mostrá-lo ao mundo.

Eu só ouvia a pressão. Pressão para que o livro atingisse as expectativas, pressão para entregar o próximo manuscrito mais depressa e melhor, pressão para me divertir com cada atividade promocional e entrevista, porque aquilo era "meu sonho se concretizando". Tenho a sensação de estar, ao mesmo tempo, no topo do Empire State Building e no fundo do oceano.

Meus medos não são incomuns. O que causa medo em mim causa medo em todo mundo. Tenho medo de não ser nada. Não de virar nada, no sentido de morrer, mas da morte em vida de não ser ninguém especial. De não ter valor nenhum.

Quando eu era mais nova, não me sentia muito importante. Sou a filha do meio de cinco crianças. Amava minha mãe, que também me amava, mas eu era insignificante. Era irremediavelmente descoordenada, então esportes não eram minha praia. Era muito inteligente em uma cidade pequena, onde ser inteligente conquista pouco mais que um dar de ombros. Às vezes, tinha a sensação de não conseguir descobrir por que eu existia. Sempre me parece um pensamento sombrio, mas não era, não para mim. Só me deixava confusa.

Quando descobri a escrita, percebi o que significava ter algo que me fizesse brilhar. Que me permitisse ser alguém.

A sensação me assustava. Morria de medo de ter encontrado o que há tanto tempo intuía estar faltando em minha vida, porque soube, com uma clareza aguda, como seria perder tudo aquilo. Quando *Só uma vez* estava sendo lançado, os medos finalmente me dominaram e, embora eu tenha aprendido a controlar a ansiedade, levei meses, anos, para me recuperar do dano. Episódios emocionais assim são como desastres naturais. Nada se recupera imediatamente assim que o furacão ou a enchente passam. É preciso reconstruir.

O que não foi fácil, já que, em certos dias, eu me sentia prestes a reprovar em uma prova sobre mim mesma. Eu me pegava literalmente incapaz de decidir se queria ler, rever episódios antigos de *Gilmore Girls* ou correr no parque. Em alguns dias, fazia planos que eu executava obedientemente.

Em outros, a indecisão me mandava de volta para a cama.

Namorar Chris ajudou. Morar em Los Angeles ajudou. Depois de um tempo, voltei a ser eu mesma. Mas todos os dias ainda morro de medo de voltar àquele limbo.

Faltam quatro minutos para a ligação, e estou em uma batalha interna que conheço bem. Espero sentada em um dos bancos da cozinha enquanto mexo no celular sem prestar muita atenção. Não quero olhar para o número da audioconferência, nem para a lista de pontos de discussão que recebi da assistente de Liz.

Nathan percebe como estou desconfortável e inclina a cabeça, buscando meus olhos. Ele foi uma fonte de apoio inesperada. Fomos nos deitar em termos incertos, depois de meu pedido de desculpa ridículo e da resposta zombeteira de Nathan. Mas algo o fez sair da cama de bom humor. Não ouso imaginar que é porque tenha me perdoado. Deve estar ansioso para divulgar o novo livro, mas, seja o que for, estou grata.

Ele está apoiado na beira da bancada, na minha diagonal. Quando fala, mal reconheço sua voz, de tanta empatia.

– Não precisamos fazer nada disso se você não quiser. A ligação, a entrevista, nada.

Ele também está se referindo ao livro. Não sei como sei disso. Cerro o punho no colo.

– Eu quero.

Por mais desconfortável que fique com o processo de divulgação, preciso encarar a realidade: tudo o que está acontecendo vai continuar a acontecer.

O olhar de Nathan permanece fixo no meu. Sei que ele quer perguntar por quê, já que obviamente estou me forçando a fazer isso. Entretanto, ele apenas digita o número da audioconferência. Esperamos, sem dizer nada, até ouvirmos o bipe na linha.

– Katrina e Nathan aqui – diz ele, e pousa o celular na bancada.

– Que maravilha!

Eu me encolho ao ouvir a empolgação na voz de Liz.

– Como vocês estão? – pergunta ela. – E a Flórida?

Eu me lembro da última audioconferência, quando me recusei a falar com Nathan. Não teria conseguido. Tudo estava avançando muito rápido. Eu me sentia uma prisioneira, com Chris me observando enquanto eu encarava aquela volta para o mundo de Nathan, como se ele fosse um negociador de reféns responsável por salvar uma carreira que eu nem sabia se queria. Agora, aqui está Nathan, debruçado na bancada da cozinha, perto de mim. Em parte, fico pensando em como isso tudo não faz sentido. A outra parte percebe que ele não se barbeou hoje e que está com olheiras escuras.

Seus olhos, contudo, focam em mim. Nathan quer que eu responda.

– Está tudo bem – digo. – Estamos... – Sustento o olhar dele. – Progredindo bem.

– Que bom ouvir isso! Olha, estamos muito empolgados com a possibilidade de usar essa entrevista para anunciar que vocês estarão juntos de novo em mais um livro. É claro que – Liz nem pausa, e lhe dou crédito por isso –, pelas especulações da imprensa sobre a parceria de vocês no passado, discutimos internamente qual seria a melhor maneira de apresentá-los.

Pressiono as palmas das mãos no short num movimento involuntário.

Percebo com que frequência Nathan e eu teremos que atuar um para o outro e para todos, para sempre. Teremos que nos defender de perguntas sobre como nossa parceria foi rompida e como voltamos a nos reunir, *para sempre*.

Surge na minha mente a ideia louca de simplesmente... ser sincera. Afasto-a na mesma hora. Seria impossível. Ser sincera com Nathan é um conceito de tal imensidão que mal dá para cogitar.

Jen interrompe meus pensamentos.

– Esse jornalista está atrás de uma história. – O tom dela é delicado, embora casual. – Ele com certeza vai querer xeretar sobre o rompimento de vocês e os boatos a respeito.

Tenho que dar crédito a Nathan pela resposta rápida e calma.

– Já abordamos esses temas várias vezes em público.

– Sim, mas agora que estão juntos... bem... Sinceramente, nenhum de nós tem ideia de como está sendo isso.

Nathan abre um sorriso para mim, como se dividíssemos a mesma piada secreta. Por mais que eu ainda não tenha entendido a piada, percebo como as olheiras dele parecem clarear. Mais uma vez, sinto uma onda de gratidão por esse Nathan inexplicavelmente generoso.

– Agora tudo faz sentido – diz ele, rindo, e se inclina mais na direção do celular. – Vocês estão ligando para garantir que não vamos brigar na frente do jornalista.

Eu o observo, impressionada. Nathan está com os cotovelos apoiados na bancada, e a posição fez subir as mangas de sua camiseta branca do Bob Dylan. Ele parece confortável. Centelhas do carinho que senti quando ele subiu na cadeira do café reacendem em mim. Nos últimos quatro anos, eu tinha esquecido como ele é bom em lidar com pessoas.

A ligação fica muda. Ninguém sabe se Nathan está brincando. Por fim, Jen é corajosa o bastante para responder:

– Sim, mais ou menos isso. Queremos que a notícia seja o livro, não vocês.

– *Porém*... – interfere Liz, o tom cantado. – Uma espiadinha no relacionamento dos dois sempre ajuda nas vendas.

Sei do que está falando, e Liz não está errada. Sinais de tensão entre mim e Nathan alimentavam o fogo de nossa notoriedade. As pessoas faziam fila para comprar o livro, lendo-o para descobrir se nos amávamos ou nos odiávamos. Não posso culpá-las. Se eu achasse que isso me ajudaria a descobrir, eu mesma esquadrinharia as páginas.

Não reconheço a próxima voz que fala. Será alguém da equipe de divulgação? Ignoro a lembrança desagradável da extensa lista de participantes da chamada.

– Seria bom deixar algo no ar, o bastante para evocar um mistério. A história de vocês dois é tão comentada... Não queremos desperdiçar isso.

A explicação parece uma palestra, tanto que deixo os nervos de lado para revirar os olhos.

Chris faz um comentário, e só então me dou conta de que não escuto a voz dele há dias.

– É claro. Queremos fazer o possível para vender mais exemplares. – Ele faz uma pausa. – Certo, Katrina?

Percebi que Chris nunca usa "Kat" nas ligações de trabalho. Sou "Katrina". Tenho a generosidade de respeitar o verniz profissional que ele tenta manter, mas nunca o compreendi. Afinal, todo mundo sabe que ele está noivo da cliente campeã de vendas.

– Sim. Certo – respondo, nada convencida.

Eu *queria* fazer o possível para vender mais exemplares?

– Vou pegar um avião para ir à entrevista – avisa Chris, o tom casual.

Eu me viro para olhar o celular, como se ele estivesse em algum lugar dentro do aparelho, me sacudindo pessoalmente com essa súbita revelação.

– O quê? – pergunto.

Nathan fica tenso.

– Não quero que você tenha que lidar com a logística – explica Chris, com calma. – Eu cuido disso, e estarei aí para o caso de... algum imprevisto.

Quando me recupero da surpresa, sou atingida pela mágoa, como se meu coração tivesse tropeçado e ralado os joelhos. Não consigo aproveitar qualquer entusiasmo que poderia ter sentido pela chance de ver meu noivo. A verdade é que, quando *implorei* para que Chris viesse para a Flórida, ele não veio. Agora, ao sentir o mais leve toque de responsabilidade profissional, ele decide voar até aqui de um dia para o outro.

Porque é pela Katrina que ele está vindo. Não pela Kat.

A ligação fica muda. Nathan, obviamente, não vai dizer nada, só espera por minha reação. Apesar do que sinto, sei que esta ligação com tanta gente, com Nathan, não é o lugar para me aprofundar em meu desapontamento romântico.

– É isso, então, todo mundo? – É o melhor que posso fazer.

Meu sangue lateja com tanta força que mal consigo escutar o que digo. As cordialidades de sempre, como estão todos empolgados para ler, o início de conversas sobre atividades promocionais, vendas para o mercado internacional, feiras de livros... Quando todos desligam, Nathan faz o mesmo e guarda o celular no bolso.

– Que tal darmos uma volta? – sugere, de repente.

Levanto os olhos, em dúvida se escutei direito.

– Ouvimos a opinião de todo mundo sobre como devemos nos comportar nessa entrevista – continua ele. – Estou me perguntando o que nós dois queremos disso.

Estudo a reação dele. Nathan não quer o que os outros querem... vender livros? Por que mais estaria escrevendo comigo?

– A menos que... – Ele hesita, os olhos fugindo de mim.

Eu me levanto depressa. Não vou fugir dessa conversa, não se Nathan está disposto a tê-la.

– Dar uma volta parece ótimo.

Alguma coisa passa pela expressão dele, uma suavidade que não vejo há anos.

É algo que o deixa lindo demais.

33

Nathan

Passeamos pelo bairro. Estou calmo, mas acho que não esperava estar, já que sei sobre o que vamos falar. Até eu percebo como era improvável eu sugerir esta caminhada, mas não suportaria passar a noite à sombra daquela ligação.

Na rua, o princípio do pôr do sol tinge tudo de laranja. Vemos lampejos do oceano entre as casas, sentimos a brisa do mar. É hora de preparar o jantar, ou as pessoas estão chegando do trabalho, e não há ninguém na rua. Só eu e Katrina.

Será que ela reparou que mal dormi na noite passada? Provavelmente. Minhas olheiras parecem hematomas de boxe, o que até combina, se considerarmos o tempo que tenho passado travando batalhas com meu subconsciente. Katrina me mandou para a cama com *transferência literária* e a satisfação amarga de saber o que ela estava insinuando. Ela praticamente confessou que tinha se sentido atraída por mim, não importava se era ou não por causa do que estávamos escrevendo.

Mas, conforme a noite passava, me senti cada vez mais culpado por ter debochado daquela explicação. Katrina só queria evitar que entrássemos em águas traiçoeiras, ou que fôssemos arrastados de volta ao passado, e não condeno seus motivos. Também era o que eu queria. Além do mais, a explicação dela tinha sido tão diferente do que eu dissera a mim mesmo sobre o incidente da mesa? Lembrando o acontecido, jurei a mim mesmo que minha reação havia sido *puramente física* depois de Katrina subir as escadas, quando terminamos a ligação com Jen.

Foi quando me lembrei da ligação de hoje, a preparação para a entrevista.

Apesar da disposição fora do normal de Katrina em dar essa entrevista para o *New York Times*, estou praticamente certo de que uma coisa não mudou: ela *detesta* fazer divulgação. Antes dos eventos em livrarias para promover o lançamento, eu treinava com ela as respostas para perguntas comuns em entrevistas, para diminuir sua relutância. Fui eu que escrevi a maior parte do que mandamos para blogs e sites, porque sabia que ela se irritava fazendo aquilo. Imaginei que, por causa da ligação de hoje, ela não estaria tranquila.

Com remorso pela forma como lidei com a explicação dela sobre transferência literária, decidi: hoje eu poderia ser amigo de Katrina. Daí em diante, veríamos o que fazer.

— É impressão minha — ela começa a falar enquanto caminhamos — ou eles queriam que nós não confirmássemos nem negássemos ter tido um caso? — comenta, a voz casual, como se estivesse em dúvida de qual prato congelado aquecer. Ela não menciona a pergunta que nos arruinou.

Eu pigarreio.

— Não foi impressão sua.

— Entendo — continua Katrina, ainda tranquila. — É claro que o jornalista vai fazer essas perguntas.

— Mas não temos que agir como sugeriram — interrompo. — Podemos contar a verdade. Que nosso relacionamento é profissional, que nunca dormimos juntos. Nem enquanto escrevíamos *Só uma vez* nem nunca. Nunca nem sequer nos beijamos.

Percebo as implicações do que acabei de dizer. Casos amorosos envolvem dormir com outra pessoa. Beijar dificilmente está incluído na definição. Portanto, eu meio que respondi a uma pergunta que ninguém fez. A não ser eu mesmo.

Ela ri, então resmunga:

— A verdade.

— Essa é a verdade, Katrina.

Estou sendo duro, e a intensidade de minha voz não combina com a noite tranquila da Flórida. Mas, se pretendo seguir com esse esforço de ser simpático e solidário com ela, preciso colocar isso às claras.

— Sei disso — responde Katrina, irritada.

Seu tom cortante me surpreende. Levanto os olhos e vejo que está olhando para a frente, apertando os lábios. O que ela quer que eu diga? Quer que eu confesse que não consigo parar de pensar nela, que não consigo dormir, que odeio o progresso que estamos fazendo com o livro porque sei que quando terminarmos ela vai se afastar de mim de vez?

Há um motivo maior para a verdade completa não ser bem-vinda, um motivo que Katrina sabe qual é. Mas verbalizo mesmo assim.

– Você está noiva – digo, baixinho. – Não tem medo de que isso afete seu relacionamento?

Anotei mentalmente que Chris estava na ligação e não fez qualquer objeção, nem umazinha. Não entendo isso. Não importa que sentimentos pessoais eu possa ter, não vou infligir a Katrina o que passei no fim do meu casamento. Não gosto de Chris, mas respeito o compromisso entre eles dois. Não vou atingi-lo com insinuações a esse jornalista ou a quem for.

Katrina me lança um olhar afiado de esguelha. O sol está baixo, e sua luz lança um brilho dourado no rosto dela. Katrina respira fundo.

– Chris me deu permissão para transar com você, se isso fosse necessário para terminar o livro. Portanto, duvido que ele se importe com qualquer boato.

Paro de andar. Aquela palavra saindo da boca de Katrina atinge minha mente como um esbarrão em uma quina aguda, rasgando a forma que eu esperava que a noite teria.

Katrina para, percebendo que não estou mais acompanhando o ritmo. Ela se vira e me encara da calçada, alguns passos à frente.

– Não que eu... Não que eu tenha pedido, se é isso que está te apavorando.

Não era. Aquilo não tinha nem me ocorrido.

– Vocês... têm um relacionamento aberto?

A pergunta ocupa o espaço mental que se esvaziou com aquele comentário dela. Não é nem a pergunta mais importante. Na verdade, parece boba. Mas, por algum motivo, preciso que seja respondida primeiro.

Katrina dá uma risadinha.

– Imagino que sim. – Ela desvia os olhos dos meus, como se nunca tivesse pensado na possibilidade. – Desde que isso *venda mais exemplares*.

– Que coisa horrível de se dizer.

Não há qualquer maldade na minha resposta. A tristeza do que Katrina acabou de falar é tão grande que ofusca até o fato de seu noivo ter dito que ela podia dormir comigo. Porque com Katrina é assim, sussurra meu subconsciente. Não é só Kat em si que acho irresistível – sua risada, seus olhos, seu corpo. É *isso*. São os instintos mais simples, mais inocentes, mais fundamentais. Apoiá-la. Ajudá-la a passar por esse momento. Mesmo agora, eu não conseguiria não ajudá-la, mesmo se tentasse. Ela vem em primeiro lugar.

A expressão dela se fecha.

– Bom, sim. É verdade.

Katrina continua andando, como se decidisse que essa parte da conversa está terminada.

Eu vou atrás, pensando na noite passada, quando ela me tocou, quando tive que conter tudo o que eu queria. Katrina acabou de revelar que tem o tipo de relacionamento em que eu poderia fazer essas coisas. Deveria estar animado. Mas, por algum motivo, não estou. Não quando a vejo tão obviamente infeliz. E mais: a ideia de dormir com ela e então mandá-la de volta para casa em Los Angeles, para Chris, não me deixa nem um pouco empolgado.

Tenho que lembrar a mim mesmo que, por mais que eu agora saiba o que Chris pensa do assunto, ainda não sei o que Katrina pensa. Se ela sentiu o mesmo que eu na noite passada, sabendo que tinha permissão do noivo para agir de acordo com seus desejos, teria avançado essa barreira. Mas não avançou. Eu sei o que isso significa.

– Vamos acabar com os boatos. Com todos – declaro, decidido.

Katrina me olha, surpresa.

– E a venda dos livros?

– Estamos escrevendo um livro bom pra cacete. Não precisamos de boatos para que ele venda bem.

Ela fica em silêncio. Então assente.

– A verdade, então. Dizemos que nada aconteceu entre nós. – A voz dela agora ganha convicção, força. – E rompemos porque...?

Katrina está certa. Não podemos contar toda a história.

– Porque escrever um livro em conjunto é difícil. Precisávamos de espaço – respondo. – Só isso.

Não foi só isso. Mas essa verdade é só para nós, e mais ninguém. Se algum dia confrontarmos o que aconteceu, não será na frente de um jornalista. Isso não vai deixar a editora feliz nem vai ajudar nas vendas.

Katrina levanta a cabeça com um sorrisinho no rosto.
– Chris vai ficar furioso.
Não me permito rir.
– Isso te incomoda? – pergunto.
O sorriso no rosto dela não se altera.
– Não.

34

Katrina

• QUATRO ANOS ANTES •

A mão dele. Os dedos perto dos meus lábios. Os olhos.

A tempestade não cedeu. Estou na cama lendo, fazendo questão de ignorar os sentimentos que me invadem. Só que, a cada página, a cada fração de segundo, minha memória me leva de volta para a praia. Para o carro de Nathan. Repasso o momento na cabeça, revejo cada detalhe. *A mão dele roçando meu rosto. Os dedos suaves como plumas em minha pele. Os olhos fixos em meus lábios entreabertos. Minha respiração suspensa, presa, na expectativa.*

Quando ele ligou o carro, senti vergonha por estar desapontada. Nathan é *casado*. Não posso querer beijá-lo. Repetindo isso para mim mesma embaixo das cobertas, mal ouço os trovões ecoando lá fora.

O farfalhar de papel deslizando pelo piso de madeira me tira do devaneio, sobrepondo-se ao som da chuva. Saio da cama e vejo as páginas que foram enfiadas por baixo da porta.

Confiro o relógio: quase duas da manhã. *Espera, quase duas da manhã?* Passei três horas virando páginas de livros e tentando me distrair das lembranças? Além disso, essas páginas novas me deixam confusa. Nathan nunca escreve tão tarde da noite. Prefere começar o dia bem descansado. E também nunca me passa páginas por baixo da porta, só me entrega as cenas pela manhã. Ele deve ter visto a luz do quarto acesa quando deixou as páginas. *Por que não bateu?*

Pego o maço de folhas, estranho e dissimulado. Estão quentes, as beiradas ainda curvas pelo calor da impressora. É a melhor sensação que existe. Por um segundo, não consigo resistir a segurá-las contra o corpo, sentindo o quentinho.

Então, enfim me dando conta do que estou abraçando tão junto ao corpo, eu arquejo. Leio ainda parada diante da porta fechada, as palavras me atraindo. É a cena em que Jessamine e Jordan trocam o primeiro beijo.

Fora do planejamento do livro, essa cena só voltaria a ser mencionada bem mais para a frente na história. Nathan trouxe o beijo para a cena em que estamos empacados no momento. É um desvio enorme do planejamento, e eu me pergunto por que ele não discutiu a mudança comigo antes.

Quando começo a ler, descubro por quê.

A cena é ambientada na praia atrás das casas vizinhas de Jessamine e Jordan, diante do lago onde estão passando as férias. É de manhã cedo. Os dois madrugaram para ver o sol nascer enquanto os respectivos cônjuges preferiram ficar dormindo. Volto para a cama e leio.

Saíram correndo da água, chutando areia e cascalho enquanto competiam para chegar ao cais. Os pés de Jordan formigavam com o choque da água fria. Ele não sabia por que desafiara Jessamine a entrar correndo no lago, ou por que ela aceitara, e menos ainda por que a seguira. Pararam no cais para recuperar o fôlego, ambos de frente para a água, de costas para as casas onde o marido de um e a esposa do outro dormiam.

Uma cortina de neblina cobria a superfície, rosada à luz da manhã, tirando o horizonte de vista. Tudo silencioso, os dois isolados em um mundo particular.

Estou em um virar de páginas febril, porque sei o que Nathan está descrevendo.

É a nossa manhã, só que sem a tempestade. Ele capturou perfeitamente a luz delicada do sol no início do dia, a perfeição do momento, de tirar o fôlego.

Jordan desvia o olhar da água, finalmente encontrando Jessamine, com os olhos fixos à frente. Seu peito subia e descia por baixo do maiô e da saída de banho branca que não se dera ao trabalho de despir antes de correr para a água. Em poucos instantes, Jessamine não estaria mais ofegante. Nenhum dos dois estaria.

Jordan foi tomado pela consciência de seu desejo, como se despencasse das alturas, embora tudo aquilo o fizesse se sentir muito, muito leve. Sabia que era errado. Ainda assim, era incapaz de resistir. Jordan estendeu as mãos e envolveu o quadril de Jessamine. Ela ergueu os olhos. Sem surpresa, só desejo.

Jordan fez o que por tanto tempo vinha imaginando. O que só poderia ter feito sob o abrigo rosado da alvorada. Beijou Jessamine, que retribuiu o beijo.

Pouso as páginas sentindo o rosto quente, a cabeça zonza. É diferente do que Nathan costuma escrever. A prosa aqui é direta, pessoal de um jeito que seu tom poético e minucioso habitual não costuma contemplar. Insisto em terminar de ler o que ele escreveu.

Jessamine reagiu como se tivesse imaginado o mesmo beijo, as mãos acariciando o rosto dele e se enfiando em seu cabelo. Deixando-se despencar na paixão, os dois entraram em comunhão. O beijo dissolvia e tragava tudo ao redor deles, o lago, as casas, o dia que ainda estava começando para um êxtase vazio.

Quando se separaram, estavam mais ofegantes do que depois da corrida até o cais. No silêncio, não dizem nada. Jordan reparou que havia areia sob um dos olhos de Jessamine, ainda da corrida do lago.

Ele ergueu a mão e limpou a areia, os dedos gentis na pele dela.

É então que percebo que Nathan não estava descrevendo os nossos personagens.

No fim da última página, ele escreveu uma nota. *Descobri o que ele queria. Nenhuma outra cena poderia funcionar.*

Releio as páginas inúmeras vezes ao longo da hora seguinte. Não mudo absolutamente nada.

35

Katrina

• DIAS ATUAIS •

Nas duas semanas seguintes, mal tenho a chance de me preocupar com a entrevista ou de pensar em contar a Nathan que as palavras de Chris me fizeram chorar no banho. O trabalho no livro está exaustivo. Estamos chegando ao âmago do romance, e é mais fácil perder o ritmo. Combatemos essa queda de produtividade como sempre: sem descanso.

O processo não é fácil. Discordamos diariamente, mas só sobre estruturas semânticas e metáforas. Nada pessoal. Resolvemos esses desacordos um a um, embora às vezes terminem com minha porta batendo depois de quinze minutos de bate-boca por uma única palavra.

Mas sou grata pelo trabalho duro. Toda noite, caio num sono profundo, os pulsos doendo de tanto digitar, a garganta ardendo de falar demais, mas cheia de palavras e ideias enredadas em cada pensamento.

Depois de um dia inteiro escrevendo, passamos de trinta mil palavras, quase a metade do livro, e decidimos comemorar com um jantar na varanda.

O sol já se pôs. Eu me sento no balanço equilibrando um prato de bruschetta pela metade e deixo uma taça de vinho no chão, junto a meus pés descalços. Estou relaxada, com a cabeça para trás, me balançando de leve com o pé. Nathan está sentado na cadeira perto de mim, bebericando o vinho com a expressão tranquila e satisfeita de quando ele está feliz com a escrita do dia.

– Nathan?

Não reconheço a voz. Quando me viro, vejo uma mulher passando. Ela diminui o passo até ficar correndo no lugar, perto do meio-fio. O cabelo loiro está preso em um rabo de cavalo, e as roupas de corrida neon lhe caem muito bem.

Nathan se endireita.

– Meredith. Oi.

Eu o observo. A mudança de postura, o modo como ele passa a mão no cabelo, a nova tensão na voz. Nathan com certeza não está mais relaxado. Só não sei bem o que substituiu a calma anterior. Sei ver quando ele sente desejo. E está ali, nos olhos dele, mas não é só isso.

– Não vai correr esta noite? – pergunta Meredith, sem alterar o tom.

Nathan dá uma olhada na minha direção. Vejo um lampejo de constrangimento passar por suas feições. Eu o observo com um olhar indagador.

– Longo dia de trabalho – responde Nathan, a voz rígida –, então pulei a corrida hoje.

Os olhos de Meredith também se desviam para mim. Noto a curiosidade.

– Ah, sim... – diz Nathan, obviamente percebendo o mesmo que eu. – Meredith, essa é minha... colega, Katrina. Katrina, você e Meredith são... vizinhas.

Nathan já me explicou algumas vezes, quando estava meio bêbado, como só passou a ser confiante e charmoso no fim do ensino médio. Certa noite, ouvi seu relato profundamente triste de como só deu o primeiro beijo no segundo ano da faculdade. Foi difícil imaginar... ainda é. Agora, vendo-o manejar essa conversa, percebo traços do antigo Nathan Van Huysen, que era socialmente inepto.

– É um prazer – digo a Meredith, com sinceridade.

Ela olha de Nathan para mim. Seus olhos se iluminam com uma expressão astuta. Também demonstram certo alívio, como se ela tivesse conseguido respostas para perguntas que haviam restado depois de alguma conversa que não presenciei.

– O prazer é meu. – A voz dela é simpática, com um toque sulista. – Uma ótima noite para vocês.

Ela sorri para Nathan, coloca o fone no ouvido e acena em despedida, continuando a corrida rua afora.

Nathan relaxa na cadeira, parecendo um pouco mais tranquilo.

– Ela parece legal – comento, com malícia.

– Não saberia dizer – retruca ele.

Ergo uma sobrancelha e juro que vejo Nathan corar.

– Não é... não é nada desse tipo.

Ele se ajeita, inquieto, como faz quando mostro que usou *arrebatador* três vezes no mesmo capítulo.

– Você tem dado corridas mais longas, *de fato* – murmuro. – Agora sei para onde você desaparece.

– Ai, Deus! – protesta Nathan, a voz baixa na luz úmida. Eu me permito uma risadinha. – Eu estava *correndo*. Não... o que quer que você esteja sugerindo.

Dou de ombros, e meu riso agora é só um sorriso tranquilo. É esquisito brincar com Nathan desse jeito, me divertir na companhia dele. Esse humor fácil lembra como éramos antigamente. Muito antes de *Só uma vez*, quando éramos amigos.

– É sério, Katrina. Meredith é legal, mas... – Ele hesita.

Nathan olha para baixo com uma expressão terna que é nova para mim. Quando ergue o rosto, algo está diferente. O ar está mais doce, a noite, mais suave, o som das ondas é um sussurro gentil. Já não estou mais rindo, sinto um calor agradável no rosto. A luz da varanda ilumina o cabelo dele, transformando o castanho em dourado.

O momento se estende, então passa, o que parece certo.

– Quer mais?

Pego a garrafa de vinho.

A taça dele está pela metade.

– Claro – responde, estendendo a taça para mim.

Sirvo o vinho. Então relaxo no balanço e o observo por cima da taça.

– Bom, ela é bonita. Mandou bem.

Nathan ri, já não está mais desconfortável.

– Você não vai deixar pra lá, né?

– Ah, nunca!

Nathan balança a cabeça. Ficamos em silêncio, e não resisto a essa constatação dele. Não estou fingindo, como disse que faríamos. Não preciso. Não é difícil trabalhar com Nathan, rir com ele, estar com ele. Não mais.

Estou feliz aqui.

36

Nathan

Estou diante da porta de Katrina, páginas quentes nas mãos. Que ideia provavelmente terrível.

Depois que terminamos de jantar e lavar a louça, voltei para o quarto, tomei banho e me acomodei na frente do computador. Estava inquieto, dominado pela agitação que me afligia nas noites em que não corria até ficar exausto. Sentia uma comichão nos dedos. A mente estava acesa, não como lâmpadas ordenadas de ideias. Mais como uma casa em chamas. Eu queria escrever.

Sabia que era culpa minha. Ter me recusado a trocar páginas com Katrina me impediu de escrever sozinho. Também não quero trabalhar no material de minha carreira solo. Não agora. Esse livro com Katrina está me consumindo, pouco a pouco se convertendo na única coisa em que quero me concentrar.

Não é que eu tenha esquecido os motivos para não trocarmos capítulos. Tudo o que eu me permiti confessar nas páginas que trocamos antes, sob o disfarce da literatura, nos levou direto ao abismo de onde nosso relacionamento despencou. Ainda assim... depois do jantar, depois de rir com Katrina na varanda, de compartilhar momentos inesperados e maravilhosos com essa mulher que se torna cada vez mais minha amiga de novo, eu me perguntei se não poderia me permitir recuar um pequeno passo para o que costumávamos ser.

Pousei os dedos de leve nas teclas, sem compromisso, como se não quisesse me assustar.

As ideias se derramaram da mente. Enquanto escrevia, lembrava a mim mesmo que não *precisava* entregar nada a Katrina, que aquelas páginas em que eu permitia que minha imaginação alçasse voo poderiam ser jogadas fora. Seria minha transgressão secreta no território que eu mesmo nos proibira de entrar.

Mas, quando terminei, soube que tinha escrito algo para que ela lesse. O capítulo começa com Michael indo ao centro da cidade com um amigo, aproveitando a vida de um homem que logo seria solteiro. Ainda assim, a noite toda, tudo o que ele vê, tudo o que faz, é filtrado pelas lembranças de Evelyn e do casamento deles. Michael sabe que, por mais que as vidas deles se separem, tanto física quanto legalmente, os dois nunca deixariam de ser parte um do outro.

Escrevo com Melissa em mente, mas também com Katrina. Ela é prova de que podemos nos enganar acreditando que nos reconstruímos, que erguemos nossas muralhas, e alguém a quem nos entregamos demais retorna como um furacão capaz de derrubar com um sorriso, partilhando uma taça de vinho à noitinha.

As páginas me levaram para o corredor e até a porta de Katrina, onde me deixaram. Hesitante, certo e incerto, confuso e seguro.

Bato à porta.

Katrina abre em instantes. Ela ainda não vestiu o pijama. Os ombros estreitos estão relaxados, e a surpresa, talvez até agradável, está clara em sua expressão. Quando ela vê o que tenho em mãos, antecipo a pergunta não feita e respondo:

– Não precisamos usar. Você nem precisa ler.

– Eu quero – responde Katrina, sem pestanejar. Seu olhar encontra o meu. – Você... tem certeza?

Escuto a pergunta real. Eu quero fazer isso de novo? Eu, que, por instinto de autopreservação, me recusei a trocar páginas, agora passo por cima de todas as medidas de proteção que construí. O desastre é iminente.

Estendo as páginas para Katrina.

– Gostei muito dessa noite – confesso.

A expressão dela suaviza. Tenho o impulso de desviar os olhos, como se testemunhasse algo íntimo. Não o faço. Continuo a encará-la e começo a me perder no calor de seus olhos castanhos.

– Eu também.

Esse é o fim da conversa.

– Boa noite, Kat.

O apelido escapa com uma facilidade assustadora. Quando noto o efeito nela, o lampejo quase imperceptível de prazer que vejo iluminar seu rosto, é a minha ruína.

– Vejo você de manhã.

Ela fecha a porta.

Volto para o quarto, já esquecido de todas as contradições que senti diante da porta dela. Todas soterradas pelos olhos castanhos cálidos de Katrina e por um sorriso secreto. Pela primeira vez em semanas, sei que vou dormir como um bebê.

―

Quando acordo, encontro as páginas passadas por baixo da porta. Saio da cama apressado e quase dou com o cotovelo na parede, ignorando minha empolgação evidente. Pego as páginas e começo a ler.

A letra de Katrina está por toda parte.

Meu coração se aperta no peito. Adoro a sensação. Enquanto sigo as linhas elegantes, acompanhando seus pensamentos de página em página, tenho a sensação de retomar um ritmo que nunca esqueci. Essa é uma das alegrias de trabalhar com Katrina. Nunca fico constrangido lendo as revisões dela; ao contrário, me empolgo.

Abaixo da última linha do capítulo, Katrina escreveu um recado:

Fiquei acordada até tarde trabalhando na próxima cena, então saí para comprar chá. Mande uma mensagem se quiser café.

É tão inofensivo e ao mesmo tempo é tudo. O que está registrado em tinta vermelha nestas páginas recém-impressas e nessas gentilezas casuais é irreversível. É o começo de nossas vidas voltando a se encaixar, somos nós reencontrando as sensações que deixamos para trás durante nosso afastamento.

37

Nathan

Ando de um lado para o outro, encarando a escada de tempos em tempos. Já se passaram quinze minutos desde que Katrina gritou do andar de cima que estava acabando de calçar os sapatos. Quinze minutos... para calçar sapatos. Pelo canto do olho, vi a noite escurecer de cobalto para índigo lá fora. Ela está querendo mudar de ideia. Só pode ser isso.

Temos trocado páginas toda noite há duas semanas, passando o que escrevemos como cartas clandestinas por baixo da porta um do outro. E assim seguimos, de várias formas. Dá para sentir como estamos próximos. Elogios surgem mais fácil no papel, confissões, pensamentos casuais. Escrever é assim. Abre a alma, sem disfarces. É a verdade nua e crua, exposta. Aprendi coisas grandes e pequenas, como que Katrina quer mais da vida, que ela anseia e teme o mundo da escrita e da publicação, que odeia cheiro de manjericão. Esses segredos são presentes, chegam às vezes nas palavras que ela corta, às vezes nos sentimentos que ela escolhe elaborar ou remover.

Agora que estamos escrevendo ao mesmo tempo, conseguimos um progresso impressionante na história. Quando nenhum de nós estava feliz com uma cena em que a recém-separada Evelyn sai para dançar e procurar alguém para se divertir, Katrina rascunhou nas páginas a sugestão de que fizéssemos pesquisa *in loco*.

Estamos a uma hora de Miami, escreveu ela. *Domingo?*

Respondi à pergunta na manhã seguinte: *Pego você às sete.*

São sete e vinte e um. Estou pronto para subir até o quarto de Katrina e perguntar se ela quer desistir quando escuto sua porta se abrir e se fechar.

Quando Katrina aparece no corredor e para no alto da escada, esqueço que estou a meio caminho do primeiro degrau. Esqueço tudo. Esqueço que sou Nathan, que passei anos sem trocar um e-mail sequer com a pessoa que está ali, na minha frente. Esqueço que essa é Katrina, aquela mesma mulher que fugiu de tudo o que tínhamos. Só sei que é uma visão de tirar o fôlego.

O vestido rosa-pálido se derrama sobre suas curvas, o decote baixo na frente. A bainha é curta, e entre a seda do tecido e o salto alto preto tem um quilômetro de pele que esperei 21 minutos e quatro anos para ver. Katrina deixou o cabelo solto nas costas, e o batom que beija seus lábios é rosa-escuro. Quando seus olhos encontram os meus, os longos cílios parecem dançar.

– O que foi? – pergunta.

Quero dizer que ela está linda. Que fez meu coração parar. Mas, se eu começasse, não sei como isso acabaria. Trabalhei toda a vida adulta para ser capaz de usar meu idioma da forma que eu quisesse, mas nem mesmo eu seria capaz de capturar em palavras a visão que é Katrina neste momento.

Nem tento.

– Estava me perguntando se você ia me dar um bolo.

Ela ri. Meu coração dispara.

– Não sei se dá para dar um bolo em alguém que mora com você. – Katrina desce os degraus e para na minha frente. Olho para cima, e ela para baixo. Percebo que aperta o corrimão com força, que os nós de seus dedos estão brancos. – Liguei para o Chris e contei o que íamos fazer esta noite – anuncia.

Ouvir o nome de Chris me deixa um pouco perplexo. Katrina nunca menciona o noivo por conta própria.

– O que ele disse? – pergunto, hesitante.

– Só quis saber do progresso do livro. – Ela esfrega o indicador e o polegar, um gesto que indica dinheiro. – Então me disse: *divirta-se*. – As palavras soam amargas.

Lembro o que ela me contou naquele dia em que saímos para caminhar. Chris lhe deu permissão para fazer o que quisesse comigo. No tom ressentido com que repete o *divirta-se* dele, noto sua mágoa por saber que o noivo valoriza mais o que ela escreve do que sua fidelidade.

Não tenho a oportunidade nem o direito de dizer a ela tudo o que penso a respeito da situação, mas posso aliviar essa mágoa. Estendo a mão para Katrina.

– Eu com certeza estou pronto para me divertir, se você estiver.

Ela baixa os olhos. Então, pega minha mão.

– Estou pronta – diz, e sustenta meu olhar por um longo momento.

Saímos para a noite juntos.

38

Katrina

Depois de dois drinques, estou na pista de dança. Não tenho ideia de onde está Nathan. A decoração é uma sobrecarga sensorial dentro de quatro paredes, e a batida da música eletrônica faz vibrar as estruturas de metal e os bancos de veludo preto. Fumaça e lasers obscurecem o DJ que conduz aquele caos controlado. Eu me perco no pulsar da música em minha pele.

Meio sem vontade, concentro-me em entrar na mente de Evelyn, me esforço para guardar detalhes do ambiente, das sensações que estou experimentando. É a desculpa oficial para estarmos aqui. Investigação minuciosa e imersiva, como quando passamos sete horas sentados no aeroporto de Veneza para ter descrições mais verossímeis em *Voos de conexão*.

Não é só por isso que *eu* estou aqui. Mais cedo, hoje à noite, meus planos para esta vinda a Miami mudaram. Agora também quero a batida da música, as luzes caóticas, o escapismo. Se no processo eu conseguir algumas descrições acuradas ou observações pungentes para Evelyn, ainda melhor.

A viagem de carro até Miami foi bem agradável. Nathan, que está de blazer escuro, a camisa branca com vários botões abertos, estava quieto mas relaxado. Conversamos com tranquilidade, comentamos detalhes da cena que estamos pesquisando enquanto eu admirava a vista pelo para-brisa do Porsche. Miami parecia uma combinação simpática e pulsante de outros lugares que conheço, com o ar comercial eficiente de San Diego, o jeito relaxado da Itália e a vivacidade de Havana. Quando chegamos à casa noturna, Nathan e eu fomos para o bar. Ele pediu drinques, e ficamos um tempo por ali, prestando atenção a detalhes que incorporaríamos ao livro.

Nathan pegou o Cuba Libre que tinha pedido e foi para a sacada, e eu segui para a pista de dança. Foi fácil mergulhar na multidão dançante. A cada movimento de meu corpo suado, eu me esforçava para afastar da mente as palavras que Chris tinha dito mais cedo. *Katrina, você não precisa pedir permissão para cada coisa que vocês forem fazer. Eu já disse, tá tudo bem. Divirta-se.*

Ele falara aquilo em um tom frio, profissional. Um agente interessado em deixar a cliente satisfeita. Saí da ligação enjoada e passei vinte minutos debruçada no vaso sanitário enquanto Nathan me esperava no andar de baixo. Não consegui vomitar. Por fim, me recompus e deixei o quarto, colocando um pé na frente do outro com cuidado. Chris tinha dito para eu me divertir. Estava determinada a fazer isso.

A música fica mais lenta, até sensual. É quando vejo Nathan. Ele está na beira da pista, mas não está dançando.

Seus olhos estão fixos em mim. A intensidade de seu olhar atravessa a fumaça e o barulho e me atinge, abrasadora.

Paro.

Afasto o cabelo dos olhos, a respiração ofegante. O modo como Nathan me observa é carregado de intenções. Sinto isso na pele e não desvio o olhar.

A multidão ao meu redor continua girando e se balançando, e Nathan vem andando em minha direção. Ele para na minha frente, as luzes vertiginosas lançando sombras vermelhas em seu rosto. Sem me questionar sobre o que estou prestes a fazer, estendo a mão languidamente e envolvo a nuca dele. Sinto sua palma em meu quadril. Nós dois respiramos fundo. Então, começamos a nos mover no ritmo, juntos.

Meu corpo pressiona o dele, e me sinto mais zonza a cada momento. Suor contra suor, a pele de Nathan junto à minha. Nunca ficamos fisicamente tão próximos nos seis anos em que convivemos. O calor parece latejar em cada lugar que toco. Indulgente, me deixo notar cada detalhe que me forcei a ignorar até então: o contorno de seu peitoral, a firmeza dos dedos em minha cintura, o brilho nos olhos.

Na pressão entre nós, sinto que ele também gosta do que vê. Arrebento qualquer amarra que ainda possa me restringir. Com um movimento do quadril que guia meu corpo todo, aperto os quadris contra os dele com firmeza. Nathan me segura com mais força. Arquejamos juntos, e ele fecha os olhos.

A revelação é súbita. O impacto é uma onda enorme e avassaladora que arrasa tudo em mim. Sempre, sempre estivemos fadados a isso. Chris não se importa. Nathan quer. Sinto como as coisas já mudaram entre nós. Quatro anos longe um do outro, mas ainda nos entendemos como ninguém.

Não era inevitável? Cumprimos pena por um crime que nunca cometemos. Por que não cometê-lo agora? Não há mais consequências.

Levanto a cabeça e olho para Nathan. Ergo a mão, que pouso com delicadeza em seu rosto. Ele abre os olhos.

Eu me inclino para a frente bem devagar e colo os lábios nos dele.

Nathan crava os dedos em minha pele, mas sua boca conta outra história. Os lábios não se movem. Ele não está dançando. Não está me beijando.

Eu me afasto, ao mesmo tempo confusa e magoada. Busco em seus olhos uma explicação. Nathan queria isso. Nós dois queríamos. Quem ele está protegendo ao se recusar a fazer isso? Com certeza não é Chris. Mas os olhos dele são páginas em branco. Enquanto eu o encaro, em choque, seus dedos se fecham ao redor da minha mão erguida. Parece uma carícia, até ele afastá-la de seu rosto.

Sua expressão é como uma tempestade, o desejo colidindo com a fúria. Sem uma palavra, ele dá as costas e sai da pista de dança.

39

Katrina

Ando de um lado para o outro no quarto. O vento se inquieta lá fora e, em contrapartida, eu me irrito aqui dentro. É meia-noite e meia, já se passaram 45 minutos desde que chegamos de Miami. Voltamos para casa no mais absoluto silêncio, o que não foi nenhuma surpresa. Sei muito bem onde essa discussão vai acontecer.

Como eu imaginava, páginas são deslizadas por baixo da minha porta com tanto ímpeto que se esparramam no piso.

Eu as recolho e vejo o que Nathan destrinchou com suas anotações cortantes. É a cena em que estamos trabalhando, na qual Evelyn sai para se divertir. Ele editou a cena, incorporando as descrições e o cenário que pesquisamos, além de muito, muito mais. Sua letra é frenética, a caneta cravando fundo no papel. Mas os comentários mais atormentados vêm na conversa que Evelyn puxa com um cara no bar.

Ele substituiu parágrafos inteiros, riscando o que eu tinha escrito e inserindo linhas e mais linhas de sua prosa intensa.

Não importava quem era o estranho, cujo nome ela já esquecera. O que importava era que não era Michael. Era isso que embriagava Evelyn. Só isso. O que ele dizia, cada expressão facial, era tudo deliciosamente novo.

Quando ela se deixou beijar, não pensava no homem que a abraçava. Pensava no homem que ele não era.

Todos os comentários são iguais. Nathan deixa seu argumento claro com canetadas aflitivas. Evelyn acha que está levando o flerte adiante porque está fazendo o que *ela* quer, mas aquilo na verdade não tem nada a ver com ela, e sim com Michael.

Sei o que Nathan quer dizer. O que ele está escrevendo *para mim*.

Talvez eu tenha mesmo o usado de alguma forma. Mas não significa que beijá-lo não seria mais que isso.

O que ele saberia, se tivéssemos trocado uma palavra que fosse sobre o assunto. No bar, no carro, na sala de estar quando chegamos. O lampejo de raiva que sinto ao pensar nisso não me é característico, mas não fujo desse sentimento. Nem termino de ler as páginas. Tiro a tampa da caneta, furiosa, e escrevo uma única frase.

Imagine como nossas vidas seriam diferentes se você conseguisse verbalizar seus sentimentos, em vez de apenas escrevê-los.

A letra sai trêmula, carregada de emoção. Nathan não mudou. Foi ingenuidade achar que retomar a amizade poderia significar outra coisa. Nathan nunca vai mudar. Ele não tem coragem.

Saio para o corredor com o capítulo na mão. Não vou alimentar essas idas e vindas de páginas mesquinhas e furtivas. Esse jogo é de Nathan, não meu. Pouso as páginas na mesa do corredor. Se ele quiser lê-las, vai ter que sair do quarto para pegar, e não me importo se isso vai ser hoje à noite, amanhã ou nunca.

40

Nathan

Na véspera da entrevista para o *New York Times*, estamos na sala com Harriet, que faz o papel de repórter. Katrina está sentada longe de mim, nossas poltronas frente à frente. Ela está rígida, a postura dolorosamente perfeita. Harriet está no meio, sentada no sofá, fazendo perguntas para praticarmos.

– Onde se conheceram? – questiona, educadamente.

– Em um seminário de escritores – responde Katrina.

– Em Nova York – acrescento.

Harriet espera. A pausa vira incredulidade, então desapontamento.

– Ah, pelo amor de Deus, vocês dois! Por favor! – brada ela, em um tom severo. – Tentem usar frases complexas.

Ajeito o colarinho, contrito. Quando lanço um olhar disfarçado na direção de Katrina, pego-a olhando para mim por uma fração de segundo. Ela imediatamente se vira para a janela, fingindo que seus olhos estavam fixos na vista o tempo todo.

Quando Katrina cruza os braços, sei que não é um gesto aleatório. É defensivo. Mal nos falamos desde domingo. Nem uma sombra de conversa sobre o bar ou sobre as páginas que entreguei a ela. Nenhuma menção do que eu firmemente me recuso a chamar de beijo, apesar de nossos lábios terem se tocado. Não foi um beijo, foi uma colisão. Agora, é como se nada daquilo tivesse acontecido.

Quando li o comentário sobre as edições que fiz no capítulo, soube exatamente o que ela queria dizer. Katrina adora fingir que o que comunicamos na escrita não é real. É mais fácil, mais seguro, livre de culpa ou de responsabilidade, ou de outras realidades difíceis. Ela não tinha como estar mais errada. É na escrita que vivem as verdades mais puras, nossas e de todo mundo. No papel, pensamentos e sentimentos podem ser expressos sem interferências, fraqueza, medo ou hesitação. Não há espaço para dar as costas, ou perder a coragem. Só uma coisa fica: o que se quer expressar.

Katrina pode dizer a si mesma que as coisas seriam diferentes se eu verbalizasse meus sentimentos em vez de escrevê-los. Mas não é verdade. Ela sabe como eu me sinto. Como eu me sentia. Nunca escondi. Ela tomou as próprias decisões.

Harriet suspira, o que puxa minha atenção de volta para a entrevista.

– Muito bem. Vamos passar para um assunto mais fácil, então. Sobre o que é o novo livro?

– Divórcio... – começa a dizer Katrina.

Ela para ao ouvir o barulho de chaves do lado de fora. A porta da frente é destrancada, e Chris entra. Ele carrega uma bolsa de viagem de couro, que desconfio que tenha comprado em alguma loja cara da Rodeo Drive. A precisão com que obviamente escolheu tudo o que está usando grita vaidade. Paletó de linho, óculos escuros de armação dourada, mocassins de couro macio... exatamente a mesma aparência de que me lembro. Não é fácil reprimir a antipatia visceral que sinto, então nem tento.

– Chris – diz Katrina, surpresa. Enquanto a observo se recompor, só consigo pensar nas coisas que ela me contou, em todas as atitudes de Chris que a magoaram. – Você não avisou que tinha pousado. Eu teria buscado você no aeroporto.

– Tudo bem. – Chris soa tranquilo. – Chamei um carro para me trazer.

– Ah – responde Katrina, o tom vazio.

– Não quero atrapalhar vocês, podem continuar.

Chris deixa a bolsa de viagem perto da escada e abre seu sorriso luminoso.

Quando conheci Chris Calloway, fiquei eufórico. Todo escritor em minha posição sentiria o mesmo. Assinar um contrato com um agente é quando tem início a realidade de ser um autor publicado, e Chris não era *só* um agente. Ele era a estrela em ascensão de uma das agências literárias de maior prestígio de Nova York. Eu e Katrina ficamos radiantes.

Foi por isso que soube que não era implicância quando percebi que detestava o cara. Katrina e eu havíamos nos apresentado, recebido a oferta de representação dele e assinado o contrato. Encontramos Chris para tomar drinques no O'Neill's, o que me pareceu incrivelmente profissional e real. Mas meu entusiasmo foi desaparecendo a cada nome importante casualmente usado na conversa, a cada conquista profissional mencionada, a cada pergunta dirigida *apenas* à minha bela e absurdamente educada coautora. Ao longo dos últimos quatro anos, eu me perguntava se o Chris que conheci era só alguém muito jovem e embriagado com o sucesso, se a estabilidade na carreira e o namoro com Katrina teriam-no feito amadurecer.

Vendo-o agora, duvido muito.

– Você não está atrapalhando – responde Katrina. – Não estamos escrevendo agora. Se lembra da Harriet? – Ela indica com um gesto o outro ser humano presente na sala, cuja presença estou quase certo de que Chris nem percebera. – Ela está nos ajudando com a preparação para a entrevista.

Chris olha de relance para Harriet. Por mais que seu sorriso permaneça fixo no rosto, duvido que eu seja o único a perceber como é falso.

– Harriet, é claro. – Ele faz uma pausa. – Ouvi dizer que você está dando aula?

A crítica em sua voz é inequívoca. Não me surpreende saber que Chris é do tipo que considera a dedicação ao ensino como "estar afastado" do meio editorial.

Harriet emplastra um sorriso igualmente falso no rosto.

– Estou.

– Isso é incrível! Fantástico! – comenta ele, com um entusiasmo exagerado.

– Ouvi dizer que você comprou uma bicicleta ergométrica – responde Harriet.

Chris estreita os olhos. É por isso que adoro Harriet. Em vez de deixar que Chris alimente o próprio senso de superioridade profissional, ela o faz se esforçar para entender como foi insultado. É por isso que não consigo me conter... e começo a rir.

Os olhos dele se voltam para mim. Chris deixa de lado qualquer fingimento de simpatia.

– Nathan. Bom ver você. Como está?

Sustento o olhar feio naquele rosto bonito.

– Incrível. Fantástico. E você?

Ele se senta no braço da poltrona de Katrina e pousa a mão no ombro dela.

— Não poderia estar melhor. Por favor — Chris acena casualmente —, continuem.

Ele está falando sério? Não posso continuar essa entrevista simulada com esse bostinha de Chris *assistindo*. Katrina, que se encolheu na cadeira, sem dúvida sente o mesmo. Ela levanta os olhos, a expressão suplicante.

— Você não quer ir para o quarto? — pergunta a ele.

O lembrete de que Katrina vai dividir a cama com Chris esta noite me faz cerrar o maxilar.

— Quero ver um pouco dessa simulação antes — responde Chris, com firmeza.

Ou ele não percebe que a resposta aborrece Katrina, ou, o mais provável, não se importa. Katrina se volta para Harriet, tensa.

— Qual era a pergunta? — ela se força a perguntar.

— O livro que estão escrevendo agora — lembra Harriet, com uma gentileza pouco característica.

Ela sabe que há algo estranho acontecendo aqui.

— É sobre divórcio — interfiro. — Katrina e eu tivemos nossa parcela de altos e baixos românticos. — Lanço um olhar significativo para Chris e vejo seus lábios se curvarem em um sorrisinho arrogante. — Queríamos que fosse pessoal, queríamos nos aprofundar em algumas das nossas experiências com separações, com o fim do amor.

Katrina deixa escapar uma risadinha.

— Não é *tão* negativo assim. É uma história de amor.

— É claro — concordo. — É nisso que estamos trabalhando. Em descobrir o amor. — Deixo as palavras pairarem no ar. — Na história — acrescento.

Harriet assente, começando a mostrar sinais de cansaço.

— E por que — pergunta, relutante — vocês voltaram a escrever juntos?

Eu me antecipo a Katrina.

— Bom, Kat decidiu fazer isso porque o agente, que por acaso é noivo dela, a forçou.

Katrina se vira para mim.

— Nathan!

Eu a encaro, irritado. Ela me disse para verbalizar meus sentimentos. Ora, aqui estão. Vamos falar deles, que tal?

– Tá certo, para mim chega. Estou indo embora – anuncia Harriet, que compreensivelmente não quer testemunhar seja lá o que virá a seguir.

Sábia decisão. Ficamos todos em silêncio até ela sair.

– Sinto muito – começo. – Se bem que... na verdade, não sinto, não. – Eu me viro para Chris. – Talvez você queira comentar? Vai estar na entrevista, não vai? Supervisionando? Por que não lida com essas perguntas você mesmo?

O sorriso dele vacila. Chris se levanta.

– Acho que vou para o quarto, afinal. Temo estar sendo uma distração.

– Chris, não é... – suplica Katrina.

O noivo a interrompe:

– Não se preocupe.

Ele se inclina. Sei que o beijo desnecessariamente longo que dá nela é para me provocar. Tenho vontade de afastar os olhos daquela exibição cruel, mas não consigo, mesmo com a repulsa que toma conta do meu corpo. Lamento o modo como meu olho de escritor percebe cada detalhe dos lábios dele colados aos de Katrina, de como sua mão envolve o rosto dela possessivamente.

Katrina o afasta e limpa a boca. Seu olhar queima.

Eu me levanto, nauseado. De repente, não odeio apenas Chris, mas a mim mesmo por tê-lo incitado a isso. Furioso, culpado e enojado, saio da sala antes dele.

41

Katrina

• QUATRO ANOS ANTES •

Estou exageradamente consciente do ponto onde meu braço encosta no de Nathan. Quando ele se mexe no sofá, as pernas se voltam para fora, e o joelho roça no meu. Não me afasto. Já estivemos sentados desse mesmo jeito várias vezes, em várias audioconferências. É pura conveniência. Quando nos sentamos perto um do outro, podemos compartilhar o microfone enquanto um de nós faz anotações no computador. Não é nada de mais.

Mas, depois da praia, já não parece que "não é nada de mais". Não para mim. Não tenho ideia do que ele está pensando, nenhuma pista do que significa essa postura relaxada ou esses sorrisos rápidos.

Do outro lado da linha, a voz de nosso agente interrompe meus devaneios.

– Meu time dos sonhos – diz Chris, como se falasse de uma partida de futebol. – Como está a Flórida?

Não estou com humor para conversa fiada. Estou impaciente. Chris acabou de receber notícias de nossa editora, Liz, para quem mandamos a estrutura do livro e tudo o que já temos pronto, pedindo uma extensão de prazo. Estamos perto de terminar, só não queremos ter que correr nas cenas cruciais do final do livro.

– Inspirador – responde Nathan, que claramente também não está interessado em jogar conversa fora.

– Imagino! – comenta Chris, animado. – E aí, Katrina, está se divertindo?

Nathan revira os olhos. Eu dou um sorrisinho. Nós dois fazemos piada da frequência com que Chris me faz perguntas pessoais. Não que agentes e autores não possam ser amigos, mas ele nunca parece ter a mesma curiosidade pela vida de Nathan.

Guio a conversa para a direção que desejo.

– Está sendo ótimo. Alugamos a casa por mais algumas semanas, para podermos terminar o livro aqui.

– Bem, não precisam se preocupar com isso. Liz autorizou a extensão do prazo – informa Chris. Eu me sinto soltar o ar baixinho. – E devo dizer que ela adorou o que vocês escreveram. *Adorou.* Tipo, a ponto de colocar o livro como um dos principais lançamentos da editora. Na verdade, *o* principal. O livro vai fazer vocês estourarem.

Quando Nathan ergue os olhos, sinto sua empolgação irradiar. Junto meu sorriso ao dele, cada vez mais largo. Isso é muito mais do que qualquer coisa que já tivemos a esperança de ouvir. E, lá no fundo, para minha imensa satisfação, não é uma surpresa. Nós sabíamos que o que estávamos escrevendo era especial. Ainda assim, é bom saber que Liz pensa o mesmo.

– Acho mesmo que vai ser um sucesso – continua Chris. – Pode mudar a vida de vocês. Portanto, continuem com isso que estão fazendo, seja lá o que for.

Não prevejo a reação de Nathan. Ele ergue o braço, afastando-se do ponto onde sua pele encontra a minha, e o pousa em meus ombros, em um abraço lateral. Meu braço se curva sobre o peito dele. O sucesso é uma sensação maravilhosa... mas compartilhado com seu amigo mais próximo? Não há nada igual. Meu coração se enche de alegria por Nathan, por mim, por nós... É uma felicidade que se sobrepõe, se combina e se acumula, até eu me sentir muito leve.

Passamos um tempo em silêncio. Então me ocorre que Chris não tem ideia do que está acontecendo do nosso lado da linha. É um momento privado, o que só o torna mais doce. Por fim, é Nathan quem responde:

– Muito bom ouvir isso. Acreditamos mesmo nessa história. Colocamos... muito de nós nessa escrita.

Com essas últimas palavras, ele olha de relance para mim. Não devolvo o olhar. *O que ele quis dizer com isso?*

– Ótimo! Bem, vou começar a comentar sobre o livro com alguns dos meus contatos no cinema – declara Chris, falando depressa. – Quanto mais isso crescer, melhor.

Uma energia nervosa e inesperada faz meu corpo vibrar.

– Você não quer esperar até... terminarmos o livro? E se a gente... – engulo em seco. Minha vontade é perguntar: *e se a gente fizer merda?* – estragar o final? – pergunto, em vez disso.

Chris ri alto.

– Vocês não vão estragar nada. – É uma forma muito única de tentar me tranquilizar, e não me tranquiliza em nada. – Vou só fazer alguns contatos, para começar a gerar algum burburinho. Pode confiar.

Resisto à ideia, sentindo uma pressão a que não estou acostumada. Percebo os olhos de Nathan em mim. Ele não parece cético nem crítico, apenas sinceramente confuso. Chris continua:

– Bem, e vamos começar a conversar sobre o próximo livro, assim que vocês tiverem alguma ideia do que querem fazer.

Próximo livro? Nós nem terminamos *esse*. Eu me lembro de quando fui correr de kart com meus irmãos, o que não foi nada divertido. Eu não entendia como alguém podia obter prazer, em vez de pânico, de tanta instabilidade. É como me sinto agora.

– Temos alguns conceitos – revela Nathan, de olho em mim. – Nada que estejamos prontos para compartilhar.

– Justo – responde Chris, pesando as palavras. – Mas quanto mais cedo, melhor, claro. Queremos aproveitar o embalo. – Quando ele volta a falar, sua voz tem outra cadência: – O que acha, Katrina? Como se sente a respeito disso?

Nathan balança a cabeça, mas está feliz demais com as notícias que acabamos de receber para sequer franzir o cenho.

– Estou... um pouco chocada, para ser sincera – respondo.

– Compreendo. Você vai precisar se adaptar a esse novo período da vida, Kat – continua Chris. – Não esqueça que estou aqui para o que precisar.

Ouvindo isso, Nathan ergue as sobrancelhas. Preciso admitir que isso foi um pouco demais, até para o agente que conhecemos.

– Obrigada, Chris – respondo, forçando alguma animação na voz.

Como não temos mais nada a acrescentar, nos despedimos.

Desligamos, e vejo que Nathan parece atônito e exultante quando comenta:

– Uau!

– Eu sei! – respondo. Mesmo querendo que ele aprecie e celebre o momento, não consigo afastar o nervosismo. – Mas ainda temos que terminar o livro. Quem sabe o que vai acontecer...

– Sim, claro – responde Nathan, parecendo aflito de tão empolgado. Sua expressão é de deslumbramento. – Mas principal lançamento da editora? Direitos para o cinema? Kat, isso é enorme!

Meu estômago está se revirando. Detesto ser dominada por essa sensação, como se eu fosse uma criatura rígida e feita de nervos. Mas não sei como resistir.

– Só não vamos deixar isso subir à cabeça, tá? – eu me escuto dizer. – Quando terminarmos, quando o livro for lançado, aí podemos celebrar.

Nathan me encara. Lá estava outra vez a curiosidade que vi mais cedo em seu olhar, e sei que ele me conhece bem o bastante para ter percebido que estou minimizando a importância de tudo isso de propósito. Mas Nathan abre um sorriso carinhoso.

– Claro – responde. Se aquele sorriso em seu rosto não fosse tão gentil, eu teria me sentido péssima por querer obrigá-lo a conter a empolgação. – Vamos esperar até o livro estar pronto. E... Katrina?

Levanto os olhos.

– O Chris está à disposição. Sempre que você precisar.

Não dou risada. Por mais que o comentário tenha o tom e a ironia de uma piada, algo em sua expressão e na aspereza de seu tom diz que na verdade não é. Ele está olhando para outro lado, o sorriso apagado e zombeteiro. E o fato é que estou tão desnorteada que não estou com humor para piadas.

– Você se incomoda com isso, né? – pergunto, no mesmo tom. – Que eu seja a favorita do Chris.

Nathan dá uma risadinha debochada.

– Favorita? Chris está a fim de você, isso sim.

Eu me viro para ele.

– O quê? Não. De jeito *nenhum*.

Imediatamente desejo que nosso sucesso editorial fosse meu único motivo de desconforto, não essa sugestão bizarra.

– Você só pode estar de brincadeira. – A voz de Nathan é um misto de pena e incredulidade. – Chris quase baba olhando para você em todas as nossas reuniões.

Enrubesço, e minha mente repassa almoços perto do escritório dele, e os drinques junto da editora.

– É mesmo?

Nunca reparei. Mas Nathan reparou. Não sei bem o que pensar disso.

Ele arregala um pouco os olhos.

– Você *gostou*?

Ele se afasta de mim no sofá, em uma postura que só pode ser descrita como defensiva. Parece que está... com ciúmes?

– E qual seria o problema se eu gostasse?

É uma pergunta capciosa. Não pode haver nada de errado em gostar de ser alvo do interesse de Chris, não para Nathan. Porque ele é casado.

Nathan hesita, parecendo seguir a trilha de meus pensamentos.

– Um agente dormindo com a cliente? – pergunta, se recuperando. – Bem, é *um tantinho* antiprofissional.

– Certo. É *esse* o incômodo.

Eu me levanto, minha paciência com o deboche e o ceticismo dele chegando ao limite. Esta conversa saiu de controle e está tomando rumos desagradáveis. Eu não deveria estar tão aliviada, já recebemos várias boas notícias sobre vários outros livros, mas estou feliz com esta discussão, ainda que por puro egoísmo e ansiedade. Eu me sinto um pouco culpada por acabar com a empolgação de Nathan, mas profundamente agradecida por esta briga, que me distraiu das questões mais sérias geradas pela conversa com Chris.

Já estou saindo da sala quando escuto a voz de Nathan atrás de mim.

– Por que mais me incomodaria, Katrina?

Eu me viro, o nervosismo convertido em algo mais sombrio, menos complacente.

– Dormir ou não com Chris é escolha minha – respondo, mergulhando de cabeça na frustração.

Não é uma resposta direta à pergunta, mas isso foi de propósito. Estou irritada com Nathan por ter feito uma pergunta que ele mesmo não quer responder.

Ele se inclina para a frente.

– Então você *quer*.

– Talvez! Não sei.

Balanço a cabeça, irritada. Francamente, nunca nem me passou pela cabeça a possibilidade de um dia dormir com Chris. Mas ele até que é bem bonito. Pensando melhor, não seria a *pior* ideia do mundo. Mas não é esse o ponto. Não é disso que estamos falando de verdade. Já me cansei desta conversa.

– Vamos voltar ao trabalho – digo. – Esse livro que *vai mudar nossas vidas* não vai se escrever sozinho.

Nathan se levanta. Quando passa por mim, a caminho da mesa de jantar, vejo seus olhos cintilando, furiosos, com tudo o que ele não disse. Suas emoções vão encontrar expurgo nas páginas que ele vai escrever mais tarde, disso tenho certeza.

42

Katrina

• DIAS ATUAIS •

Nathan e Chris deixam a sala, indo em direções diferentes.

Fecho os olhos. Respiro fundo. E vou atrás de Chris.

Subo os degraus, dois de cada vez. O coração disparado. Quando abro a porta do quarto, Chris tem a ousadia de parecer surpreso.

– Que merda foi essa? – pergunto.

Ele se senta na cama e reclina o corpo, se apoiando nos cotovelos. Totalmente despreocupado.

– Do que você está falando?

Não estou com paciência para essa dança. Menos ainda para dar o benefício da dúvida a Chris, como sempre faço quando ele me menospreza, como aquele comentário durante o jantar sobre o fato de que já se passaram anos desde o lançamento de *Só uma vez*, ou como quando ele toma alguma decisão em relação à casa sem nem se preocupar em avisar para mim.

– Aquele beijo – respondo, irritada. – Tive a estranha impressão de que não era para mim.

– Um cara não pode beijar a noiva depois de semanas separados? – Ele abre seu sorriso mais convincente.

– Claro – respondo. – Se tiver sido *só* isso. Se não teve nada a ver com Nathan.

Chris dá risada.

– Katrina, se acalme. Você sabe como o ciúme faz do Nathan um escritor melhor. Posso não ser mais o agente dele, mas ainda sei como ajudar o cara a ter inspiração.

Abro a boca, mas não sai nada. O quarto de repente parece se inclinar, enquanto reinterpreto anos de conversas. Nathan e eu costumávamos fazer piada de toda a atenção exclusiva que Chris dirigia a mim. Quando engatamos nosso relacionamento, as brincadeiras se tornaram sinais. Era reconfortante pensar que minha vida inteira me guiara até ele. Chris estava a fim de mim. Isso era óbvio para todo mundo. A ideia de que tínhamos um passado, uma história de flerte inofensivo, de breves insinuações e comentários, gerava em mim uma sensação de futuro.

Mas agora lembro como os flertes dele sempre aconteciam na presença de Nathan. Pior, lembro os resultados inegáveis. Como Nathan era bom ao articular ciúme, anseio, emoções impossíveis de retratar com tanta precisão.

Escuto minha voz sair vazia, engasgada.

– Era por isso que você dava em cima de mim, antes de ficarmos juntos? Só para atormentar Nathan até ele escrever?

Chris endireita o corpo. Então, se levanta com um sorriso preguiçoso e se aproxima.

– Claro que eu me sentia atraído por você.

Ele pousa a mão em meu quadril.

Eu me desvencilho. Não quero suas mãos em mim. É ridículo pensar que, apenas quinze minutos depois de sua chegada, eu, que queria tanto a presença de Chris, agora já não podia suportar estar no mesmo cômodo que ele, assim como não posso suportar seu sorrisinho evasivo, seu cheiro de xampu *para homens* ou o murmúrio rouco de sua voz.

Chris me encara, franzindo o cenho.

– Você deveria tomar consciência dos sentimentos de Nathan por você – comenta.

Procuro por algum registro de ciúme ou de alguma intenção específica em seus olhos. Não encontro. Um tremor de prazer atravessa meu corpo com aquele aviso. E suas implicações. Mas a sensação se perde diante da indignação que meu noivo desperta. Estou indignada por ele me usar para manipular Nathan. Pior, por ser capaz de discutir sobre os sentimentos de outro homem por sua noiva como se fosse só uma conversa casual, um assunto corriqueiro, do tipo *não se esqueça de trancar a porta* ou *compre detergente*. Nem sei exatamente o que Chris está me aconselhando a fazer, e as possibilidades me acertam como um soco no estômago. Devo usar os sentimentos de Nathan, como ele fez? Devo torturar nós dois para escrevermos um livro melhor?

Não quero saber. Não quero terminar esta conversa. Não quero ter que encarar o fato de que tudo com Chris são dominós de *não quero* desmoronando em fila.

Faço menção de ir embora, então me viro para ele.

– Você deveria ter vindo para a Flórida porque eu pedi – digo, cada palavra saindo fervendo da boca. – Mas veio pela entrevista.

Saio batendo a porta. Não quero ouvir a resposta.

43

Nathan

No dia seguinte é a entrevista, e estou parado ao lado de Katrina, na varanda. Não nos falamos desde ontem.

Não é ela que estou evitando, e sim Chris. Tenho me mantido o mais afastado possível de meu antigo agente, até passei o dia ontem escrevendo em um café do bairro. Um café diferente do que frequentei com Katrina. Quando o estabelecimento fechou, implorei a Harriet que me deixasse ir para sua casa. Já era quase meia-noite quando voltei, e logo percebi que a porta do quarto do casal estava fechada, as luzes apagadas.

Agora, protegemos os olhos do sol da manhã e trocamos sorrisos educados com o jornalista que veio futricar cada canto das nossas vidas. Chris cumprimenta o jornalista e o fotógrafo, e observo o entrevistador. Noah Lippman é baixo, magro, parece um universitário. Ele não esconde a calvície e combinou os óculos de armação fina marrom com uma bela camisa listrada. Lippman me lembra Nova York.

Chris os convida a entrar, e Katrina mostra a casa enquanto o fotógrafo tira fotos. Fico parado na sala de estar com as mãos no bolso. Sou bem familiarizado com esse tipo de coisa desde a época da divulgação de *Só uma vez*. A pauta do dia é bem objetiva: Noah vai acompanhar um dia de trabalho meu e de Katrina, capturando um pouco do nosso processo, então passaremos à entrevista. Chris vai ficar nos rondando.

Quando voltamos à sala, Katrina e eu nos instalamos para revisar as cenas um do outro, sentados em poltronas opostas.

O fotógrafo se intromete na mesma hora.

– Desculpa. Vocês podem sentar juntos? No sofá, talvez?

Chris, apoiado no batente da porta, assente como se precisássemos de sua permissão.

Sem dizermos nada, Katrina e eu nos levantamos. Passamos para o sofá, onde voltamos a ler, ou a fingir que estamos lendo. Meus olhos passam em vão pelas palavras, o clique do obturador da câmera interrompendo meus pensamentos. Percebo que as mãos de Katrina começaram a suar. Ela as aperta na saia.

– Vocês estão pensando em uma matéria de que tamanho? – pergunta Chris a Noah, bem alto. – E você disse que vai sair na primeira página do caderno de Arte e Cultura, não é?

Giro o pescoço, em vez de revirar os olhos como gostaria. Eles não podem esperar que a gente vá conseguir trabalhar assim. Noah confirma pacientemente os detalhes, e eu me inclino para Katrina. Sua caneta está parada no mesmo ponto, como a minha.

Estendo a mão e desenho uma carinha sorridente na página dela.

Katrina ri de leve, soltando o ar. Os cantos de seus lábios se curvam. Eu me pego pensando em como é injusto que ela seja tão adorável. A câmera tira quatro fotos, uma atrás da outra.

Katrina para, então escreve algo no canto da página. Penso que ela começou a editar e tento voltar a ler, até sentir seu cotovelo me cutucar.

Dou uma olhada para ver o que ela escreveu. *Onde você estava ontem?*

Estendo a caneta e escrevo ao lado. *Me escondi na casa da Harriet. A noite foi boa?*

A luz em seus olhos se apaga. Eu me sinto culpado pela pergunta, embora desconfie que eu não seja o verdadeiro culpado. A dinâmica entre Katrina e Chris hoje estava... bem, não estava. Confirmando minhas suspeitas, Katrina estende a caneta para a página à minha frente e circula a palavra *interminável*.

Para um observador externo, parecemos envolvidos em um intrincado trabalho literário. Em vez disso, passamos uma hora trocando bilhetes, feito crianças na sala de aula. Nenhum assunto específico, só bobagens para nos divertimos, para dizer sem dizer: *Estou aqui. Estou com você.*

Isso é o máximo que nos falamos desde que voltamos do bar. Eu poderia apontar o fato de que estamos nos comunicando outra vez através da escrita, do jeito que ela achou que não valia nada. Mas não. Só deixo acontecer.

Por fim, o fotógrafo guarda seu equipamento e sai para tomar café. Noah se senta à nossa frente e pousa o gravador na mesa de centro. É um aparelho fino de plástico prateado, do tamanho de uma embalagem de chiclete. Mesmo assim, é estranhamente imponente. Sinto Katrina se enrijecer ao meu lado. Ela ajeita a lateral da blusa e lança um olhar na direção de Chris, que foi para a cozinha, para ficar fora de vista, mas sem dúvida ainda conseguindo ouvir cada palavra.

Não sei o que aconteceu entre os dois na noite passada, mas com certeza não é o momento para perguntar. Tudo que posso fazer é me esforçar para esquecer que Chris está por perto.

Noah começa com as perguntas fáceis: como nos conhecemos, sobre o que é o novo livro. Katrina e eu interpretamos nossos papéis à perfeição, exibindo a mesma camaradagem ensaiada dos primeiros dias. É um pequeno conforto saber que, desta vez, estamos unidos, atuando para outra pessoa. Depois de meia hora de conversa, nossas respostas ainda soam tranquilas, em contraste com o treino de ontem.

– Como está sendo trabalhar juntos de novo depois de quatro anos? – pergunta Noah. Verdade seja dita, o cara tem um modo calmo e paciente de aprofundar as perguntas. Não é difícil entender por que escreve matérias como essa. Ele ajusta os óculos e continua, simpático. – Alguma coisa mudou?

– Não posso falar pelo Nathan, mas às vezes parece que o tempo não passou – diz Katrina.

A voz dela é gentil, e suas palavras me aquecem, e me apresso a confirmar:

– Eu sinto o mesmo.

Encontro os olhos de Kat e, não pela primeira vez, reconheço um puxão suave na delicada linha que nos liga. Pelo canto do olho, vejo que Noah faz algumas anotações.

– Agora, Nathan – recomeça o entrevistador –, sua declaração de que a genialidade de Katrina não valia a tortura de trabalhar com ela ficou famosa.

A voz não mudou. Não há voracidade ou grosseria em seus olhos. O homem só está fazendo seu trabalho.

Meus olhos culpados correm para Katrina, que parece inabalável, ainda que um tanto retraída, os lábios apertados. Nunca conversamos abertamente sobre a entrevista para a *New Yorker*. Na verdade, duvido que seja necessário, já que mostro todo dia a Katrina como trabalhar com ela está longe de ser um sacrifício. Algumas verdades são tão óbvias que não precisam ser ditas.

Apoio os cotovelos nas pernas e me inclino para a frente. Criamos uma estratégia em relação a esse tema. Se fingirmos que nunca aconteceu, todo o resto vai soar falso.

– Escuta, não é segredo para ninguém que eu e Katrina nem sempre estamos de acordo – admito, com franqueza.

– Não, não é segredo – retruca Noah, paciente. – Mas é notório o fato de que vocês dois permaneceram calados sobre a causa do seu afastamento, apesar dos... boatos.

Olho de relance para Katrina e vejo que ela olha de novo na direção da cozinha. O maxilar está rígido. Conheço suas expressões bem o bastante para perceber que seus pensamentos foram para outro lugar, só não sei para onde.

Sinto o chão vacilar sob meus pés. Alguma coisa está acontecendo, mas não sei o quê. Apesar do desconforto, não posso fazer nada além de continuar com o que planejamos para a entrevista.

– Você está perguntando se tivemos um *caso* – digo, a voz áspera.

Noah ri.

– Bem, já que você mencionou...

Empurro de leve o joelho de Katrina com o meu, o que torço para que pareça um gesto inocente. Não preciso que ela me defenda, só sei que não posso ser o único a comentar o tópico. Funciona. Katrina se endireita e volta a se concentrar no jornalista.

– Não tivemos um caso – diz. Algo mudou. Poucas vezes a ouvi falar com aquela intensidade. – Nathan era casado com uma pessoa real, que existia de verdade. Apagá-la em prol de um escândalo para promover as vendas do livro nos deixa indignados.

Noah ergue as sobrancelhas. Sinto que faço o mesmo.

– Muito razoável – diz ele. Então vejo quando ele decide que este provavelmente é o momento pelo qual estava esperando. – Sejamos francos, então. Vocês dois nunca...? – Ele gesticula, sem terminar a frase.

Completo o espaço vazio.

– Nunca estivemos juntos romanticamente.

– Então preciso perguntar... – Noah retoma a fala. – Se o problema não foram seus sentimentos, qual foi o motivo da separação?

O olhar do jornalista está mais aguçado. Não predatório, apenas focado. Ele está se aproximando do que sabe que é o verdadeiro tema da matéria.

Katrina alisa a saia, e vejo que os nós de seus dedos estão pálidos. Preciso me esforçar para não demonstrar a preocupação que sinto. Recito a frase que preparamos, com casualidade forçada.

– Precisávamos de um tempo para crescer como artistas, independentes um do outro.

– É claro. As tensões aumentam, ainda mais quando o sucesso entra na equação – concorda Noah, o tom suave. – Mas por que se recusarem a aparecer publicamente juntos? – Ele dá um sorriso gentil.

É quando percebo que Noah se preparou tanto quanto nós. Ele vai pressionar até receber uma resposta interessante.

– Viver com alguém por meses, trabalhar criativamente com um prazo apertado... não vou dizer que não houve conflito – respondo.

Katrina ergue a mão. Seus olhos estão fixos na parede que separa Chris de nós, a expressão dura.

Não sei qual é sua intenção até ela começar a falar, a voz como um fio desencapado:

– Nathan, para mim chega. Chega de mentiras.

Olho para ela, confuso. Pela primeira vez, percebo que estou realmente nervoso.

Katrina cerra os lábios, então olha bem nos olhos de Noah Lippman.

– Você é a primeira pessoa que me perguntou isso – continua ela. – Ouvi os boatos, tive conversas que tentavam abordar o tema, mas sem tocar diretamente no assunto. Mas ninguém me perguntou sem rodeios.

– Estou perguntando sem rodeios – diz Noah.

Katrina inspira e expira.

– Quatro anos atrás, eu *estava* apaixonada por Nathan Van Huysen. Não tivemos um *caso*, mas você pode imaginar como teria sido irresponsável continuar com a parceria.

Sinto a correnteza me puxar para o fundo.

Noah encara Katrina, boquiaberto. Então começa a escrever furiosamente. Se Chris ainda está escutando, não deixa escapar nada.

Fico ali, sentado, sem dizer nada. O latejar nos meus ouvidos é ensurdecedor. Katrina não me olha, como se a confissão que acabou de fazer não tivesse nada a ver comigo. Meu coração quase parou quando ouvi aquelas palavras que ela nunca se atrevera a dizer. Nunca sequer pensei que fossem possíveis, não quando ela fez o que fez comigo. Confusão e alegria ameaçam me rasgar ao meio. Ela me amava.

Amava, no pretérito.

A pergunta óbvia não sou eu que faço, é Noah.

– Você amava Nathan quatro anos atrás. – Ele desvia os olhos depressa na direção da cozinha, do noivo dela, que está escutando a entrevista. – Quais são seus sentimentos agora?

Katrina se levanta em um movimento ágil, as mãos relaxadas ao lado do corpo.

– Meus sentimentos? – Ela dá um riso rápido. – Acho que você vai ter que ler o livro novo. É o mais perto que Nathan e eu já chegamos de uma resposta sincera.

Ela deixa a sala e vai direto para a escada.

Fico sentado em silêncio. Por mais que as águas em que a confissão de Katrina me afundou estejam acalmando, ainda estou submerso. Flutuo em suspensão. Pela primeira vez em toda a minha vida, desde que consigo me lembrar, nem uma única frase se forma em meus pensamentos.

44

Katrina

Subo até o quarto com a sensação de estar em um sonho, e não é um dos bons. As batidas do coração latejam em meus ouvidos. Fecho a porta, a respiração acelerada, e levo as mãos ao rosto. Sinto o calor sibilando na pele.

Mal consigo acreditar no que acabou de acontecer. Anos de silêncio e segredos e finalmente, *finalmente*, eu disse a verdade. No andar de baixo desta casa que chego a detestar, ouvindo as perguntas do jornalista, sabendo que Chris estava ouvindo cada palavra das respostas que havíamos preparado... eu só não consegui. Não consegui suportar a ideia de mais meias verdades saindo dos lábios de Nathan, que derramava a própria alma na escrita de maneiras que nunca faria em voz alta. Não consegui suportar minhas próprias mentiras, que conto a mim mesma sobre meus sentimentos por Nathan, tão familiares que às vezes esqueço que são mentiras.

Acima de tudo, não aguentava mais mentir para mim mesma sobre meu relacionamento. Deitada ao lado de meu noivo, na noite passada, insone, percebi com dolorosa clareza que odiava o que havíamos nos tornado.

Não me movo quando escuto a porta se abrir.

– Foi *brilhante* – diz Chris, encantado, entrando no quarto a passos rápidos. – Você foi muito bem! De verdade, Liz vai ficar animada.

Os olhos verdes dele cintilam ao se fixarem em mim, esperando que eu partilhe a vitória.

Este sonho ruim ainda não terminou, e sua energia deturpada guia minhas próximas palavras. Ergo os olhos e encaro o rosto anguloso de Chris.

– Você sinceramente acha que eu disse a um jornalista que estava apaixonada pelo Nathan para satisfazer a Liz? – Dou uma risada áspera e sem humor. – Para mim chega. Cansei disso. Acabou, Chris.

Eu o observo, catalogando cada reação. Ele está perplexo. Não magoado, não ainda, mas a indignação se insinua em suas feições, bem como uma atitude defensiva.

– Você está me demitindo? – pergunta.

Não digo nada. Não sei como poderia ter sido mais clara. Diante do meu silêncio, Chris se adianta com um sorriso que parece mel escuro.

– Kat, meu bem – fala, a voz sedutora –, deixa de bobagem. Mesmo se me demitisse, eu ainda seria o agente desse livro. Você sabe que está no contrato.

Recuo, como se fôssemos parceiros em uma dança de rancor.

– É só com isso que você se importa, não é mesmo?

– Você quer que eu tenha vergonha de cuidar da minha carreira? – A atitude dele é mais carregada. – Sei que você não se importa com isso, Katrina, mas sejamos francos: o resto do mundo quer ter sucesso. Você só quer se esconder.

Fico surpresa, mas era disso que eu precisava. Sua crueldade é libertadora, solta algo que estava emperrado dentro de mim, e o alívio surge. Eu sabia o que queria fazer. Agora tenho forças para fazê-lo.

– Não estou te demitindo, seu cretino.

Sem mais uma palavra, arranco o diamante de noivado que uso há dois longos anos. Estendo o anel para ele, deixando minha intenção clara.

– Acabou entre nós – digo, com tranquilidade.

Chris vacila. Vejo algo nele se romper, e a fúria invade seus olhos.

– Isso só pode ser uma piada. O quê? Por causa do Nathan?

Ele não pega o anel.

É de uma ironia perfeita. Ele está com *ciúmes*? Depois de semanas dizendo que eu poderia fazer o que quisesse com Nathan? É claro que é isso que o tira do sério. Chris queria que sua futura esposa fosse uma escritora. Ter um *caso* não faz a menor diferença. Mas, agora que não vai mais ter o que quer... ah, *agora* ele está furioso.

– Não é *por causa* de ninguém – retruco, irritada, e deixo o anel em cima da cômoda. – A não ser nós dois. Não funcionamos bem juntos.

Chris endireita os ombros.

– Eu fiquei ao seu lado quando você não era nada. Quando não conseguia nem sair da cama. Quando chorava dizendo que nunca mais voltaria a escrever. Quando você não era você mesma, eu fiquei do seu lado. Agora que voltou a escrever, *você* está terminando *comigo*? É mesmo muito engraçado, Katrina.

– Eu *era* eu mesma! – respondo, inflamada. – Você só não gostou de quem eu me tornei.

Ele soca a cômoda, que treme contra a parede. O anel cai. Não consigo evitar um sobressalto, e dou um passo para trás, receosa. Por mais que saiba que Chris nunca me machucaria, esta conversa não está sendo nem um pouco produtiva.

Nathan surge na porta, tendo ouvido a comoção. Sinto algo fervendo por baixo de seu exterior sério. Por um frágil segundo, seus olhos encontram os meus.

– Chris, acho que é melhor você ir embora – diz Nathan. – Esfriar a cabeça.

Chris se vira.

– Esta casa é *minha*. Você pode até ter trepado com a minha noiva, mas não vai me dizer o que fazer. – Suas últimas sílabas são agressivas.

Nathan nem pisca.

– Acompanhei Noah até a porta – comenta, com calma –, mas posso muito bem convidá-lo a voltar. Ele com certeza acharia coisas interessantes aqui para pôr na matéria.

Chris o encara, o ódio fervendo nos olhos. Então, como se desligasse o interruptor da frustração, ele pega a bolsa de viagem de couro com pressa.

– Conversamos sobre isso mais tarde – diz. As palavras são para mim, mas seu olhar me evita. – Depois que você tiver a chance de pensar no que está fazendo.

Sem me dar a chance de responder e sem pegar o anel, Chris vai embora com um último esbarrão em Nathan.

Seus passos martelam os degraus, descendo a escada. Nathan vai até o saguão, seguindo-o a uma distância cautelosa. Eu fico paralisada. O quarto está quieto, e mal reconheço a velocidade com que sinto meu coração bater. Uma leveza infla meu peito e se espalha pelos ombros, chegando à cabeça. Estou com os olhos fixos na entrada vazia do quarto.

Escuto a porta da frente bater e sinto um alívio absurdo.

45

Nathan

Olho pela janela da frente até Chris entrar no Uber que chamou. Ele bateu a porta do carro com força. Sinto um misto de emoções. Não consigo contê-las ou sequer nomeá-las. Primeiro, a confissão de Katrina, seguida das palavras que entreouvi da discussão no quarto. Agora, o ex-noivo dela vai embora furioso. Jamais ousaria imaginar algo assim.

Quando retorno ao quarto, vejo que Katrina mal se moveu.

Seu rosto está vermelho, os olhos, cansados. Quando a vejo, uma emoção finalmente supera as outras dentro de mim. É tristeza. Não por mim, mas por ela. Eu ainda lembro como foi encarar o fim do meu casamento, exatamente como ela está fazendo agora. Vendo o futuro e o passado ao mesmo tempo, parado no momento em que um jamais encontraria o outro. Não importa o que eu queira ou deseje, o que Katrina está sentindo é horrível.

Não sei o que dizer. Não sei como apoiá-la sem parecer que estou comemorando ou tripudiando. Neste momento, só quero ser seu amigo.

Depois... Tenho medo de admitir o que quero ser depois.

Ela volta os olhos para mim. Consegue dar um sorriso exausto, e me falta coragem para retribuir.

– Bem, que bom que eu enrolei tanto para mandar os convites.

Seu humor, por mais sofrido que seja, me alivia. Solto uma risada.

– Você não mandou? – brinco. – Achei que o meu tivesse se perdido no correio.

Katrina começa a rir. Então, tudo parece atingi-la de uma vez. Vejo a consciência dos acontecimentos chegar numa sucessão de golpes. A vida que ela planejava desapareceu. A pessoa que ela costumava ver quase todo dia se tornaria alguém com quem falaria apenas nas piores circunstâncias. Sua postura esmoreceu. Não muito, só o bastante para eu perceber que alguma centelha que a sustentava se apagara.

Ela despenca na beira da cama, os olhos vidrados. Fico de pé, sem saber o que fazer. Quero dizer que vai ficar tudo bem, que ela vai sentir que a vida desmoronou, mas que vai poder escolher cada peça para reconstruí-la. Quero dizer que ela merece mais amor do que teve com Chris.

Mas não posso dizer essas coisas a Katrina. Porque o que eu disser agora estará carregado de todos os matizes da confissão dela no andar de baixo.

Katrina precisa de espaço, não precisa ser pressionada a encarar o que disse. Espaço para considerar a nova realidade que suas palavras podem ter forjado entre nós.

– O que você quer fazer agora? – pergunto.

É uma pergunta direta, do tipo que ela disse a Noah Lippman que não ouvia muito. Por mais que haja muito que ainda precisemos discutir, essas conversas virão com o tempo.

Tempo que agora temos, me dou conta. Não preciso sair da vida dela quando deixarmos a Flórida. Ou talvez ela decida ir embora amanhã. Sem a pressão de Chris, talvez ela nem queira terminar o livro. A possibilidade me apavora. É como se eu de repente lembrasse que estou empoleirado no alto, bem acima do chão, e olhasse para baixo pela primeira vez.

Katrina ergue o rosto, sua expressão concentrada.

– Quero escrever – diz, com firmeza.

Sua resposta me causa uma dolorosa onda de alívio.

– Katrina, podemos tirar quanto tempo você quiser de folga.

– Não. – Ela se levanta. – Quero escrever agora. Hoje. Eu... – Ela perde o foco por um instante, e a frágil estrutura de sua compostura vacila. – É a única parte da minha vida que faz sentido.

Quando seus olhos encontram os meus, sei o que mais ela está dizendo. Ainda precisamos saber onde estamos, mas entendo do que ela precisa. Às vezes, é mais fácil processar as emoções por escrito.

Sinto um orgulho inegável de ouvir essa determinação vindo da mulher que havia desistido de escrever. Ela está se encontrando, forçando caminho entre os obstáculos que criamos. Concordo com a cabeça, me permitindo sorrir.

– Então vamos escrever – declaro.

46

Katrina

• QUATRO ANOS ANTES •

Estamos a poucos dias de terminar *Só uma vez*, o que deixa minhas emoções erráticas e incontroláveis, a agulha interna do medidor dos meus sentimentos indo de um lado para o outro, descontrolada. Há alegria e alívio, contrapontos inevitáveis de terminar um romance, aguçados e atenuados pelas expectativas acumuladas em relação ao livro. Há a depressão iminente que escurece meus horizontes. Sem um livro em que trabalhar, em que me concentrar todo dia, ficarei à deriva, ao sabor das correntes. Voltarei para casa, deixando para trás este lugar, este pedaço da minha vida. Deixando Nathan.

Ele está sentado em uma das pontas da mesa, digitando furiosamente e passando as mãos no cabelo. Estamos no meio do dia, e o calor do verão cobre a superfície de todos os cômodos. Apesar do calor, sinto um calafrio. Sei que ainda verei Nathan em Nova York, mas será diferente.

Ele para de digitar e olha para mim.

– Está travada em alguma coisa? Se é por causa das mudanças que fiz na cena seguinte...

Eu o interrompo.

– Não, encaixa certinho. Já acabei.

Nathan para.

– Já? Está tentando me intimidar, Freeling? – Ele inclina a cabeça, sorrindo.

Sorrio também.

– Na verdade, estou tentando impressionar você.

– Como se você não me impressionasse todo dia.

Ele volta a atenção para o computador, como se não soubesse que suas palavras tinham aquecido minha pele. Eu secretamente me deixo afundar nelas. O momento não dura muito. Suspirando, Nathan fecha o notebook.

– Vou sair para uma corrida. Depois termino essa cena – declara.

– Tá certo.

– Logo, há... – Ele fala em um tom sério, até um tanto desconfortável. – Vamos ter que conversar sobre o tempo de folga antes de começarmos o próximo livro. No passo em que estamos, *Só uma vez* acaba em uma semana.

Sinto outro calafrio. Mais frio, mais intenso. Tremores de pânico atravessam minhas mãos, agitam meus dedos. Torço para que estejam bem escondidos embaixo da mesa, para que Nathan não perceba. Assinto, sem palavras, e me sinto ridícula. Não consigo conter o desânimo com a perspectiva de voltar para a vida que me espera fora da Flórida. Não quero voltar para casa.

Nathan começa a se levantar.

Eu o detenho, pousando a mão em sua coxa.

Ele para no mesmo instante, e me dou conta do que havia feito. Nunca o tocara dessa forma, e só consigo atribuir minha atitude a um instinto confuso.

Não sei se isso significa algo. Não sei nem se *não* significa nada.

– Não quero tempo de folga – confesso. – Quero começar o próximo livro o mais rápido possível.

Encontro seus olhos. Ele engole em seco. O momento se estende, e quase o vejo se curvar sob o peso de tantas coisas não ditas. Mas não acontece. Retiro a mão de sua coxa, ciente de que a deixei ali por tempo demais.

– Gosto da ideia – comenta Nathan. – O que você quer escrever depois de *Só uma vez*?

Escuto a pergunta implícita. Não qual dos nossos projetos semiacabados eu prefiro, qual esboço está me animando. O que ele quer saber não tem nada a ver com livros.

Assim como minha resposta também não tem nada a ver com livros. As palavras saem ofegantes.

– Qualquer coisa. Tudo.

Em minha cabeça, eu continuo. Desenredo esperanças, fantasias secretas, imagens preciosas. *Quero uma vida inteira com você. Não só frases culpadas passadas por baixo de portas fechadas. Não só personagens fazendo nossas confissões por nós.*

Nathan e eu estamos falando em código. Seria bizarro achar que qualquer outra pessoa compreenderia o que estamos realmente dizendo nesta suposta conversa sobre nossa carreira como escritores. Mas não estou tendo esta conversa com outra pessoa, e sim com Nathan.

E Nathan e eu falamos em código há anos.

As mensagens podem ter começado de forma inocente, como quando anotávamos *Que bom que eu tenho você* ou *Que orgulho de você* em todas as "frases boas" nas páginas um do outro, em cada "certo" que Nathan deixava no meu texto, que aprendi a reconhecer como sinal de que tinha gostado do que eu escrevera. Então as mensagens começaram a mudar. Ficaram mais profundas, o tipo de mensagem que *só* pode ser dita em código. Edições que se entrelaçavam como abraços. Sonhos dentro e fora da página. *Desculpa por ter roubado seu vestido. É que você está bonita.*

Sustento o olhar de Nathan neste espaço entre nós. Seus olhos se iluminam, e vejo o momento exato em que acontece. A fantasia em minha mente se funde com a que está se formando na dele. De repente, estamos completando as esperanças um do outro, detalhando os sonhos um do outro com uma devoção que eu jamais teria me imaginado capaz de sentir. É impossível ler a mente do outro, saber o que se passa em seu coração. Mas não para nós, pois tivemos anos de prática. Imaginar juntos é o que Nathan e eu fazemos de melhor.

É assim que sei que ele escuta tudo o que não estou dizendo, o que é confirmado pelo que ele fala a seguir:

– Vou precisar de algumas semanas para... resolver as coisas em casa. Então, sou todo seu.

Mais códigos, embora não do tipo que apenas coautores poderiam decifrar. Quando senti as primeiras centelhas de alguma coisa por Nathan em meu coração, não sabia se queria que ele deixasse a esposa para ficar comigo. Decidi que não. A ideia me deixava enjoada. Eu sabia que precisava esconder meus sentimentos até que desaparecessem.

Só que isso nunca aconteceu. Este diálogo velado, esta dança de olhares e insinuações, é a única forma que consigo imaginar de expressar isso. A verdade. A verdade que não consigo me imaginar dizendo em voz alta.

Estou apaixonada por você, Nathan Van Huysen.

Isso é verdade há mais tempo do que quero admitir. Semanas? Talvez mais, inconscientemente. No tempo que passamos escrevendo *Só uma vez*, algo mudou. Escondi isso até de mim mesma, mas principalmente de Nathan, até este momento insano em que já não consigo mais esconder.

Agora, esse *resolver as coisas em casa* não me dá prazer, mas sei que é o mais justo para todos. Não que ele tenha dito em algum momento, em voz alta, que seus sentimentos tinham mudado. Mas, se isso aconteceu, não podemos continuar como estamos. Não podemos continuar fingindo que temos duas vidas, em casas, relacionamentos e futuros diferentes, quando na verdade começamos a viver uma única vida juntos.

Nathan se levanta. Desta vez, permito. Sinto a pele quente no lugar em que minha mão pousou na coxa dele.

Não sei onde isso vai parar.

47

Katrina

• DIAS ATUAIS •

Nathan não saiu para correr hoje. Já passa da meia-noite, e ainda estamos escrevendo. Meus olhos ardem de tanto olhar para o branco cáustico da tela do notebook e sentir o brilho incandescente das lâmpadas. Os nós doloridos dos meus dedos começam a ficar cor-de-rosa.

Nathan, sentado no sofá, não fez nem menção de ir para a cama. Tenho a sensação de que, se eu quisesse, ele passaria a noite toda aqui, escrevendo comigo, o que parte de mim realmente quer. Estou com medo de voltar para a cama onde acordei com Chris hoje de manhã, de me deitar nos lençóis que ainda guardam seu cheiro. Mas sei que tenho que fazer isso, é claro. Só não quero. Aqui, com Nathan, com as palavras que saltam dos meus dedos para dentro da história que estamos construindo, é o único lugar ao qual sinto que pertenço.

Estou escrevendo as cenas do divórcio de Evelyn e Michael. Faço isso com a alegria inconsequente que me dominou desde que rompi meu noivado. Passei anos me esforçando para só querer as coisas que achei que seriam seguras. Agora percebo que isso não era querer, era esconder. Era me esconder de mim mesma e daquilo por que meu coração ansiava tão desesperadamente que me apavorava.

Não estou mais apavorada.

Quando vejo a bateria do meu notebook em quatro por cento e sinto o metal da parte de baixo quente sobre meus joelhos, fecho a tela em vez de pegar o carregador. Endireito o corpo na poltrona e chamo:

– Nathan.

Ele ergue o rosto. Para alguém obviamente exausto, está tão bonito que chega a ser injusto. Aprecio a visão apenas por um momento. Por que não deveria? A barba por fazer sombreia a linha forte de seu queixo. Os olhos azuis cintilam, ainda inspirados.

Ele percebe que fechei o notebook.

– Terminou por hoje?

– Você não comentou nada sobre o que admiti na entrevista. Peço desculpas se foi... um choque. Eu imaginei que você soubesse – digo. – Ainda assim, não foi o jeito certo de contar.

Ele pousa o notebook na almofada ao lado e se concentra em mim.

– Não foi por falta de vontade que não comentei, e sim... – Seus olhos se desviam dos meus por um instante, mas logo voltam a me encarar. – Cacete, Kat, você teve um dia complicado. Não quis puxar o foco para mim.

– Eu não me importaria em fazer isso – respondo.

No silêncio que se segue, enquanto Nathan me observa, escutamos apenas o sussurro do oceano.

– Tá – diz.

Ele respira fundo. Sei que está organizando os pensamentos, escrevendo-os mentalmente, imaginando-os sólidos em páginas brancas fresquinhas.

– Não sou muito bom em falar sobre meus sentimentos – diz, por fim. – Sei desde novo que sou muito melhor por escrito. Na vida, sou... menos. Não sou o homem que quero ser.

– Você está errado.

Aquilo o interrompe, faz cessar o passar das folhas em sua mente.

– Ao vivo, você é tudo o que é no papel – continuo, ganhando confiança. Minhas palavras estão carregadas de lembranças. Cafés, longas noites e risadas. Areia e tempestades. – Eu vejo você. É charmoso, gentil e... incrível. – Ele cora, satisfeito, seu pescoço vermelho. – Só gostaria que conversássemos um com o outro em outro lugar que não... aqui. – Indico o notebook e o deixo na mesa de centro.

Ele esfrega a barba por fazer em que eu estava reparando.

– É só que é fácil mentir sobre qualquer coisa, mas é impossível escrever algo além da verdade.

– Escrevemos ficção, Nathan – digo, com gentileza. – Não é real.

– É, *sim*. Como você pode dizer que o que escrevemos não é real? – A intensidade na voz dele soa como uma resposta aos anos de ressentimento em relação a mim. Agora vejo como estivemos em lados opostos da verdade, sozinhos. – Kat, sinceramente. – Ele suspira, suavizando o tom. – Este é mesmo o melhor momento para isso?

– Estou cansada de viver esperando o melhor momento.

É uma decisão nova, e estou orgulhosa dela.

Nathan nem pisca ao me ouvir. Continua me encarando.

– Tudo bem. Então aqui vai a verdade. Achei que tivesse superado você. Quando me enxotou para fora da sua vida, eu disse a mim mesmo que você tinha destruído nós dois. Acreditei nisso todos os dias até voltar para cá. Escrever sobre como partes do amor sobrevivem mesmo depois do término mais absoluto, sobre como não é possível escapar de alguém a quem já nos entregamos por inteiro... Katrina, eu não sei. Não sei se escrevi a mim mesmo nesse livro ou se o livro revelou algo dentro de mim.

Ele enterra a cabeça nas mãos.

Levantando da poltrona, não luto contra o impulso de ir até ele. Minhas pernas não tremem conforme me aproximo. Ele não olha para mim. Talvez nem vá olhar. Mas preciso que me veja. Preciso que nós dois encaremos isso.

Eu me agacho diante dele.

Toco seu braço, hesitante. Quando se dá conta de que estou próxima, ele se sobressalta. Nathan não se afasta de mim, não se move, não ousa nem respirar.

– Talvez seja hora de descobrirmos o que exatamente é real aqui – digo, a voz um sussurro.

Ele baixa os olhos para meus lábios, traindo-se antes de falar.

– Katrina. Kat...

Chego mais para perto, minhas mãos pousadas no tecido fresco de sua calça. Nathan abre as pernas apenas o bastante para que eu me encaixe entre elas.

– Preciso saber – murmuro.

Eu me lembro da noite em Miami, então não me aproximo mais.

Não preciso. Sinto quando ele se decide, emoldura meu rosto entre as mãos e cola os lábios aos meus. Cada palavra que já escrevemos foi um prólogo para esse toque.

Entrelaço os dedos em seu cabelo sabendo que é algo de que ele gosta, algo que já descreveu em cenas como esta. Eu o sinto exalar de prazer dentro da minha boca, os lábios roçando os meus. Nathan responde em uma sequência de beijos longos e profundos. Sua língua roçando a minha é apenas uma sugestão de algo mais. Abro um sorriso, reconhecendo minhas próprias descrições plagiadas bem ali, na minha boca. Sabemos exatamente como o outro gosta de ser tocado. Já lemos cada beijo, estudamos cada carícia. O resultado é a sensação de estar dando um primeiro beijo em alguém que já beijei centenas de vezes.

Quando me afasto, o sussurro do oceano parece um rugido. Não porque eu não queira continuar. Só sei que não devemos, não esta noite, com a partida de Chris ainda tão recente, com meu anel de noivado ainda sobre a cômoda no quarto.

– É de verdade? – A voz dele sai rouca.

– Sim – respondo, em um sussurro.

Nathan assente. Seu cabelo está arrepiado no ponto que meus dedos agarraram, segundos atrás.

– Aonde isso nos leva?

Eu me levanto e ajeito a saia.

– Eu... não tenho ideia.

Ficamos nos fitando por alguns instantes, pensando no que acabou de acontecer, os dois em silêncio. É um silêncio tranquilo, não tem nada de sinistro, mas também não é exatamente confortável. É só a quietude do *antes*. Nathan sorri.

– Trabalhamos sem roteiro até aqui. Por que parar agora?

Também esboço um sorriso.

– Não consigo pensar em nenhuma razão. Boa noite, Nathan.

Sigo para a escada.

– Vejo você de manhã – diz ele atrás de mim.

Sinto meu sorriso se alargar ao subir os degraus. Aquelas palavras prometem um mundo de possibilidades. Eu me permito imaginar cada uma delas, esboçando nosso futuro como um enredo sem fim.

48

Nathan

• QUATRO ANOS ANTES •

Fico olhando para o mar sob o céu límpido da noite. A praia está vazia, o que não é nenhuma surpresa. Há apenas eu aqui, sentado na areia. O mar tranquilo reflete a lua, e faixas de luar cintilam nas ondulações da superfície. Chega a ser enervante a calma de estar sozinho, com essa extensão interminável de água à minha frente. Neste momento, tudo isso é meu, e ainda assim sei com certeza que não é.

Terminamos o livro hoje. Meses escrevendo, planejando, conversando, discutindo, tudo isso encerrado com o ponto-final na última frase. O espaço em branco que se segue já não passa uma sensação de cobrança. Apenas de certeza. O ventilador do teto girava preguiçosamente, o sol entrava pelas persianas, e nós terminamos. O livro é tudo o que esperávamos que fosse, o espelho perfeito do que visualizamos mentalmente.

Sei que isso é muito raro. Normalmente, a criação dá um jeito de se desviar do planejado, exigindo um estranho "é o que tem para hoje" do criador. Não foi o que aconteceu com *Só uma vez*. Tenho a sensação de que o livro veio de fora de nós, do modo como Michelangelo falava de libertar as formas que já se encontravam no mármore, em vez de esculpi-las ele mesmo. Também não preciso de editores ou relações-públicas para saber que vai ser um livro importante. Sei que vai.

Quando terminamos nosso livro de estreia, Katrina e eu comemoramos pedindo comida demais e tentando preparar brownies. Saiu uma porcaria. Eu costumo assar de menos os brownies, enquanto Katrina deixa as bordas duras e crocantes. Mas, nesta noite, não comemoramos, talvez porque saibamos que comemorações maiores estão por vir. Enviamos tranquilamente o livro. Katrina escreveu o e-mail para Liz enquanto eu vestia as roupas de corrida no andar de cima. Depois que li rapidamente a mensagem, apertamos enviar sem cerimônia. Tive vontade de abraçar Katrina, mas não fiz isso. Disse a ela que ia sair para correr.

Em vez disso, caminhei até a praia mais próxima. A noite fria me envolvia enquanto eu atravessava ruas e seguia pelo bairro tranquilo. Tudo parecia estranhamente normal – jantares sendo terminados através das janelas de salas de jantar iluminadas e aconchegantes, o canto distante e áspero das cigarras. Quando cheguei à praia, me deixei cair na areia.

Estou sentado perto da margem, olhando para a frente. A areia é fria sob as minhas pernas, ou a minha pele está em chamas. Não sei dizer. Dentro da casa que Katrina e eu chamamos de lar ao longo dos últimos meses, eu me sinto constantemente em chamas. Como se minha mente estivesse se fragmentando com o esforço de lutar contra meus próprios pensamentos. Como se eu estivesse travando uma guerra a cada segundo do dia com meus instintos mais profundos, tentando me transformar em outra pessoa completamente diferente.

Estou perdendo a luta. Percebi isso na semana passada, quando Katrina tocou minha perna. Quando ela me disse que queria tudo. *Tudo*. Sinto a parte mais profunda de mim acenar com sua menor bandeira branca.

Eu sabia o que ela queria dizer. E Katrina sabia que eu sabia o que ela queria dizer. Sabemos o que o outro quer dizer há anos, fizemos uma carreira com base nisso. Se eu tivesse que dar um palpite, diria que Katrina compreendeu que não há espaço para erros de comunicação ou incertezas nas coisas não ditas que trocamos em nossa breve conversa. Coisas que eu havia tentado ignorar em mim mesmo.

Quando terminamos o livro hoje, eu soube que não poderia ignorar. Consegui sentir o gosto de meus sonhos se tornando realidade, e isso me fez perceber como eu queria *mais*.

Olho para a frente, seguindo o horizonte negro, que se estende para sempre. Meus olhos se erguem então para o acúmulo de estrelas, e deixo a mente divagar com elas. Estou em outro lugar completamente diferente. *Nova York*. Para onde vamos voltar, onde vamos viver nossas vidas em linhas paralelas, latitudes percorrendo e-mails escritos a partir de casas separadas, almoços de trabalho em nossos respectivos bairros, audioconferências pelo alto-falante do celular, até finalmente alcançarmos nossos próprios horizontes. Lado a lado, mas sem nunca nos cruzarmos.

Também quero tudo com Katrina. O peso de saber disso é fisicamente doloroso. Não quero só o próximo livro, o próximo contrato, a próxima resenha. Não apenas mais tempo naquela casa. Quero viver minha vida entrelaçado à dela, guiando-a e sendo guiado por ela. Quero permitir de boa vontade que meus pensamentos se demorem na pele macia da nuca de Katrina, ou no modo como as pontas do cabelo dela se colam à pele suada por causa do calor e da umidade. Não posso continuar a escrever com Katrina, não posso construir essa carreira com ela. Não assim.

Porque estou apaixonado por ela.

Solto o ar com força e abaixo a cabeça. Só me permitir pensar nessas palavras já abre o dique dentro de mim, e meus sentimentos inundam inclementes as planícies aluviais da minha alma. É impossível contê-los. Eu não conseguiria nem tirá-los novamente de vista. O que significa que preciso encarar algumas realidades duras.

Melissa. Meu coração se parte por ela, porque sei o que tenho que fazer. Amo Melissa, mesmo que não seja com a profundidade com que amo Katrina. Não quero magoar minha esposa. Ela provavelmente está em casa agora, relaxando depois do dia de trabalho, aquecendo a comida que comprou na loja da esquina enquanto assiste a alguma coisa na Netflix. Se distraindo enquanto janta sozinha. O esforço corriqueiro disso enche meus olhos d'água. Achei que estava falando sério quando fiz todas aquelas promessas no dia do nosso casamento. Agora estou percebendo que não estava.

Esse pensamento me transporta novamente na direção do mar. É impossível competir com sua enormidade, do mesmo modo que é impossível olhar para o mar em todas as direções ao mesmo tempo. Não há nada a fazer a não ser deixar que essa verdade me engula. Deixar que a água me leve até eu afundar.

E, nas profundezas, sinto uma nova corrente me puxando para baixo. Katrina. Não sei se ela se sente da mesma forma que eu. Essa incerteza é absurdamente poderosa, me consome. Nunca chegamos a verbalizar de verdade nossos sentimentos um pelo outro. Por mais que eu me achasse capaz de ler os pensamentos dela, e achasse que ela poderia ler os meus, isso não é verdade. Não realmente. Trocamos os textos mais pessoais possíveis, mas não tenho como saber com certeza que emoções contidas nesses textos existem também fora do papel.

Mas o fato de Katrina se sentir ou não como eu não vai mudar o destino do meu casamento. Sei disso agora. Não posso ficar com Melissa estando apaixonado por outra pessoa. Se Katrina não se sentir da mesma forma, vou perder minha parceira de escrita *e* terei perdido meu casamento, porque seria a pior das injustiças reduzir a mulher com quem me casei a uma segunda opção. Uma contingência.

Mas se Katrina se sentir da mesma forma que eu...

A ideia é inconcebível.

Se Katrina realmente compartilhar dos meus sentimentos, vou me certificar de que nada aconteça entre nós até os papéis finais do divórcio estarem assinados. Nada, *nunca*. Isso é algo que posso fazer por Melissa. Não vou traí-la.

Eu me levanto e entro na água. Não posso confessar meus sentimentos por Katrina neste exato momento. A enormidade deles é simplesmente... demais. Senti-los, reconhecê-los pelo que são, é como olhar direto para o sol. Desconfortável, até mesmo impraticável. Preciso de certa distância para impedir que me destruam.

Passei a vida toda encontrando essa distância na ficção. Colocar essas emoções na página é o caminho para impedir que elas me esmaguem.

Além do mais, enquanto ainda estou casado, a única forma de processar esses sentimentos é escrevendo-os. Posso colocá-los em minha arte, e Katrina vai entender. Ela entende o que estou dizendo de todas as formas que digo.

A água bate em meus pés, banhando-os no frio da completa clareza. É como um choque em meu organismo, como se a noite se estreitasse até o limite do que preciso fazer a seguir.

Levanto a cabeça, finalmente me sentindo sereno como o oceano. Eu me viro para a areia e subo até a praia. Vou voltar para casa, para meu quarto, para minha escrivaninha, e vou derramar tudo o que está em meu coração, vou desnudá-lo, expô-lo. O livro está terminado, mas meu trabalho mais importante ainda não terminou.

Ainda não terminei de escrever esta noite.

49

Nathan

• DIAS ATUAIS •

Deixo a casa cedo na manhã seguinte, meus pensamentos ainda nublados e sonolentos, relembrando a entrevista para o *New York Times*, a partida de Chris, a minha noite com Katrina. De forma alguma vou correr o risco de cruzar com o agora ex-noivo dela, que vai voltar hoje para eles terminarem a conversa.

Se eu pensar demais no que vai ser abordado nessa conversa – será que uma noite de sono mudou os sentimentos de Katrina; será que Chris vai usar todo o seu charme de "presidente de fraternidade universitária" para reconquistá-la? –, vou acabar enlouquecendo.

Só a lembrança dos lábios quentes de Katrina nos meus me estabiliza. Ou talvez *estabilizar* seja a palavra errada. O que aconteceu foi meu sonho mais feliz se tornando realidade. O beijo pareceu ao mesmo tempo irreal e absurdamente real, além de qualquer coisa que eu pudesse ter concebido. A maciez inacreditável dos lábios de Katrina, de onde eu já tinha visto saírem risadas e um talento fenomenal, e que agora me deixavam beber do hálito e do perfume dela. A suavidade da pele de seu rosto. O modo como Katrina se moveu, hesitante e ao mesmo tempo carregada de certezas.

Agora, em vez de imaginar esses detalhes, estou imaginando como seria perdê-los. Estou assustado, e detesto isso.

Fujo desses sentimentos, dirigindo pelo bairro com a capota do conversível abaixada. É impressionante, mas parece que ninguém aqui sabe que beijei minha melhor amiga na noite passada. Bicicletas passam por mim do outro lado da rua, tocando a buzina. Gaivotas grasnam. Músicas tocam atrás das portas de tela. As palmeiras oscilam, parecendo relaxadas. Eu me concentro no que vejo, nos sons ao meu redor, e também na mão de Katrina em meu cabelo, até chegar ao meu destino. Estaciono e ergo o corpo do assento.

Quando Harriet abre a porta da frente e me vê, abre um sorriso na mesma hora.

– Rolou, não rolou? – diz ela, parecendo muito cheia de si.

Sem esperar por minha resposta, ela abre a porta de tela. Eu a sigo para dentro.

– Como assim?

– Você está... *cintilando*. – Harriet finge uma expressão enojada.

– Não estou, não – retruco, em um tom zombeteiro.

Não me sinto cintilando, e sim incandescente, explodindo de tanta luz. Harriet permanece inabalável.

– Não tenta me enrolar, Van Huysen. Você dois treparam ou não?

Eu riria se não estivesse totalmente fechado em mim mesmo. Em vez disso, só sinto minhas sobrancelhas se erguerem. Eu me desvio do olhar dela e me adianto no saguão de entrada, onde examino com interesse o vaso que está em cima da mesa.

– Nós não... trepamos – digo. – Nós só...

– Ah, Deus – fala Harriet com um gemido. – Vocês se beijaram. De certa maneira isso é pior.

– Como assim, pior? – pergunto, e endireito o corpo, me afastando do vaso.

Ela me lança um olhar direto.

– Posso muito bem imaginar como foi romântico. – Ela estremece. – Provavelmente foi terno e meloso, cheio de olhares esquisitos. E me arrisco a dizer que você não parou de pensar nisso desde então.

Não digo nada. Sigo Harriet até a cozinha, onde encontro champanhe e duas taças aguardando em cima da bancada. Disfarço um sorriso e a encaro.

– Champanhe não é um pouco demais para a ocasião?

Até mesmo para Harriet, o revirar de olhos dela é espetacular.

– O champanhe não é porque você beijou a Katrina, seu cretino, e sim porque vendi um livro. – Parecendo subitamente tensa, ela coloca o cabelo atrás da orelha. – Acabei de receber a notícia.

Fico num silêncio perplexo por um instante. Nessa pausa, ela serve o champanhe e me passa uma das taças.

– Eu... – Hesito, e finalmente me recomponho. – Parabéns, Harriet. Que notícia fantástica!

Ela levanta o copo num brinde rápido, então dá um gole.

– Sim, estou empolgada, para dizer a verdade.

– Por que você não comentou que estava escrevendo alguma coisa nova?

A pergunta surge depois de eu checar minhas lembranças de todas as conversas recentes com Harriet. Conversamos sobre as aulas que ela estava dando, sobre seu livro anterior... Nada novo. Antes de *Só uma vez* e de tudo o que aconteceu, eu me lembro da intensidade febril de Harriet quando estava desenvolvendo alguma nova ideia. Ela ficava tão envolvida no que estava fazendo que não conseguia se conter e acabava conversando sobre pontos do enredo, detalhes do ambiente ou escolhas dos personagens sempre que nos encontrávamos. Nas últimas semanas, acontecera o oposto.

Ela só dá de ombros.

– Não estava muito segura da sinceridade da nossa amizade.

Abro a boca, mas logo volto a fechá-la.

Não há nada incriminador no tom do comentário nem na expressão de Harriet. Ela espera calmamente pela minha resposta. Essa é a contrapartida gentil da franqueza e do humor cortantes: Harriet não guarda rancor nem recorre a insinuações desagradáveis.

Pouso a taça de champanhe, me sentindo um merda por não ter percebido que ela estava escrevendo, um merda por dar razão a ela para não ter me contado, e por nem ter me dado conta disso.

– Eu... Desculpa, Harriet – digo com sinceridade. Eu fui egoísta desde o começo. Quero dizer, estou parado na cozinha dela, *sem ter sido convidado*, porque vim instintivamente para cá quando precisava de uma distração. – A culpa é minha. De verdade.

Ela estreita os olhos e fixa-os em mim.

– O que está acontecendo aqui? – Harriet torce os lábios e dá mais um gole no champanhe. – Nós não *conversamos* de verdade sobre os nossos problemas.

Ela tem razão. Agora é diferente.

– Estou tentando uma nova abordagem – digo, com sinceridade.

Harriet me encara, e vejo algo cirúrgico em sua expressão, como se ela estivesse afastando camadas das minhas palavras para encontrar o cerne delas. – Isso tem relação com a Katrina, de alguma forma – diz, por fim. Antes que eu possa responder, Harriet dispensa o assunto com um gesto de mão e volta a incorporar seu jeito petulante. – Pensando melhor, não quero saber.

– Eu não deveria ter abandonado nossa amizade só porque não consegui encarar as coisas com Katrina – digo, forçando-a a voltar ao assunto. Por mais que não esteja acostumado a me abrir desse jeito, agora estou no embalo. Não vou desistir. – Preciso que saiba que não teve nada a ver com você.

– Sim, esse é o problema – retruca Harriet, e escuto o primeiro toque de frustração em sua voz. – *Nunca* tem a ver comigo. Tudo na sua vida e na da Katrina gira em torno de vocês dois. Se são meus amigos, se não são meus amigos... tudo depende do que está acontecendo entre vocês.

Esfrego o pescoço. Eu me sinto culpado, porque entendo exatamente o que ela está dizendo. Eu me lembro da frequência com que me parabenizei nos últimos anos por não sentir falta da amizade com Katrina, por me sentir muito mais feliz trabalhando sozinho, só para acabar me dando conta de que ainda estava... fixado em Katrina. Harriet estava criticando minha falta de percepção, e isso é como levar um soco no estômago.

– Sei que tenho sido um amigo de merda – digo, contrito –, mas devo lembrar que passei um bom tempo com você durante todo este período aqui, mesmo enquanto Katrina e eu estávamos nos odiando.

– *Ah, pelo amor de Deus* – fala Harriet, irritada. – Vocês literalmente nunca odiaram um ao outro.

Aquilo me detém. *Parecia ódio*, sinto vontade de dizer. Mas não parecia. Porque... no fundo, sei que, na verdade, nunca foi.

– Vocês estão escrevendo um livro sobre divórcio – continua Harriet –, e, de algum modo, é o livro mais romântico que já li.

A sinceridade gentil na voz dela me faz afastar os olhos da janela que dá para a piscina, onde estavam fixos, penitentes como os de um menino sendo repreendido na sala do diretor. Examino a expressão de Harriet. Ela parece um pouco triste.

– Você e Katrina são incapazes de odiar um ao outro – completa.

Sinto o pescoço e o rosto quentes. O sorrisinho de Harriet confirma que ela percebeu. É assim tão fácil me ler? Eu tinha experiência em acomodar as inseguranças e os instintos mais íntimos dos personagens sob camadas de mecanismos de defesa, ambiguidades, descrições incertas. Será que minhas próprias emoções estavam escritas em mim, por toda parte, à vista de todos? Achei que estava submergindo-as na ficção. No fim, parece que eu não estava escondendo nada.

Isso é irrelevante, lembro a mim mesmo.

– Independentemente de qualquer coisa, Harriet – digo –, você é minha amiga. Vou me esforçar muito para não estragar isso, mas, se por acaso eu fizer alguma merda, quero que você me dê um esporro. Neste exato momento – como preciso que ela saiba que estou falando sério, firmo a voz –, vamos comemorar o livro que você vendeu. Não vamos falar sobre Katrina. Vamos beber champanhe e celebrar como é legal pra cacete que a minha amiga tenha vendido seu próximo grande sucesso literário.

Harriet ri. Fico tão feliz que nem consigo expressar. Ela vira o resto do champanhe e aponta com a borda da taça vazia na minha direção.

– Gosto desse plano – declara. – Mas, primeiro – Harriet estreita os olhos, a expressão travessa –, tenho que saber: como foi?

Abro a boca para protestar, mas ela levanta a mão.

– *Não* venha com essa bobagem de não-gosto-de-me-gabar – declara. – Você é escritor. De uma forma ou de outra, escreve todas as suas experiências para todo mundo ler.

Derrotado, não consigo conter um sorriso. É extraordinário, na verdade, como Harriet colocou em palavras o que eu quis muito que Katrina entendesse na noite passada, mas estava emocionado demais para expressar diretamente. Katrina tinha se perguntado se o que a gente tinha era real ou ficção, mas a pergunta se desintegra em si mesma. A ficção vem da verdade. É algo maravilhoso, imaginativo, que cresce de uma semente e desabrocha em sentimentos, desejos e medos reais. Nenhum artista jamais cria do nada. Trabalhamos a partir do que experimentamos, inspirados pelo recorte único do mundo que vemos. Por isso a arte não pode ser replicada. E por isso o que eu e Katrina temos sempre foi real, mesmo quando existia apenas nas páginas de um livro.

– Não sei se você quer mesmo saber – digo.

Harriet sorri e se serve de mais champanhe.

– Tão bom assim, então?

Sou inundado por imagens e sentimentos intensos. Quando a mão de Katrina estava em meu cabelo, me vi ao mesmo tempo no olho da tempestade e girando no redemoinho. O oceano, a noite, tudo parecia seguir nosso ritmo, ecoando o modo como os nossos hálitos se misturavam. Foi como ficção. Como magia, como a vida.

– Bom assim – repito.

– Que horror... – brinca Harriet, o tom carinhoso. – Fico feliz por você. Com certeza esperou muito tempo por isso.

A verdade é que eu teria esperado mais. Por Katrina, teria esperado para sempre.

– Chega de falar de mim – prefiro dizer. – Vamos falar sobre o seu livro. Me conta tudo.

O sorriso de Harriet se suaviza. Seus olhos começam a cintilar. Enquanto ela fala, me concentro com carinho em cada palavra, torcendo para estar conseguindo provar a cada minuto que passa que não vou deixá-la de lado, como nunca desejaria ter feito. É bom, me sinto presente. Vendo as flores cor-de-rosa que enfeitam o peitoril da janela da cozinha, sentindo o sol que aquece o cômodo, reconheço que estou vivendo minha própria vida, a vida que estou aprendendo a tirar da página de um livro.

50

Katrina

• QUATRO ANOS ANTES •

Quando Nathan voltou da corrida, com o cabelo bagunçado pelo vento, subiu apressado a escada. Não consegui conter um sorriso. Era bem típico dele fazer isso. Na noite em que entregamos um livro importante, ele dispara pela escada para começar algo novo. Reconheci o frenesi renovado de inspiração nele. Já vi isso acontecer no assento ao lado do meu em voos internacionais; em manhãs parado diante do computador, com uma xícara de café intocada ao lado, de pijama, absorto demais nas próprias ideias para se mover. É incrível, embora também seja enervante.

Não tive notícias dele pelo resto da noite. Quando subo novamente, depois de pegar um copo d'água antes de me recolher para dormir, percebo que a porta de seu quarto está aberta, a luz ainda acesa. São quase onze da noite. Eu estava lendo, envolvida na história de um dos livros que havia levado e ainda não tinha tido tempo de abrir.

Quando passo pela porta de Nathan, vejo um relance dele. Debruçado sobre a escrivaninha, escrevendo sob a luz amarelada. Percebo que ele não está diante do computador. Suas mãos voam sobre a página de um caderno com capa de couro, que usa para anotar ideias e para escrever o que lhe passar pela cabeça sempre que está trabalhando em alguma coisa importante.

Bato com delicadeza na porta, que abre sozinha.

– Você parece inspirado – comento.

Nathan endireita o corpo. Quando se vira na cadeira para me encarar, vacilo. Sua expressão está elétrica de um jeito incomum, mesmo para ele.

– Sim... – diz. – Estou só terminando uma coisa. Você está indo dormir? – Ele parece forçar as palavras através de ideias e sentimentos que estão se movendo com uma rapidez impossível.

Não sei como ler essa atitude de Nathan, se ele está distraído, empolgado ou nervoso. Não consigo imaginar por que estaria nervoso.

– Vou ficar acordada por mais algum tempo – digo, o tom hesitante.

– Bom. Ótimo – diz, o tom enfático, como se minha resposta fosse muito importante. – Espera um segundo.

Fico parada na porta, e ele se vira novamente para o caderno, onde escreve mais algumas frases, antes de tampar a caneta. Confusa, observo-o arrancar a folha do caderno e cortar a borda com cuidado, para que fique lisa.

Permaneço em silêncio, perplexa, e ele se levanta. Nathan olha brevemente para a folha em sua mão, antes de seus olhos encontrarem os meus. As moléculas no quarto parecem ficar imóveis quando ele me entrega a folha. Durante os próximos segundos, nos encaramos sem dizer nada. Tenho a impressão louca de que talvez ele me beije.

Aceito o papel com um aceno de cabeça, examinando a expressão dele. Alguma coisa está diferente. É como se eu estivesse na beira de um precipício que não consigo ver, só esperando para dar um passo em direção ao nada. Seja o que for que me espera além da queda, sei instintivamente que não é nada que Nathan vá dizer em voz alta. Ele volta para a escrivaninha e fecha o caderno.

Aquela única página parece queimar minha mão.

51

Katrina

• DIAS ATUAIS •

Passei a última hora sentada na varanda da frente, olhando a rua. Chris já veio e já foi. E levou o anel de noivado com ele.

Quando Chris chegou, fomos nos sentar na sala de estar, numa espécie de entendimento mútuo de que nossa conversa não combinaria com os cômodos mais privados e amistosos da casa. Meu quarto já não era mais o quarto dele.

Eu estava preparada para uma conversa desagradável. E foi, mas não do modo como eu esperava. Chris empunhou o profissionalismo como um escudo. Ele se sentou numa postura muito ereta, o corpo grande quase tapando a janela da frente. Enquanto eu usava um short e uma blusa totalmente banais, percebi como ele estava vestido com capricho, com uma camisa social de estampa discreta por baixo do blazer de linho. As únicas rachaduras naquela fachada eram as olheiras sob seus olhos, quando ele tirou os óculos escuros dourados.

Ele não estava emotivo. Não tentou me fazer mudar de ideia. Em nenhum momento erguemos o tom. Magoa um pouco o fato de ele nem sequer ter lutado por mim. Mas a verdade é que Chris não lutou por mim durante anos. Se tivesse feito isso, estaríamos casados, ou talvez apenas mais felizes. Eu com certeza não estaria na Flórida, escrevendo um livro com Nathan. Mas é inútil imaginar as alternativas.

Depois que terminamos de dizer tudo o que tínhamos para dizer, a sala ficou em silêncio. Ele se levantou do sofá e eu o levei até a porta, onde lhe entreguei o anel, com as mãos secas. Não o segui até a varanda, apenas deixei a porta de tela bater depois que ele se foi.

Para alguém que explorou amplamente o divórcio e a infidelidade na ficção, fiquei surpresa ao me dar conta de que aprendi alguma coisa com o fim do meu noivado. Mas, sim, aprendi.

Aprendi que, às vezes, os relacionamentos não morrem. Eles apenas não crescem. Como não recebem sol nem nutrientes, eles nunca florescem. Não há nada diferente hoje de como foi minha relação com Chris por anos. Ele era uma presença fácil em minha vida, alguém que me dava a aparência de contentamento. Chris era um marido em potencial perfeito: bonito, inteligente e bem-sucedido. Estava envolvido na minha carreira – o que não era difícil, já que era meu agente. Acima de tudo, eu sabia que Chris nunca me deixaria.

Eu não sabia na época o que sei agora. Nunca deixar alguém não é o mesmo que amar essa pessoa.

Eu me recosto no balanço, apoio a cabeça nas almofadas e me deixo encharcar pelo sol. Teremos mais conversas como essa, além de curvas no caminho que já consigo divisar daqui – conversas sobre nossa casa em Los Angeles, sobre que envolvimento ele vai ter em minha carreira literária, o desemaranhar de quatro anos de uma vida compartilhada com outra pessoa. A perspectiva não me preocupa, não revira meu estômago, nem deixa meus músculos tensos de estresse. Chris representou um futuro quando eu achava que não tinha nenhum. Agora percebo que tenho tantos futuros quanto eu quiser. Estou livre para me concentrar no futuro que escolhi, não em um a que me agarrei como se fosse um bote salva-vidas.

Quando escuto o carro de Nathan parando na entrada da casa, abro os olhos. Sorrio quando ele desliga o motor e o ronronar do Porsche silencia. Uma vida atrás, eu me sentei bem aqui, esperei por Nathan e o vi parar na mesma entrada, exatamente como hoje. Eu me dou conta de repente de que este bairro já viu muitas versões de nós. Escritores mais jovens tateando alguma coisa nova; amigos inseguros com o modo como seu relacionamento estava mudando; ex-colegas carregados de rancor, forçados à companhia um do outro... e, finalmente, seja lá o que for essa coisa frágil e esperançosa que é o nosso relacionamento hoje.

Nathan sai do carro e sobe os degraus da varanda, pulando o do meio.

Seus olhos encontram os meus. Quando sorrio, seu corpo relaxa, como se ele tivesse se preocupado seriamente com a possibilidade de eu estar me sentindo de alguma outra forma agora.

– Me diga que você não está sorrindo porque Chris te convenceu a voltar pra ele e que até já marcou a data do casamento de vocês – diz Nathan.

Levanto a mão. Sem anel de noivado.

– Com essa imaginação, você deveria ser escritor – respondo.

Ele ri. É uma risada alta, alegre, verdadeira. O tipo de risada que acaba me contagiando, e rio tanto que quase não percebo quando ele pega minha mão com gentileza e levanta. Agora, sorrimos enquanto ele segura meus dedos com firmeza.

– Ele vai voltar para Los Angeles – conto.

Nathan assente.

– E você?

Essa pergunta carrega várias outras não ditas. Ele quer saber se vou ficar bem, se vou ter que aguentar noites dormindo na mesma casa que meu ex-noivo. Mas há mais. Nathan está sondando o que quero para meu futuro.

Desvio os olhos dos dele e observo a casa acima de nós.

– Em algum momento, vou ter que escolher um lugar definitivo para morar – digo –, mas por ora vou passar mais algum tempo aqui.

– Me diga quando quiser que eu vá embora – diz Nathan. Não há qualquer mágoa oculta em sua voz, apenas compreensão. – Não quero impor minha presença de forma alguma.

Olho bem dentro do oceano azul dos olhos dele.

– Acho que temos assuntos pendentes para tratar primeiro, não acha?

Nathan me dá a mão para que eu me levante, e quando faço isso nossos corpos se colam. A mão livre dele encontra meu quadril. Se seus olhos eram o oceano antes, agora são o sol do meio-dia cintilando nas ondas. Acho que nunca o vi tão feliz. Nem quando escrevemos alguma coisa de que ele se orgulhasse, nem quando seus sonhos de ser um autor publicado começaram a se tornar realidade.

Eu me inclino para a frente, beijo seus lábios e fico encantada comigo mesma. *Agora, eu consigo fazer isso.* Parece irreal, ou pelo menos não totalmente real, como se estivesse no limite de um conto de fadas. A expressão atordoada no rosto de Nathan me diz que ele sabe o que estou sentindo. Seguro a mão dele e o levo para dentro de casa.

Paramos na sala de estar. Quando seus olhos encontram os meus, apenas sorrio. Sempre me considerei sortuda em várias ocasiões pelo escritor maravilhoso que Nathan é. Pelo modo como ele me instiga, me complementa, me inspira. Mas não sei se algum dia permiti me considerar sortuda pelo homem maravilhoso que ele é. Neste momento me permito fazer isso. Nathan está à minha frente, como já o vi em incontáveis outras manhãs, parecendo confortável na camisa polo branca e na bermuda cinza, me fitando com um olhar atento.

A voz dele sai baixa, insegura.

– Quer escrever?

Eu rio. É cômico perceber que definitivamente não estamos na mesma página neste momento. Nathan franze o cenho, confuso, mas logo sorri. Respondo com um aceno de cabeça à pergunta silenciosa dele, também sem dizer nada. O calor da sala é carregado de energia, como eletricidade estática em um tecido macio. Nathan solta minha mão, pega as páginas que estava editando esta manhã e se senta no sofá.

Fico apenas olhando para ele por um momento, deleitada. Pela primeira vez em anos, sei exatamente o que quero.

Vou até ele e ponho a mão sobre as páginas.

– Não – digo, empurrando-as para o lado. – Assim, não.

Eu me sento no colo dele. Meus movimentos são lentos, deliberados, deixando claro qual é exatamente a minha intenção. Ele me observa, a expressão voraz, os olhos ligeiramente chocados da melhor forma, como se estivesse vivendo uma fantasia que não tivesse se permitido revelar nem a si mesmo. Com o coração disparado, pouso as mãos no peito dele, sentindo os músculos firmes. Meus braços e minhas pernas parecem estar derretendo, minha respiração está acelerada. Quando Nathan deixa as mãos subirem por minhas coxas, deslizando pela minha pele e por baixo do short que estou usando, sinto o tremor do toque dele e, de repente, cada centímetro do meu corpo quer estremecer nesse calor. Nossos olhos se encontram, e aproximo meus lábios dos dele com uma intenção óbvia.

Colidimos, como ondas estourando na praia, a mão de Nathan se erguendo rapidamente, por instinto, por minhas costas e me pressionando junto a seu corpo enquanto o beijo. Ele se inclina na minha direção, a boca tão voraz quanto a minha. Nathan usa a outra mão para segurar meu cabelo, para impedi-lo de cair em meu rosto. Colo o quadril ao dele, e sinto sua ereção inequívoca e urgente. Zonza, recuo do beijo para me concentrar em desafivelar o cinto dele.

Nathan me observa.

– Tenho a sensação de que estamos prestes a nos tornarmos muito improdutivos.

Meus dedos se atrapalham no metal frio da fivela, e eu rio.

– Desculpa, Liz, nosso livro está atrasado – brinco. – A gente estava ocupado demais fazendo sexo toda hora.

Nathan tira minha blusa. Levanto os braços com o mesmo instinto que sinto que está guiando cada movimento dele. Quero jogar longe todas as roupas, o mais rápido possível. Ele usa a oportunidade para dar um beijo rápido em meus lábios.

– Nem brinca com isso – diz Nathan.

– Com o quê? O atraso do nosso livro?

– A outra parte.

Ele crava as mãos em meu quadril.

– Eu pareço estar brincando? – Estendo a mão para o espaço entre os nossos corpos, e vejo os olhos de Nathan se fecharem, enquanto ele suspira e aperta meu corpo com mais força. – Não estou.

Enquanto o toco, sua mão alcança minha nuca, me fazendo arquear o corpo. Nathan desliza os dedos por minha barriga, então mais baixo, me acariciando por cima do tecido do short. Fecho os olhos. Saber que são os dedos dele me fazendo perder o controle lentamente, que são os lábios de Nathan colados aos meus, parece ficção – do tipo que a gente lê com a mão entre as pernas, não do tipo que só dá água na boca.

Recuamos, ruborizados e arquejantes. O clima muda rapidamente, como se nuvens de tempestade se abrissem e a umidade escorresse em forma de chuva. O humor se foi, substituído pelo desejo. Enquanto o olhar de Nathan parece me absorver, abro o botão do short que estou usando e o deixo escorregar para o chão.

Então, subo a escada.

52

Katrina

• QUATRO ANOS ANTES •

Leio as páginas de Nathan parada no meio do quarto, sentindo a cabeça zonza. Não tenho certeza se estou imaginando o que está escrito, se alguma febre ou fantasia mudou os personagens mundanos que estávamos escrevendo para o que está no papel ligeiramente amassado que aperto com força.

Não reconheço os nomes dos personagens. Há um homem, Nick. Uma mulher, Kelly. Eles são poetas de Nova York. Nathan nunca me mostrou essa história antes, provavelmente é uma das centenas que sei que ele tem escondidas no iPhone, ou talvez seja uma recém-criada que acabou de ocupar sua cabeça. O estilo de Nathan permeia cada sílaba como eletricidade.

Ele começou bem no meio de uma cena. Nick espera do lado de fora da porta de Kelly, sob a chuva. Encharcado, ele entrega uma carta a ela e exige que leia bem na sua frente.

Kelly,

Enquanto escrevo isto, sinto as palavras desesperadas para saírem de dentro de mim. Elas pressionam os portões da minha caneta, exigindo serem escritas. Mas, K, o fato de as palavras saírem rápidas e fluidas não significa que os sentimentos que expresso são fáceis para mim... ou recentes. Você está lendo o canal direto com minhas verdades mais profundas. O fato de que elas estão achando seu caminho rapidamente para a página não significa que não tenham ardido em mim por tanto tempo que nem me lembro quando começaram.

Sinceramente, acho que cada palavra que escrevi desde o dia que conheci você de algum modo levaram a isso. A você. Dizer que você mudou minha vida é o tipo de eufemismo que eu jamais poderia me permitir colocar por escrito – você mudou todo o meu mundo. Fez morada em mim com suas palavras, com suas histórias e escreveu a si mesma em minha alma. Antes de você eu era inteiro – um ser humano, um coração inteiros. Agora, sou metade de tudo e maior por isso.

Estou apaixonado por você. Sei que não podemos ficar juntos. Não ainda. Mas, se você me disser que se sente remotamente da mesma forma, então poderemos. Talvez você nunca tenha pensado nisso, mas acho difícil acreditar que meus sentimentos, que gritam dentro da minha cabeça noite e dia, que se derramam em minha escrita com uma vulnerabilidade que me constrangeria se não fossem os seus olhos que a estivessem lendo, soem apenas como um sussurro para você.

Se isso é uma surpresa, perdoe-me. Leia isso. Pense bem em tudo e escreva para mim. Vou compreender seja o que for que você me disser.

Escrever com você é minha maior alegria. É ganancioso da minha parte querer mais? Você mudou todas as esperanças e todos os sonhos que persegui – agora eles estão menores e ao mesmo tempo infinitos. Quero que escrevamos nossa vida juntos, K. Quero compor os capítulos do meu futuro com você, em cada palavra. Porque me dei conta de que uma vida ao seu lado é a melhor história que eu poderia contar.

Seu,
N

Quando termino a segunda leitura, me pego chorando.
Seu, N. É claro que ele se refere a "Nick".
É claro que não.
Eu me sento na cama, profundamente abalada. Não me sinto totalmente no controle de mim mesma – meus lábios tremem, a força das emoções aperta a minha garganta. Sinto meu coração se expandir tão rápido que dói. O texto é impressionante. Essa é a declaração de amor mais profunda que

já li, o que me emociona ainda mais. Porque sei, por cada sílaba, por cada escolha, que esse texto só poderia ter vindo de Nathan.

De Nathan, para mim. Esses não são apenas personagens. Ele está falando comigo através da página. Aqui estão os sentimentos dele, os sentimentos dele por mim.

Sinto uma alegria tremenda e apavorante. Tudo que venho me esforçando tanto para não desejar. Agora estou segurando um futuro inteiro nas mãos, uma vida, um sonho. Que parecem tão frágeis e tão reais quanto o papel em que estão escritos. Faço uma pausa, a realidade me inundando.

Então, corro para minha escrivaninha e pego uma folha de papel na impressora. Pressiono a ponta da caneta na página, parando por um momento para pensar no que vou escrever. Em como continuar a história para dar a *Kelly* a resposta dela. Sei o que sinto. Mas a ideia de dar voz a esses sentimentos é como contemplar as primeiras pinceladas na Capela Sistina.

É claro que amo Nathan. Tenho dentro de mim o equivalente a romances inteiros do que quero dizer. Parágrafos e parágrafos, páginas e páginas que eu poderia escrever de pensamentos desgarrados que eu flagrava nos cantos da minha mente quando baixava a guarda. Nathan escreveu que as palavras estavam *pressionando os portões* da caneta dele. Meus sentimentos estão enfileirados atrás dos portões do meu coração, só que não estão pressionando. Estão esmurrando minha caneta.

Porém, quando me concentro na página, não sai nada.

Não consigo escrever. Eu me descubro imaginando exatamente o que vai acontecer quando eu fizer isso.

Vou ter tudo o que quero.

A realidade esfria minha mente. Eu tento me ater aos detalhes, exatamente como se estivesse escrevendo uma cena. Nathan vai voltar para casa, vai terminar o casamento. Então, depois de algumas semanas, de um tempo absurdamente curto... ele vai voltar para mim. E nunca mais vai me deixar. Nathan é gentil o bastante para deixar o apartamento deles com Melissa. Ele vai usar o meu banheiro, vai assistir à TV sentado no meu sofá, vai dormir embaixo do meu edredom branco. Comigo. Vou ter Nathan, para sempre.

Em um ano, *Só uma vez* vai ser publicado e fará um enorme sucesso. Consigo sentir isso. Cada página está carregada de eletricidade. O eco de ter terminado de escrever o livro hoje não parou de reverberar em meus ouvidos. Ele vai mudar nossas carreiras. Vai mudar nossas vidas.

Durante toda a minha vida profissional, eu olhava para o alto da encosta dessa montanha que estou escalando com Nathan e via nuvens obscurecendo o cume. Pois as nuvens se abriram. O caminho está claro. Eu me imagino alcançando o pico, que não está muito longe agora, imagino a sensação de olhar lá de cima para a altura estonteante. Vou precisar me esforçar para respirar no ar rarefeito.

Já sinto a paralisia se infiltrando em mim. *Não posso*. Não posso ter tudo de uma vez, tudo que eu sempre quis.

Ainda mais quando Nathan está colocando as promessas dele em palavras como essas. Seja o que for que ele acha que sente, está embrulhado demais em uma história que está contando para si mesmo, a história de nós dois. Isso está claro nas páginas à minha frente. Nathan não conseguiu nem escrever seus sentimentos por mim sem ficcionalizá-los. *Esse* é o nível de realidade deles.

Mas a vida real é todo o resto. Tudo o que continua depois que a história termina. Não tenho certeza do que Nathan quer – se a história ou todo o resto.

A caneta cai da minha mão. Percebo que o que passei todo este verão sentindo foi só a fatídica força da correnteza. Agora estou perdendo o chão. Estou sendo puxada para a água muito funda. O futuro é esmagador e, de repente, está *aqui*, intimidador, dependendo só de mim. E estou me debatendo furiosamente sob a superfície, sem saber direito para que lado fica a praia. E estou *assustada*.

Porque o verdadeiro horror, o que ninguém parece perceber a não ser eu, é que, depois que temos sonhos, só o que nos resta é a chance de perdê-los. É inevitável. Perder minha escrita vai doer. Perder Nathan...

É como se um interruptor fosse ligado dentro de mim, me deixando injustamente furiosa. Nathan colocou as palavras dele no papel, onde são perfeitas, imaculadas, inequívocas – onde são ficção.

Onde são fáceis de destruir.

Desço a escada com o coração aos pulos, decorando cada palavra escrita no papel que tenho em mãos. A sala está escura. Vejo uma caneca de café esquecida na mesa lateral. Há algo sinistro em como tudo parece normal, como se estivesse pronto para ser tumultuado. Vou até a lareira que não usamos nem uma única vez.

Pego o acendedor com as mãos trêmulas.

Assim, Nathan pode voltar para a esposa dele, para a vida que é real. Assim, vou cair de uma altura mais baixa, de uma altura em que consigo sobreviver.

Preciso tentar duas vezes até conseguir acender a lareira.

Quando consigo, as chamas ardem com determinação.

53

Nathan

• DIAS ATUAIS •

Katrina caminha cinco ou seis passos à minha frente. Eu a sigo pelo corredor, com o coração disparado.

Ela nos leva até o meu quarto, não ao dela. Uma escolha inspirada, é claro. É absurdamente sexy a confiança, o domínio de si mesma, de me levar para a *minha* cama para dormir comigo. Quando entro, Katrina já está sentada na cama, apenas de lingerie. Seus olhos encontram os meus com um convite gentil, e suas pernas estão dobradas frouxamente – as mesmas pernas que já a vi mexendo para um lado e para o outro vezes sem conta enquanto trabalhávamos, só que agora nuas, e apenas um triângulo delicado de tecido me separa do que quero.

Eu me demoro na porta, tentando memorizar cada detalhe. A cascata de cabelos de Katrina se derrama por cima do ombro, roçando o alto dos seios dela. Vejo um relance da curva das costelas abaixo do sutiã.

Mas o meu corpo leva a melhor. Sou atraído para a frente – minhas mãos acham aquelas curvas, meus lábios capturam os dela. Katrina me beija com intensidade, se agarra a mim, e suas mãos seguram com força o tecido da minha camisa.

Eu a arranco na mesma hora. Vejo Katrina se inclinar para a frente num movimento elegante, as mãos nas costas – o sutiã cai, e seu colo deliciosamente macio encontra meu peito quando a puxo para mim. Quando acaricio seus seios, Katrina deixa escapar um gemido baixinho que me faz perder o controle.

– Cacete – digo, junto ao pescoço dela.

Katrina levanta o queixo, o movimento em perfeita sincronia com o meu, como se tivéssemos ensaiado essa dança. Talvez seja porque já fizemos isso em sonhos. Sei que *eu* fiz. Mas não acho que a sincronia vem de sabermos quais serão os movimentos um do outro antes que eles aconteçam – os dedos de Katrina se entrelaçando aos meus no seio dela; Katrina abrindo as pernas quando passo as mãos por baixo de seu corpo.

Acho que o motivo é o dom de sermos *nós*. Eu e Katrina esperamos, examinamos, perseguimos os instintos um do outro na página com tanta frequência que os internalizamos. Nós escrevemos como se fôssemos um só. Agora, estamos nos movendo como se fôssemos um só.

– Sim – arqueja ela. – Cacete.

Rio enquanto me dou conta de como isso é engraçado, parando apenas para me juntar a Katrina em beijos rápidos e profundos.

– Fico feliz por concordarmos na escolha de palavras – digo.

Ela sorri, então finge estar pensativa, enquanto deixa que eu continue a beijar seu pescoço.

– Hum... – diz. – Agora já não estou tão certa. Poderíamos tentar alguns sinônimos?

– Vou te mostrar vários sinônimos depois que eu tirar isso aqui do caminho – retruco, enquanto dou um puxão provocante na calcinha dela, na altura do quadril.

Katrina dá uma risada espontânea e real, e é o som mais incrível que já ouvi. Isso me faz puxá-la com força para junto de mim, e sinto seu corpo pequeno estremecer com os ecos do riso – que, é claro, logo se transforma em um gemido satisfeito quando pele encontra pele por toda a extensão do meu peito colado aos seios dela.

Ela se afasta de mim. Pelo brilho em seus olhos, sei na mesma hora que a piada não acabou.

– Quando você falar sacanagem comigo, quero que seja *normal*. Nada digno de um Pulitzer. Só sexy. Entendeu?

– Boa observação – respondo, com uma seriedade e uma elegância forçadas, imitando o tom que todos usariam em cursos de escrita criativa. – Só sexy. Vou trabalhar nisso.

– Sim. – Kat assente. – Trabalhe nisso, Van Huysen.

Nessa provocação, seguro a mão de Katrina enquanto acaricio a parte interna de sua coxa. Seus olhos estão fixos nos meus, a expressão ardente.

Sinto o momento em que percebemos que queremos muito, muito, voltar a nos beijar. Seguimos em frente com uma intensidade renovada, febril, tudo mais doce depois da pausa. Katrina se deita em cima do edredom, os cabelos espalhados ao redor, e encho seu corpo de beijos – no colo, na barriga, logo acima da calcinha.

Estou zonzo. Zonzo porque parece impossível estar dentro deste sonho, onde a paixão vai além de qualquer cena romântica que escrevemos juntos. Este momento não pode ser descrito em nenhum idioma. Às vezes, a vida é *mais estranha* do que a ficção, mas às vezes é incomparável de outras maneiras. Às vezes é um paraíso que o fogo falso da imaginação jamais conseguiria capturar.

O trecho de pele macia entre as pernas de Katrina não é apenas real. É também a coisa mais sexy que já toquei, o que me força a correr as mãos por ali uma, duas vezes, subindo pelas coxas, antes de enfiar o polegar na calcinha e puxá-la para baixo. Ela reage, soltando o ar com força, inconscientemente, e jogando a cabeça para trás.

Então, Katrina sobe rapidamente o corpo na direção dos travesseiros. Eu me lembro da conversa que tivemos quatro anos atrás, quando escrevíamos *Só uma vez*, exatamente sobre esse tema. *A primeira vez...* tinha dito Katrina. *Depois de toda a espera... eu não aguentaria mais esperar.*

Eu me apresso a tirar a bermuda que estou usando e a cueca, e praticamente pulo na cama para me posicionar acima dela.

– Hum... – começa Katrina.

– Eu sei. Sem metáforas – digo num arquejo.

– Não. – Ela apoia a mão no meu peito. Levanto os olhos. Tenho a sensação de que Katrina guarda todo o meu mundo nas piscinas escuras dos seus lindos olhos. – Você tem preservativo?

Demoro algum tempo para digerir a pergunta e fico preocupado por um instante – *não* quero fazer uma pausa agora, embora eu obviamente precise fazer isso.

– Sim – digo, depois de lembrar que realmente tenho.

Katrina assente. A expressão dela não muda.

– Pega – diz ela.

Parte de mim percebe como o pedido é típico de Kat. É como o jeito que ela escreve. Direto, eficiente. E eu a amo por isso.

De repente me sinto imensamente grato por esse pensamento. Eu a amo por isso.

Amo Katrina.

– Espera – digo.

Procuro minha carteira no bolso da bermuda que descartei e abro as abas gastas de couro para pegar a única embalagem de preservativo ali dentro. Profundamente aliviado, me volto de novo para Katrina, meio ajoelhado na cama, enquanto abro a embalagem. Fico surpreso quando ela estende a mão.

– Quero fazer isso – diz. E pega o preservativo.

Concordo com um aceno de cabeça, sem dizer nada. Ela coloca a camisinha em mim.

Afasto o cabelo do rosto dela com uma das mãos e deixo a outra correr por todo o seu corpo – pela realidade fascinante que é o corpo de Katrina, desde o contorno dos seios, descendo pelas curvas mais abaixo. Eu me sinto submisso, abalado. Não estou no controle e, a cada segundo que meus olhos passeiam pelas sutilezas macias do corpo nu dela, me perco ainda mais. A mão dela se demora em mim. Então, Katrina se recosta outra vez na cama, enquanto eu me posiciono acima dela.

Katrina levanta a cabeça, os lábios entreabertos, os olhos dizendo *agora*. Agora.

Nunca senti tanto Katrina, nunca me senti tão próximo dela. Em todo lugar que nossos corpos se encontram, minha pele parece ferver. Katrina me envolve, nos unindo, nos ancorando no momento.

Tenho a sensação de que minha própria alma está pegando fogo.

• QUATRO ANOS ANTES •

Escuto a porta de Katrina se abrir e se fechar. Tudo em mim fica tenso, na expectativa do que vai acontecer a seguir. A cada segundo, minhas esperanças sobem a alturas impossíveis, para logo despencarem violentamente. Cada estalo na casa, cada sussurro do vento, parece significativo de alguma forma – um alerta ou uma promessa. Gostaria de saber qual dos dois.

Espero que Katrina deslize alguma coisa sob minha porta. Ou que bata na porta. Ou que chame meu nome. Seja como for, meu destino me será entregue. No silêncio que se segue, meu quarto parece uma prisão, e meus medos e desejos lutam para escapar das quatro paredes. A cada segundo que passa e nada acontece, fica mais difícil. Por fim, depois de quatro minutos inteiros, me levanto. Eu me pergunto se Katrina saiu de casa. Estou inquieto, preciso saber o que aconteceu, por isso saio do quarto.

Quando chego à escada, sinto o cheiro.

O calor terroso da lenha, o sussurro discreto da fumaça. O cheiro do fogo.

Quando escuto alguma coisa estalar – o som penetrando o silêncio da casa –, desço rapidamente os degraus. Reconheço o brilho da luz vermelha dançando extravagante na parede.

Tenho a sensação de que estou assistindo a mim mesmo, como se tivesse passado adiante as páginas da minha própria vida. Já li essa parte. Sei o que acontece. Estraguei o final.

Katrina está ajoelhada na frente da lareira, as mãos vazias, os olhos fixos no papel agora dourado que ondula e arde diante dela. O calor consome o que escrevi, o fogo o engole. Katrina me encara, a expressão vazia. Encontro seu olhar, e toda uma conversa acontece no mais profundo silêncio. Ela não me quer. Odiou o que escrevi para ela... o bastante para destruir as palavras em vez de apenas desconsiderá-las.

Não, isso não está certo.

O fogo agora arde dentro de mim. Porque compreendo o que realmente está acontecendo aqui. Se Katrina não sentisse nada por mim, simplesmente me diria. Nós iríamos querer conversar mais a respeito, descobrir uma forma de orientar o futuro da nossa carreira como escritores. Ela talvez até quisesse que fôssemos amigos. Há apenas uma razão para Katrina *queimar* o que escrevi. Está traindo a si mesma. Destruir meu texto significa apenas que ela não quer encarar o que as palavras a fizeram sentir. Porque Katrina *sentiu* alguma coisa. Mas preferiu esconder, fingir que as palavras que trocamos neste verão foram apenas um jogo, uma brincadeira.

Isso faz com que eu me sinta fisicamente mal. Essa é a mulher que eu amo, que acho que talvez me ame. E que escolheu me magoar em vez de confrontar sinceramente nossos sentimentos.

Subo a escada sem dizer uma palavra. Com movimentos eficientes e pausados, mas com o coração disparado, abro as gavetas da cômoda e enfio meus pertences na mala. Sei que estou deixando coisas para trás, mas não me importo. Volto a descer a escada, sentindo cada segundo me atingir com força. Não há nada impulsivo ou instintivo em minha decisão. Estou plenamente consciente de cada passo determinado que dou, da imutabilidade dessa escolha.

Quando atravesso a sala de estar, não olho na direção de Katrina. Ela não diz nada, não tenta me deter. Saio da casa, deixando seja lá o que já fomos se consumir no fogo até virar cinza.

• DIAS ATUAIS •

Estou voltando à vida de formas como nunca, jamais, havia acontecido. Eu me movimento junto com Katrina, ou nos movimentamos juntos um com o outro, ou... não sei, não agora, quando tenho a impressão de que minha consciência se estilhaçou em mil pedaços, cada um carregado de sensações.

É impossível me concentrar em cada parte de Katrina. Sou forçado a saboreá-la por inteiro em um caleidoscópio de momentos – a perna de Katrina se erguendo, enquanto ela impulsiona o quadril para a frente; minha mão segurando a coxa dela; então, Katrina jogando a cabeça para trás, me dando a oportunidade de pressionar os lábios com intensidade no pescoço dela, seu perfume me envolvendo.

Eu me afasto. Nossas mãos se encontram nos travesseiros. Nossos dedos se entrelaçam.

Enquanto meus olhos estão fixos nos de Katrina, sei que ela está se abrindo embaixo de mim. Que se estende sem interrupção até o ponto em que nossos corpos se encontram. As pernas dela estão entrelaçadas às minhas. Saber sem ver – já que continuo a fitar as íris escuras dela – é inebriante à sua própria maneira. Pressiono a testa à dela, e vejo seus olhos se fecharem enquanto ela aperta minha mão com força.

Não sei do que a gente estava falando – *sinônimos* e *trabalhar* para ser *só sexy*. Estou sem fala. Katrina está sem fala. Somos apenas ritmo, instinto, calor. É irônico: dois autores de romances lançados tão além de si mesmos que se veem sem palavras. Ainda assim, é o que está acontecendo.

Katrina se move para se posicionar em cima de mim, e estendo as mãos com urgência para ela no breve momento em que perdemos contato. Quando sinto seu corpo afundar no meu, sei que não vou conseguir me conter tanto quanto gostaria. A visão de Katrina acima de mim é mais do que consigo suportar.

Katrina arqueja e, mais uma vez, estou preso em nossa perfeita sincronia, lendo cada intenção dela, respondendo a cada movimento. Vou mais fundo. Ela pousa a mão em meu peito e se inclina para capturar minha boca. Eu me rendi a Katrina incontáveis vezes. Cada página que dei a ela, submetendo minhas palavras à sua caneta vermelha. Cada conversa sobre nossa carreira. Ela dirigiu o curso da minha vida, e sou melhor por causa disso. Neste momento, preso embaixo do corpo dela, tenho certeza absoluta: eu me colocaria nas mãos de Katrina para sempre.

Quando ela estremece, os espasmos dominam todo o seu corpo. Observo, envolvendo-a de todas as formas que posso. Estou desesperado para permanecer exatamente aqui, assim, até me entregar por fim. E me perder nela.

Eu só poderia chamar o que vem a seguir de satisfação absoluta. O sol entra pela janela, meus lençóis estão espalhados por toda parte. Eu me deixo fluir gentilmente dentro de Katrina. Lembrar que estamos aqui, na Flórida, neste momento, é tão impressionante que fico desnorteado. Isso é real. Somos nós. Aconteceu. Puxo Katrina para mim e a abraço, deixando a cabeça dela descansar na altura do meu coração.

Ela retribui o abraço, nossas respirações ritmadas. Sei com a mais absoluta certeza que isso apenas atiçou o fogo entre nós. As chamas continuam a arder cada vez mais alto. Quando olho de relance para Katrina, ela encontra meu olhar.

Katrina sorri, e meu coração se inflama.

54

Katrina

Não estou com a menor pressa de sair da cama de Nathan. Portanto, não saio, embora já esteja tarde. Embora a gente tenha trabalho para fazer.

– Algum ajuste? – pergunta Nathan ao meu lado.

Demoro um instante para processar a pergunta. Como quando somos crianças e vemos nossa professora fora da escola, com um namorado, e os contextos parecem tão desalinhados que a mente fica em branco.

– Ajuste? – repito.

Nathan rola para o lado, com um olhar bem-humorado.

– Sobre o meu desempenho.

– Está falando sério?

– Katrina, você sabe como eu gosto de ter um feedback do que faço. O seu em particular.

Rio. O sorriso de Nathan é travesso de um jeito que nunca vi antes. Não tem nada do charme intencional da foto de autor dele. As covinhas emolduram o canto de seus lábios, e sua expressão é tão transparente que só posso interpretar como felicidade genuína. Sei que ele espera que eu entre na brincadeira por algum tempo, que estique nosso jogo de palavras do jeito que a gente adora. Mas não consigo. Não quando o sorriso dele me deixa toda derretida de um jeito constrangedor.

– Sem ajustes. Você foi... Foi tudo perfeito.

Nathan pega minha mão e beija os nós dos meus dedos.

– Foi – diz.

Decido que não vou sair desta cama de jeito nenhum. Vou trabalhar aqui. Possivelmente para sempre. Visto a roupa de baixo e me pergunto se

Nathan está me olhando – com certeza está –, então coloco a camiseta. Eu me acomodo confortavelmente nos travesseiros e pego na mesa de cabeceira as páginas que preciso editar. Nathan segue minha deixa e se ajeita no pé da cama, sem camisa, só de cueca. O sol aquece o quarto.

Eu me sinto bem. É uma sensação tão simples – e ainda assim tão profunda – que não penso muito a respeito, com medo de que ela desapareça sob meu escrutínio.

Uma hora se passa, então duas, e trabalho nas páginas – olhando de relance de vez em quando para Nathan, que digita no notebook. Sinto o rosto quente quando me lembro das mãos dele por toda parte, decorando cada centímetro do meu corpo. A boca de Nathan beijando meus seios, gentileza e cuidado se debatendo com o desejo em cada movimento. Também me senti bem com ele. Eu me senti eu mesma. Arrebatada da melhor maneira possível.

– O trabalho está rendendo bastante? – pergunta Nathan, sem levantar os olhos do computador. Seus lábios se curvam num sorriso presunçoso.

Baixo os olhos e não consigo conter um sorriso. Fui pega em flagrante. É impossível me concentrar neste momento. E mais, estou empacada. A mudança de que a cena precisa não vai se resolver sozinha, e minha mente está irrequieta demais, concentrada demais em si mesma para que eu consiga encontrar a solução. Abaixo as folhas de papel. A verdade é que não estou frustrada por essa cena estar me desafiando.

– Estou com bloqueio – digo. – Preciso de um banho.

Saio da cama e sigo para o banheiro de Nathan. Fico esperando que ele repita seu mantra de sempre: *bloqueio de escritor não existe.*

Só que ele não diz nada até eu chegar à porta do banheiro.

– No meu banheiro?

Eu me viro para encará-lo, com um sorrisinho malicioso.

– Você se importa?

Não espero pela resposta dele. Entro no banheiro e deixo a porta aberta.

Ligo o chuveiro. Sob o jato de água quente, deixo os músculos relaxarem, torcendo para que minha mente faça o mesmo. O chuveiro é meu lugar favorito para inspiração. O calor revigorante, combinado com o ritmo da água no piso de cerâmica, os movimentos ritmados de lavar e ensaboar, o ambiente meditativo e tranquilo estimulando a criatividade.

De repente, uma cena totalmente inesperada se revela em algum canto da mente.

Ergo a cabeça embaixo do chuveiro, fecho os olhos e aproveito o jato d'água escorrendo por meu corpo. Quando escuto a porta se fechar silenciosamente, sorrio. Instantes depois, sinto Nathan atrás de mim. Eu me viro para encará-lo, erguendo uma sobrancelha.

– O que foi? Também estou com bloqueio – argumenta.

Rio.

– Ah, com certeza...

Nathan revira os olhos, mas deixa as mãos correrem por minhas costas. Eu me deixo envolver pela sensação e pouso as mãos no peito dele. Embora ainda tenha medo de me concentrar em meus próprios pensamentos, de um deles eu tenho certeza: nunca me senti assim antes.

– Me diz uma coisa – falo, baixinho.

– *Hummm?* – sussurra ele junto a meu ouvido.

– Como foi escrever sozinho de novo?

Nathan se afasta para olhar nos meus olhos. Vários segundos se passam antes que ele fale.

– Eu me senti... incompleto. Não sei quantas vezes tive que conter o instinto de mandar um capítulo para você, quantas vezes pensei: *Katrina faria esta cena melhor... Vou deixar para ela.* E aí eu me lembrava... – O brilho nos olhos dele se apaga um pouco.

As palavras dele me tocam tão profundamente que quase esqueço suas mãos em mim sob a água que escorre.

– Mas você não precisa de mim – argumento. – Escreveu um livro maravilhoso sozinho.

A luz volta aos olhos de Nathan, elétrica.

– Ah, eu preciso de você. – Ele se aproxima mais, pressionando o corpo ao meu, me mostrando exatamente como. Não consigo evitar ficar impressionada. E satisfeita também, já que sei o que aquilo promete. – E você? – Nathan faz a pergunta em um tom gentil. – Realmente não escreveu nada nesses últimos anos?

Eu me acomodo no abraço dele e apoio a cabeça em seu peito. Não consegui colocar ideias no papel, onde poderiam ser lidas, onde elas começariam a querer coisas de mim, como conclusão ou reconhecimento.

– Escrevi – digo –, mas só na minha cabeça.

Os dedos de Nathan encontram a minha têmpora e roçam nela com carinho.

– Como eu queria estar aí – murmura.

– Você já está – me apresso em dizer. – Não se passou um dia em que eu não pensasse em você. Nathan, eu...

Temos tanta coisa para conversar, incluindo o passado que se esconde sob o que temos agora. Construímos uma ponte entre os penhascos altos onde ficamos separados por quatro anos. Por mais que ela nos permita acesso um ao outro, a ponte ainda é nova, trêmula, e a queda abaixo é longa. Nosso passado ainda continua entre nós, esperando pelo mínimo passo em falso.

Nathan cola os lábios com força nos meus. Sei o que ele quer. Sempre sei o que ele quer. Posso prever do que vai gostar, consigo ouvir sua voz em minha mente. Quando escrevo, e não somente quando escrevo. Ouço agora. *O passado pode esperar.* Eu me entrego ao beijo, deixando-o saber que concordo.

Ficamos sob a água, aproveitando o momento, explorando o corpo um do outro, enquanto os minutos passam por nós.

É quando os lábios de Nathan descem por meu pescoço, enquanto seus dedos deslizam por meu peito, que a ideia surge na minha mente. Recuo de repente, Nathan me olha preocupado.

– Fiz alguma coisa errada? – pergunta ele, inseguro.

Balanço a cabeça. Examino a ideia, checando cada faceta, para ter certeza de que se encaixa, e finalmente decido: está perfeita. Sorrio. *Ah, isso é bom.*

– Descobri qual é o problema com o capítulo trinta – explico, falando rapidamente. – É o cenário. Nós o ambientamos no lugar errado.

Nathan ri.

– Katrina, você está falando sério? Não quero falar sobre o capítulo trinta neste momento. – Ele finge indignação. – Era nisso que você estava pensando? Me sinto insultado.

– Não era! Juro – insisto. – Na verdade, era exatamente porque eu *não* estava pensando nisso que descobri a solução.

– Então, você está dizendo... – vejo um arzinho presunçoso tomar conta do rosto dele – que eu te distraí e te relaxei tanto que você superou seu bloqueio?

– Sim – confirmo.

– Que intrigante... – Ele fixa os olhos em mim, o prazer e a malícia óbvios. – Bom, brindemos a mais bloqueios de escrita no futuro. Será um prazer ajudar *sempre* que for preciso. – Quando empurro de leve o ombro dele, Nathan me puxa mais para perto. – Me diz que você não está pensando em sair desse chuveiro para reescrever o capítulo trinta.

Baixo os olhos.

– Posso esperar.

55

Nathan

Saímos para jantar. Katrina e eu saindo para jantar. E não é apenas uma saída banal, para dar uma pausa no dia de trabalho e recarregar as energias. É um encontro. Tipo um primeiro encontro, na verdade.

Já fizemos várias coisas juntos que se assemelharam a um encontro, que até nos deram essa sensação. Gastei uma pequena fortuna em cafeína na presença dessa mulher, no café badalado que a gente frequentava. Gostávamos de ir ao cinema. Na caminhada de volta para casa, ficávamos sugerindo ideias idiotas um para o outro, para preencher as lacunas no enredo que ainda não tínhamos desvendado.

Mas essas saídas não eram encontros. Encontros guardam uma intenção. Não são só ocasiões, são declarações. *Tenho interesse*. Há romance escondido em cada pausa silenciosa, em cada olhar percebido.

Ou, às vezes, não se esconde. Está totalmente às claras neste momento, no jeito que seguro a mão de Katrina por cima da mesa, no modo como flagro seus olhares demorados, como me inclino espontaneamente para beijá-la depois da sobremesa. Já estivemos antes no Knot and Key, o pequeno restaurante de frutos do mar no nosso bairro, porque fomos a todos os restaurantes à distância de uma caminhada. Na última vez, discutimos à luz de velas sobre pontos do enredo de *Só uma vez* e eu comi sopa de mariscos. Esta noite... Bem, basta dizer que não pedi sopa de mariscos.

Memorizo cada detalhe da noite. Katrina de vestido preto, as telas a óleo mostrando o mar, a rede decorando as paredes. A cada carinho que faço na mão dela, a cada segundo que me demoro olhando nos olhos dela, sinto que estou me perguntando se Katrina realmente quer isto. Em cada sorriso que ela me dá, a resposta é sim. E quero acreditar nisso.

Mas o passado está aqui, conosco, agora. Feridas não permanecem cicatrizadas nesses assuntos. Elas estão esperando para serem reabertas, prontas para sangrar por cima de tudo que estiver próximo. Parte de mim quer ignorar isso. Quer fingir que nunca aconteceu, refugiar-se na segurança deste presente perfeito. A outra parte não quer ter dúvidas com Katrina. Não quero estar com ela temendo o dia em que essas antigas feridas vão nos separar.

Preciso saber. Não vou resolver nada sozinho, não vou encontrar paz sem pressionar a nós dois, sem colocar as perguntas na frente de Katrina. Preciso saber qual será a reação dela. Saber se há possibilidade de Katrina jogar tudo no fogo mais uma vez.

No caminho de volta para casa, a brisa está fresca em contraste com o ar mais quente e pesado do restaurante, e levo Katrina por um caminho diferente. O sol ainda não se pôs. Sinto a curiosidade exalando dela até chegarmos ao destino. Katrina fica tensa, esperando alguns passos atrás de mim.

Estamos na frente da livraria independente. A mesma em que nos esbarramos algumas semanas atrás. Sugiro com gentileza, curioso para saber qual vai ser a reação dela.

– Vamos entrar.

– Tenho certeza de que estão fechando – comenta Katrina, aflita.

– Então seremos rápidos. – Não paro antes de continuar a falar, antes de dizer o meu verdadeiro propósito. Eu me esforço para fingir uma atitude relaxada e puxo a mão dela com gentileza na direção da loja. – Vem – digo, o tom leve. – Nunca autografamos *Só uma vez* juntos.

Isso é realmente impressionante. Conseguimos não autografar juntos nem um único exemplar do nosso best-seller internacional. Mas a verdade é que os eventos promocionais de pós-lançamento de *Só uma vez* foram contaminados por recusas teimosas e hostilidade mútua. Sempre que havia eventos de autógrafos ou feiras de livro, um de nós dois concordava em participar e o outro declinava na mesma hora.

Katrina hesita na porta e solta minha mão. Na última vez em que estivemos aqui, ela nem entrou na livraria, por medo de ser reconhecida comigo. Agora, estou pedindo ainda mais do que isso.

Não deixo que a dúvida dela me desanime. Não vou esperar, por mais que eu também preferisse que a gente voltasse para casa. No caminho para o jantar, disse a mim mesmo que não vacilaria. Ou Katrina está dentro, ou está fora. Algum dia – hoje, amanhã ou depois – teremos que encarar o que fizemos, ou nos esconder de nós mesmos para sempre. Só um caminho tem futuro.

Entro na loja sem ela.

Prendo a respiração e espero. Dou uma olhada ao redor para me distrair, até ouvir a porta sendo aberta atrás de mim.

Quando sinto Katrina ao meu lado, uma onda de alívio me domina. Estendo a mão, que ela pega com dedos úmidos.

– Gosto de ser só uma *leitora* nas livrarias – diz ela, parecendo nervosa. – Não uma *autora*.

– Como exatamente você planeja publicar outro livro, então?

Eu a encaro, um meio sorriso no rosto. Opto pela leveza, embora não deixe de ser uma pergunta séria. Pela expressão de Katrina, sei que ela não está com disposição para brincadeiras. Ela morde o lábio, e seus olhos são como nuvens sobre o mar. Percebo o motivo: ela ainda não pensou tão longe no futuro. Por um lado, lamento tê-la obrigado a pensar. Por outro, não.

Chegamos à seção de ficção e... lá está, ainda em destaque. Paramos diante da estante e ficamos em silêncio. Isso é o mais próximo que já chegamos do nosso passado. O livro está ali, inocente, como uma materialização do que fizemos um com o outro. Quatrocentas e trinta e seis páginas de lembranças turbulentas, essa pequena janela de letras brancas em um fundo azul-escuro que guarda diferentes versões de nós mesmos.

Sinto o livro se colocando entre nós, trazendo de volta a febre em que o escrevemos. O dia chuvoso na praia, a noite em que terminamos, o fogo. É sufocante. Sinto Katrina se afastar de mim. A presença do livro é palpável, impositiva. Estou desesperado para romper essa barreira, para abrir caminho de volta para Katrina.

– Quando vi a capa, eu detestei – comento.

Katrina se surpreende. Esse é exatamente o efeito que eu esperava. Quando os olhos dela encontram os meus, não vejo apenas curiosidade neles. Há um lampejo distante de outra coisa. Ela sabe o que estou fazendo, porque me conhece.

– É mesmo? Por quê? – pergunta.

– Não era isso que eu tinha imaginado.

Eu havia esperado uma fotografia em preto e branco. Letra pequena. Tinha pensado tanto nesse livro e na promessa que ele significava que já tinha criado cada detalhe da capa na minha mente.

Katrina desvia os olhos e os volta com relutância para seu novo destino. O livro. Ela se aproxima mais da estante, dos exemplares diante de nós. Estamos cercados por paredes em cor pastel e tapete macio, e ainda assim nos movemos com a cautela de alguém que chegou ao fim de um trampolim. Solto o ar devagarzinho, baixo, para Katrina não ouvir meu alívio.

– É a capa perfeita – murmura ela.

Recuo, sinceramente curioso. Nunca soube que ela amava a capa. Mas a verdade é que há muita coisa que não sei, lembranças e lembranças que não vivemos juntos. Não sei como Katrina responde a perguntas de leitores. Não sei se ela já leu as críticas ao nosso livro, ou o que pensou delas. Há tanto que não sei.

Mas talvez eu tenha a oportunidade de descobrir. Esta conversa aparentemente casual é a prova. Estamos fazendo isso. Podemos convidar o passado de volta às nossas vidas aos poucos. Ele não precisa nos destruir.

– Sei disso agora. – Minha voz está mais suave. – Mas na época... nada parecia do jeito que deveria ser.

Katrina não diz nada. Ela fica parada ali, sem se mover... como se estivesse bem.

– Vamos levar esses para a frente da loja e autografar alguns – proponho.

A reação dela é imediata.

– Não.

Por mais que tenha sido rápida, a resposta não é convincente. Foi instinto, não intenção. Não sei como sei. Acredito que seja por causa da minha considerável nova experiência com Katrina quando ela está realmente furiosa ou resistente. Essa janela não está fechada.

– Katrina, escrevemos esse livro. Nós o criamos juntos, por que você o odeia? – pergunto.

– Não. Eu não... odeio o livro. – Katrina se agita, tocando o cabelo, mudando a alça da bolsa de ombro. – Eu só... Pega aqui. – Ela enfia a mão na bolsa e tira uma caneta de dentro. – Vamos autografar e deixar aqui sem dizer nada. Alguém vai encontrar. Vai ser uma surpresa. Um segredo. – O tom dela é nervoso agora. Em parte por empolgação, em parte por desespero.

Katrina me estende a caneta.

Permaneço imóvel por um instante. Essa não é a cena que eu tinha na cabeça quando nos trouxe aqui. Mas já é alguma coisa. Concordo com um aceno de cabeça e pego a caneta da mão dela. Puxo o livro da estante, o abro e autografo do mesmo jeito que já fiz em milhares de páginas exatamente como esta.

Desta vez, deixo espaço para Katrina. É sua vez de ficar imóvel por um instante, a ponta da caneta que lhe devolvi parada no ar. Então, algo nela ganha solidez. Ela acrescenta rapidamente seu próprio autógrafo na página, as pontas do *K* alcançando o meu nome.

Escutamos passos se aproximando. Katrina fecha rapidamente o livro e o devolve para a estante. Não consigo evitar sorrir. A situação toda é absurda, alguém nos pegar vandalizando o nosso próprio livro. Se alguém nos questionasse, bastaria literalmente apontarmos para as nossas fotos na quarta capa, e a pessoa da loja provavelmente colocaria o exemplar assinado em destaque. E essa pessoa provavelmente seria a mesma vendedora gentil que conheci semanas atrás.

Mas não digo nada disso. Saio rapidamente da loja, atrás de uma Katrina dando risadinhas, e me permito até olhar rapidamente para trás procurando perseguidores imaginários. Quando chegamos do lado de fora, me dobro de rir. Em parte pela noção do absurdo do que fizemos, em parte por alívio. Encaramos uma parte importante do nosso passado, olhamos direto nos olhos dele. Sinto que demos um passo em direção ao futuro.

56

Katrina

Caminhamos de volta para casa com o sol começando a se pôr, o céu marmorizado em um amarelo pálido. As sombras se esticam longas na calçada. Quando chegamos à varanda, espero enquanto Nathan destranca a porta. Sei o que ele estava fazendo na livraria. Também sei por que fez.

Percebi que nossa ida à livraria o deixou satisfeito. Isso não me frustra exatamente, mas me preocupa. Tenho medo de Nathan não estar sendo realista. De achar que assinar um único exemplar do nosso livro vai consertar a enorme fissura no nosso passado... Bem, não estou ansiosa para que ele descubra que não vai. Nossa história é feia. É imensa. É amedrontadora.

Por isso não o sigo quando ele entra na casa. Fico na varanda, deixando a umidade me envolver como um manto, mas não me sinto confortável... é como quando estamos cobertos por tanto tempo que começamos a nos sentir febris.

Quando se dá conta de que não entrei atrás dele, Nathan para e se vira para mim.

– Não odeio *Só uma vez* – digo. – É um livro maravilhoso. Sinto orgulho dele.

– Tudo bem... – Nathan fica brincando com as chaves nos dedos. Esperando que eu continue, ele parece tranquilo, mas cauteloso.

– Mas sempre que penso em *Só uma vez*, me lembro da expectativa que todos têm a meu respeito em relação a ele. Só gostaria de não ter a sensação de que estou o tempo todo competindo comigo mesma.

Engulo em seco, torcendo para que o fato de ter falado as palavras em voz alta me faça me sentir melhor. Não faz. Só torna tudo mais real.

Nathan segura minha mão, parecendo aliviado. Já vi tantas facetas dele: o marido culpado, o homem criativo e intenso, a celebridade literária cheia de si. A sinceridade em sua expressão neste momento é tão profunda, tão amorosa, que dói.

– Você não está competindo consigo mesma. Além disso – ele sorri –, preciso te dizer que o livro que a gente está escrevendo agora é tão bom quanto *Só uma vez*. Talvez melhor ainda.

Desvio os olhos.

– Isso não importa – retruco, e escuto o primeiro toque de hostilidade na voz. – Um dia não vai ser. Um dia eu vou desapontar... todo mundo.

Estou incluindo a mim mesma em *todo mundo*. A pressão pública de lançamentos como os nossos sem dúvida é enorme. Mas desapontar nossa editora, a crítica ou os leitores não é o único medo que deixa meus nervos à flor da pele. Escrever é a única coisa em que sou especial. Se eu perder isso, de certa forma terei perdido a mim mesma.

Vejo Nathan se dar conta de que esta conversa é séria, de que não é uma preocupação passageira. Ele me encara com toda a atenção e guarda as chaves no bolso.

– Katrina, não vou mentir para você e dizer que nunca vai desapontar ninguém. Porque vai. Mas você não pode passar a vida com medo disso.

As palavras dele são gentis, mas mesmo a pressão mais gentil em um machucado feio parece um soco. Sem me perguntar se estou sendo justa ou compreensiva, deixo o meu lado defensivo se inflamar.

– Não aja como se eu fosse a única que tem medo – ataco.

Nathan baixa a mão.

– O que você quer dizer com isso? – pergunta.

Sua atitude diz que ele sabe muito bem o que quero dizer.

– Que você se esconde no que escreve. Você disse que me amava em uma história de ficção, Nathan. Enquanto estava casado.

Pronto. Aí está. A primeira invocação da sombra que cobriu nosso relacionamento – ou a falta dele – por anos. Achei que me arrependeria deste momento, achei que temeria a sombra se infiltrando na realidade. Isso não acontece. Apesar de estar me sentindo desestabilizada e profundamente abalada, estou feliz por cruzar essas águas.

– Não me escondi – retruca Nathan. – Eu sabia que você entenderia, e você entendeu. Eu expus *tudo* no que escrevi. E você queimou o texto porque ficou apavorada com o que leu. Não pode colocar isso na minha conta. Foi você que entrou em pânico porque queria o que eu estava te oferecendo. E, se viesse a perder aquilo em algum momento, se magoaria. Por isso preferiu destruir as páginas e fingir que não existiam.

– Eu tive que fazer aquilo! – quase grito.

Não me importo se minha voz ultrapassa os limites da varanda, não me importo se nossos vizinhos vão ouvir o ápice desse drama de meia década entre mim e Nathan. É como se alguém tivesse arrancado a porta do meu coração, e agora quero tudo às claras. Quero tudo falado, não escrito.

– Sua carta era... linda. Perfeitamente escrita. O melhor texto que você já produziu.

Nathan dá uma risadinha amarga.

– Não me dei conta de que isso era um crime.

Minha respiração está agitada. Nathan realmente não entende, nem agora.

– Eu não quero uma história de amor escrita à perfeição. Não consigo viver à altura disso! Não há última página na vida, não há um momento em que nos beijamos e vivemos felizes para sempre dali em diante. Não podemos ser contidos em frases elegantes ou em capas bonitas. Não somos personagens. Somos pessoas. Eu não conseguiria ficar com alguém que só quer a versão da ficção. Eu queria... *quero*... uma história *real*, e não estou convencida de que você consegue lidar com o real.

A fúria cintila nos olhos de Nathan. Já faz algum tempo desde a última vez que o vi dessa forma. Ele percebe a mudança sutil no rumo da conversa. Não estamos mais apenas no passado. Colocamos os pés no presente, nos problemas que eu sei que vão nos seguir para onde quer que formos daqui em diante.

– Eu te dei uma história real – retruca ele. – Eu amava você. Ainda amo, cacete. Como você pode querer me dizer com o que eu consigo ou não lidar? Sei melhor do que ninguém que o amor tem defeitos. Que pode dar errado.

Eu me afasto dele e cruzo os braços. Nathan não se move, ainda está com os pés plantados na entrada da casa.

– Pois bem, aqui vai o que você não quer ouvir – continua ele. – O que nós temos *é* um conto de fadas. É um sonho tornado realidade. E é *também* imperfeito. Eu gostaria que você entendesse que pode ser as duas coisas. Ficção é ficção *e* realidade. Não são opostos. Uma coisa mora dentro da outra. – A voz dele é rouca, a expressão desarmada. Por mais que a raiva esteja ardendo em seus olhos, reconheço a dor como combustível. – A pior parte é que você também me ama. Acho que sabe que somos almas gêmeas. Mas nunca vamos conseguir ficar juntos enquanto você tiver medo da sua própria felicidade.

O latejar nos meus ouvidos é mais do que consigo aguentar. Estava errada quando imaginei a ira de Nathan como um fogo. Era uma faca, que ele cravou na menor parte, na parte mais silenciosa do meu coração. Ele expôs o meu âmago, o lugar onde escondo segredos tristes até de mim mesma. E dói profundamente, tanto que não tenho como continuar esta conversa.

Por isso, não continuo. Eu me viro e saio da varanda para a noite.

57

Katrina

• QUATRO ANOS ANTES •

Estou esperando pela pessoa com quem marquei um encontro em um dos restaurantes mais intencionalmente descolados em que já estive no Brooklyn. O lugar não tem nada nas paredes, a mobília tem um estilo elegante e retrô em tons de branco e cinza, com madeiras claras, e um R&B eletrônico melancólico sai pelos alto-falantes do salão apertado.

Eu me concentro nos detalhes, torcendo para que me distraiam. Deveria ter cancelado esse encontro. Meu estômago se contrai, minha cabeça está um caos. Sei que não vou me divertir, porque vou passar cada minuto tentando não pensar na entrevista que Nathan deu para a *New Yorker*, que foi publicada hoje, mais cedo. Quando a entrevista apareceu na internet, eu disse a mim mesma para não ler. Cada minuto desde então tem sido um teste de resistência, e sinto que minha determinação está enfraquecendo.

Checo o celular. A pessoa com quem vou me encontrar está atrasada.

Frustrada, jogo o celular de volta na bolsa. Ainda não me trouxeram o cardápio, o que é uma pena. Eu poderia ter lido os preços de todas as opções complexas antes de inevitavelmente me decidir pela menos provável de perturbar o meu estômago. Não me resta escolha a não ser voltar a me concentrar na decoração, e meus olhos saltam inquietos de um canto para outro. Não vou precisar esperar muito, argumento comigo mesma. Vai ser legal. O que são cinco, dez ou até quinze minutos quando já passei o dia inteiro resistindo à tentação?

No entanto, baixar a guarda foi o movimento errado.

Antes que eu me dê conta do que estou fazendo, minhas mãos já procuram novamente o celular. Clico na entrevista.

Devoro cada palavra, leio o texto escrito na fonte antiquada e marcante como se fosse a minha sentença de morte. O próprio Nathan poderia ter escrito aquela matéria, penso comigo mesma, abatida – o texto eloquente com o qual a entrevista apresenta seu tema, o antigo coautor agora seguindo carreira solo. Eles conseguiram até uma das caricaturas que são uma das marcas das entrevistas da *New Yorker*. Eu gostaria de poder dizer que está ridícula, mas só parece com Nathan. Os cabelos cheios de vida, o queixo forte, a energia em seus olhos que mesmo um desenho casual não pôde deixar de capturar.

Os minutos se passam, e continuo a ler.

O restaurante desaparece enquanto mergulho na entrevista, ouvindo a voz de Nathan através da tela. Quando chego ao fim, fecho roboticamente a aba do navegador. Desligo o celular e guardo na bolsa, sentindo os dedos frios. Não releio a matéria.

Escrever Só uma vez *foi uma das piores épocas da minha vida. Katrina Freeling é muito talentosa, mas não tenho certeza de que esse talento vale a tortura de trabalhar com ela.*

As palavras deveriam me magoar. Sei que Nathan falou com essa intenção. Mas, quando espero pela dor, ela não chega. Talvez porque eu saiba que mereço o que ele disse. Talvez os piores ferimentos não doam até a onda de choque passar. Talvez eu esteja só entorpecida.

– Desculpa, me atrasei.

Levanto os olhos. Chris está parado acima de mim, com uma das mãos nas costas da minha cadeira, sorrindo. Forço uma expressão agradável e inclino a cabeça para trás quando ele se abaixa para me dar um beijo no rosto. No tempo que Chris leva para se sentar à minha frente, já consegui esboçar um sorriso também.

– Sem problema – digo.

– Tudo bem? Você está linda.

Ele me observa com intensidade. *Chris gosta de mim*, diz uma vozinha na minha cabeça, surpresa. *Nathan estava certo*. Afasto a lembrança, irritada por ter pensado em Nathan.

– Estou ótima – minto. – Eu diria que você também está muito bem, mas a verdade é que sempre está.

Essa parte não é mentira. Chris está mesmo muito bonito. Ele é um homem de ombros largos e corpo esguio, e esta noite usa um terno cinza de caimento perfeito, obviamente feito sob medida, com uma camisa branca. Simples e de ótimo gosto.

Convidei Chris para jantar em um impulso – e até agora não sabia se me arrependeria disso. Estávamos trocando mensagens de texto no fim de semana passado, eu com a TV ligada em um canal de programas de reforma e decoração, para afastar o tédio que me dominava. E a solidão também. Chris fez uma piada sobre o mercado editorial e... não sei. Quando uma luzinha animou o meu humor, foi o bastante. Nathan vai achar que fiz isso para atingi-lo. Acho que não foi esse o caso.

Chris sorri, satisfeito com o elogio.

– Posso dizer como estou feliz por finalmente isso estar acontecendo? – pergunta ele.

Espero que meus olhos também estejam brilhando. Ver Chris me equilibrou um pouco. Parei de me concentrar na entrevista de Nathan. Com as velas cintilando no centro da mesa, sinto algo novo, algo a que conseguiria me acostumar. Não é a calma vazia de cada dia ao longo dos meses que se seguiram desde que voltei da Flórida sem Nathan. É diferente. Essa sensação de firmeza sob os meus pés, em vez de parecer que estou flutuando em uma névoa interminável.

– Eu também – respondo.

E acho que estou sendo sincera. Isso vai ser melhor, digo a mim mesma. Tem que ser.

58

Nathan

• DIAS ATUAIS •

Com a nossa briga ecoando nos ouvidos, não sigo Katrina para fora da varanda. Nem sequer a observo sair andando ao pôr do sol, fazendo o que sempre faz, nos afastando por motivos frágeis e inúteis, e se escondendo do dano que causa. Prefiro entrar em casa e subir direto as escadas, meus passos pesados em cada degrau. Não saberia dizer se estou fugindo dos meus sentimentos ou correndo atrás deles.

Ignoro o desconforto de estar nesta casa sem ela. Este espaço é nosso, mas não é *meu*. Embora eu tenha morado aqui por dois meses – acordado na cama no fim do corredor, escovado os dentes na pia –, neste momento me sinto um intruso. As janelas parecem me observar, como se olhassem para dentro, em vez de eu estar olhando para fora.

Enquanto o pôr do sol colore o céu de um laranja impressionante, chego ao meu quarto. É o instinto que me faz sentar na cadeira e abrir o notebook. Estou pronto para escrever tudo o que está me enfurecendo, para colocar essa tristeza que sinto em palavras. Para processar e superar esses sentimentos usando essa sangria psicológica na página em branco. Abro o documento com a concentração de quem começa um ritual. Eu me preparo e fixo os olhos na primeira linha ainda não escrita.

Não consigo pousar os dedos nas teclas.

Simplesmente não consigo. Uma resistência que desconheço completamente me mantém imóvel, me impede de escrever. Essa mágoa é minha e de Katrina. Pertence apenas a nós dois. A mais ninguém. Ao menos desta vez, quero viver a dor em vez de vesti-la com um figurino ficcional. Isso pode me curar. Pode me tornar melhor.

Fecho o computador, resignado, e fico sentado sozinho com a ferida no meu coração.

59

Katrina

Desço do carro sob o pôr do sol vermelho. A praia se abre à minha frente. É a mesma onde Nathan e eu fomos surpreendidos pela chuva quatro anos atrás, onde me dei conta de como queria que ele me beijasse.

Tiro os sapatos e ando pela areia macia. É gostoso senti-la cobrindo os dedos dos meus pés, como se a areia se lembrasse de mim. O vento suave brinca com os meus cabelos. Eu me sento com os joelhos dobrados, detestando o fato de a noite estar tão agradável. Não há sinal de tempestade. As poucas cores no céu assumiram as cores fortes do pôr do sol, como rasgos cor-de-rosa em um fundo laranja. É perfeito.

Não sou a única aqui. Pelo canto dos olhos, vejo uma mulher fazendo ioga, um casal caminhando de mãos dadas à beira d'água, famílias fechando guarda-sóis e bolsas de praia. Em momentos como este, é difícil lidar com o fato de que a vida de todo mundo continua, independentemente da minha, de como me coloquei mais uma vez bem no meio dessa encruzilhada tão conhecida.

Eu me pego chorando, com as lágrimas escorrendo pelo rosto. Percebo que poderia simplesmente ir embora. Não voltaria para a minha casa em Los Angeles com Chris, mas também não tenho que continuar aqui. Não tenho que terminar esse livro. A única razão para eu estar na Flórida, escrevendo com Nathan, foi para salvar o meu relacionamento com Chris, que agora não existe mais. Se eu quiser sair, finalmente não há nada me forçando a ficar.

Enquanto seco os olhos, encaro o peso do que estou considerando fazer. Não é todo dia que reavaliamos tudo. A brisa sopra na areia, dando novas formas ao mar de pegadas. Por anos, persegui sonhos de sucesso literário, apenas para me dar conta de como eram frágeis quando os alcancei. Então, coloquei meus sonhos em outro lugar, em um relacionamento que se tornaria um casamento, e daí uma vida. Agora, não estou perseguindo nada. Fico apenas sentada aqui, deixando o vazio me envolver.

As palavras de Nathan preenchem esse vazio. *Você tem medo da sua própria felicidade.* Ele disse isso como um insulto. Não compreende como esse meu medo *não* é absurdo. A felicidade *é* apavorante. Pensando a longo prazo, eu me magoaria muito menos se afastasse Nathan da minha vida, se deletasse o nosso livro e encontrasse um sonho mais seguro para perseguir. Imagino minha existência modesta e sem atritos. Com os ganhos de *Só uma vez*, eu poderia me mudar para a cidade da minha escolha. Poderia fazer uma pós-graduação, passar meu tempo lendo, cercada de pessoas que não são escritores ou escritoras.

Pressiono a testa nos joelhos. Estou realmente considerando essa possibilidade. É a segunda vez que me vejo diante da promessa do que a nossa carreira poderia ser, do que *nós* poderíamos ser. Parece que essa vai ser a segunda vez que não dou o passo final.

Mas tem que ser desse jeito. Para mim, tem que ser. Só preciso arrumar uma forma de evitar subir a essa altura assustadora de novo e de novo.

Vou mudar, só isso, prometo a mim mesma. Vou aprender a ser mais cuidadosa em manter o que mais quero fora do meu campo de visão.

Preciso começar agora. Dobro e guardo calmamente os sentimentos que deixei se desdobrarem por Nathan.

Eu me concentro nos sons do vento e das pessoas brincando na água. Os minutos se passam. Apesar da calma que sinto, não estou convencida de que isso vai durar. É como se eu não estivesse fora de perigo, mas apenas fechando os olhos diante dele.

Então, escuto na minha cabeça – primeiro palavras, então frases.

Não sei se a felicidade é realmente o objetivo. Não sempre. É uma voz de mulher. E a resposta do homem. *Se não estamos fazendo isso para sermos mais felizes, então por quê, Evelyn?*

Para descobrir quem somos de novo, diz Evelyn.

Rio para mim mesma. É um diálogo. Estou escrevendo um diálogo.

Acho isso tão engraçado que rio até meu corpo se balançar. As lágrimas agora são de riso.

A calma se dissipa. É substituída por algo mais seguro, mais forte. Algo muito profundo que está encontrando seu caminho até a superfície, sem ser convidado. Mesmo que não reste mais nada, estou escrevendo. Escrever permanece. Talvez essa seja a minha própria resposta. Talvez isso seja simplesmente eu. Estou fazendo isso não porque promete um futuro vazio, porque é livre de dor ou de risco, mas sim porque exige ser feito.

Pela primeira vez, contemplo a possibilidade de me reconciliar com essas consequências. Em vez de imaginar caminhos de recuo, tento colocar minha mente de escritora para imaginar caminhos de avanço.

Compreendo, de verdade, que não consigo deixar de travar depois que me sinto alegre. Sei que é assim que sou. Depressão e ansiedade estarão presentes. Não posso simplesmente escolher viver sem elas, como não posso simplesmente escolher viver sem escrever.

O que posso fazer é...

Eu me forço a colocar esse futuro possível em foco. O que posso fazer é me proteger enquanto busco o que amo. Tenho que encarar o fato de que o medo *virá*. Nas últimas semanas, me senti da mesma forma que antes de *Só uma vez*, tremores antes de maremotos. O que preciso fazer é usar o que tenho para me manter com a cabeça acima d'água. Conheço a mim mesma. Tenho coragem. Tenho a terapia – e decido que vou agendar sessões semanais quando o lançamento do livro estiver próximo.

Vou precisar desse apoio, porque vou terminar esse livro. Porque ele vai ser lançado. E vai ser bom.

Eu me levanto e limpo a areia das pernas. Não deixo os olhos se perderem no horizonte, agora exibindo as últimas brasas da luz do dia. Se eu escrever, se terminar esse livro, é porque quero. E eu quero. Tenho o meu rumo. Não há mais onde me esconder.

Volto para o carro, para Nathan. Volto para minha vida.

60

Nathan

Corro.

Atravesso cada rua do nosso bairro pequeno, com a esperança de me perder de alguma forma. Meu passo tem uma força que nunca teve antes, e o esforço está deixando minha garganta seca. O meio-fio de cada lado passa voando por mim, indistinto, enquanto eu aumento ainda mais o ritmo.

Quando Katrina saiu sem dizer uma palavra, fiz a única coisa que poderia fazer além de escrever. Peguei meu tênis de corrida e saí, sem rumo. Não poderia ficar sentado naquela casa, sem Katrina, me perguntando se ela sequer iria voltar.

Por fim, quando já estou à beira de um colapso, sei que tenho que voltar para casa. Quando chego, vejo o carro dela na entrada. Não consigo conter o alívio que toma conta do meu coração disparado, nem o medo que vem na sequência. Acelero o passo. Se Katrina está aqui, isso significa alguma coisa. Só não sei o quê. Me sinto ao mesmo tempo incapaz de processar os detalhes da noite e excessivamente consciente deles – o zumbido solitário de algum inseto, a lua crescente no céu. Nos degraus da varanda, digo a mim mesmo como isso vai acontecer. Não vou deixar a história se repetir. Sou uma pessoa diferente agora e, acho – espero –, Katrina também.

Passo pela porta, o ouvido atento. A casa está silenciosa. Não há sinal dela no primeiro andar. As luzes estão apagadas. A sala, silenciosa. Subo a escada, e cada estalo da madeira parece muito alto no silêncio absoluto. Chego ao segundo andar e vejo a porta do quarto dela entreaberta.

Paro do lado de fora. Não me contive com ela na varanda e, embora queira esconder as emoções em mim que parecem grandes demais para serem contidas – quero escrevê-las, quero tirá-las de dentro de mim e colocá-las na página, onde é mais fácil compreendê-las, onde posso mantê-las à distância –, não vou fazer isso. Logo, não posso me esconder de Katrina agora. Não posso me esconder de seja lá o que for que ela tenha para me dizer.

Bato suavemente na porta. Ela se abre e vejo Katrina sentada diante da escrivaninha, digitando rapidamente no computador. Está descalça, com areia nos tornozelos. Foi à praia.

Acho que Katrina nem percebe quando entro no quarto. Está muito concentrada em seja lá o que for que está escrevendo. Eu me pergunto por um instante se isso é algum paralelo deformado do que escrevi para ela quatro anos atrás. Alguma maldita cena me rejeitando e rejeitando o que podemos ter. Mas estou cansado de ter essa conversa na ficção. Quando falo, a minha voz sai frágil:

– Podemos conversar?

Katrina para de digitar e se vira para me encarar, os olhos mais cintilantes do que vi em dias. Em anos, talvez.

– É claro – diz ela. Escuto a sua voz, que parece cheia de confiança, renovada de algum jeito inexplicável. – Quero conversar. Quero... – Katrina se levanta. – Me dei conta exatamente de quanto quero.

Uma emoção absurda me domina. Seja o que for que Katrina está escrevendo, não é uma rejeição. Consigo ler isso no seu rosto. Sei o que estou sentindo. Sei o que isso exige. Seguindo o impulso, pego a mão dela.

Katrina aperta os meus dedos com firmeza. Então, solta minha mão com um sorriso contrito.

– Mas, primeiro, quero terminar o nosso livro.

Sinto a mão fria onde estavam os dedos dela. Observo a expressão de Katrina, surpreso com a mudança de assunto. Ela é indecifrável.

– Não estou entendendo – digo com gentileza, e reconheço como isso é pouco comum quando se trata da pessoa cuja mente aprendi a ler.

– Quero mostrar a você que sou capaz de terminar isso. Quero mostrar a mim mesma. Preciso encarar isso, Nathan – responde Katrina.

Ela não parece assustada, só determinada.

Concordo com um aceno de cabeça. É maravilhosamente fácil seguir Katrina para onde quer que ela me guie.

– Escrevo qualquer coisa com você – declaro.

Katrina sorri, e o sorriso parece se irradiar por ela.

– Obrigada.

Sem dizer mais nada, ela começa a se virar para o computador.

– E nós? – pergunto.

Ela fica imóvel. Suas feições se nublam. Ainda assim, vejo que se esforça para olhar além da névoa, em vez de ficar perdida nela.

– Tenho que saber se há um nós fora da escrita. Com Chris... eu era noiva-troféu, autora de um best-seller. Preciso saber que você quer estar *comigo*, que não quer apenas uma coautora que vá ajudar a sua carreira.

Levo algum tempo para responder, pois entendo o que Katrina quer dizer. Nunca houve eu e ela sem a nossa carreira de escritores. Escrever é toda a nossa vida juntos. Mas, por mais que eu possa ter me apaixonado por Katrina através da nossa escrita, não foi por causa do número de exemplares que achei que ela venderia. Foi porque eu via Katrina nas palavras dela. *É por isso* que amo Katrina. E quero provar isso a ela.

– Katrina, podemos deixar o livro pra lá – digo, e isso parece fácil. – Você vale mais para mim do que o *contrato de um livro*. Mais do que uma vida deles.

– Não. – A determinação e a tranquilidade da resposta dela me surpreendem. – Quero terminar o livro. É importante para mim.

Por mais tentador que seja analisar essa mudança vibrante nela, consigo sentir que nossa conversa tem um dinamismo que não quero perder. Mas opto por reconfigurar minha ideia.

– Então... então separamos as coisas. O que escrevemos, e nós. Terminamos o livro primeiro. E fazemos uma pausa no que há entre nós dois até terminarmos.

Não é fácil dizer isso. A ideia de me manter distante emocionalmente de Katrina por um minuto a mais sequer – enquanto nosso contador de palavras avança – é dolorosa. Mas é a decisão certa.

– Se é isso que você quer, então vamos começar a ser nós como *nós*, não como coautores – concluo.

Eu me sinto reconfortado quando o alívio se mescla à cautela nos olhos de Katrina.

– Isso significa não colocar no nosso texto tudo o que não estamos dizendo um ao outro – me avisa ela, com um meio sorriso. – Nada de edições raivosas. Nem cartas de amor escritas tarde da noite na voz de outra pessoa.

Levo a mão ao peito e retribuo o sorriso.

– Eu prometo – respondo. – Quando eu quiser dizer alguma coisa a você, *direi* a você. Quando tivermos terminado o livro.

– Vou esperar ansiosa por isso.

Ela parece lamentar por um momento. Eu me sinto da mesma forma. É um breve adeus, embora nenhum de nós esteja partindo. Então vejo um novo brilho nos olhos de Katrina, que pergunta:

– Com que rapidez você acha que conseguimos escrever esse final?

Deixo escapar uma risadinha.

– Não sei...

As semanas seguintes se estendem mentalmente diante de mim. Prevejo oito horas de sessões de escrita diárias, trabalhar durante o café da manhã, edições à noite com os olhos injetados. Se eu achei que trabalhava compulsivamente antes, isso não será nada comparado ao que está por vir.

Se achei que me sentia grato por minha parceira antes, isso não será nada comparado ao que está por vir.

– Mas fico feliz por sermos nós dois – declaro.

Katrina encontra os meus olhos.

– Eu também.

61

Katrina

Nós nos dedicamos com vigor renovado a terminar o livro. Semanas se passam. Escrevemos de dia, editamos de noite, entremeando essa rotina com jantares com Harriet e saídas para comprar a cafeína muito necessária.

Não nos beijamos. Nem mesmo nos tocamos. É difícil às vezes – quando paro na porta do quarto de Nathan para trocarmos páginas e minha memória volta à cama dele, ou quando sua camisa se levanta enquanto ele estica o corpo e preciso me controlar muito. Mas não lamento o claro propósito que isso dá ao nosso trabalho. Escrevemos para nós mesmos, não um para o outro. É claro que não há como manter a alma totalmente fora do texto que escrevemos. E eu nem iria querer ler nada que não tivesse um imperativo pessoal. Mas há uma diferença entre deixar seus sentimentos e percepções lhe sugerirem palavras e escrever as mensagens secretas do seu coração com um leitor em mente.

É mais saudável como estamos fazendo agora. Permite que eu me sinta no controle pela primeira vez em anos. Me permite amar o que estou fazendo. Coloco as ideias no papel a toda velocidade, me deleitando com cada noite de cansaço e cada manhã inspirada. Também não sinto medo do momento em que esse livro sair para o mundo. Isso me empolga.

Fico o tempo todo esperando que essa alegria persistente termine. Isso não acontece. Por fim, depois de semanas de trabalho revigorante e exaustivo, chegamos às cenas finais. Estamos trabalhando na sala de jantar, eu, Nathan e Harriet, com nossa coleção de ventiladores portáteis a postos para combater o calor de tarde da noite. Na minha combinação de sempre de exaustão e empolgação, meus pulsos doem, meus olhos estão injetados, as teclas do computador, imundas. Estou rindo com Harriet enquanto imploramos para que Nathan não use a expressão *profilaxia existencial* no nosso livro.

Não está dando certo. Nathan bate o pé.

– Falando sério, Nate – diz Harriet, sem parecer nada séria. – Você consegue algo melhor do que "profilaxia existencial".

Nathan se encolhe.

– *Nate*? Não sou chamado de *Nate* desde o acampamento de verão antes de começar o sexto ano.

Harriet balança o dedo na direção dele.

– Você vai ser Nate para mim pelo resto da vida se insistir nessa escolha.

Nathan parece aflito por um momento e fica em silêncio por um longo tempo antes de levantar as mãos.

– Tudo bem. Eu me rendo.

– Uau – digo, rindo. – Nunca pensei em ameaçar chamá-lo de Nate. Genial – falo para Harriet.

Ela se levanta, recolhe as nossas taças vazias de vinho e leva tudo para a pia.

– Sou genial mesmo – diz por cima do ombro.

– Nem ouse.

Nathan está olhando para mim agora, e algo se transmite pelo ar quente que nos separa. É brincalhão, camarada e mais alguma coisa. Íntimo mesmo. Pisco, satisfeita com a familiaridade fácil.

Harriet volta, pega o notebook dela e os três cadernos lotados de anotações, que enfia sem cerimônia na bolsa.

– Estou indo – anuncia. – Ei, já decidiram o que vão escrever a seguir?

Ela faz a pergunta em um tom casual, apesar das camadas de incerteza que cercam o assunto.

Tenho orgulho de não mergulhar na mesma hora em uma espiral de nervosismo. Quando olho de relance para Nathan, ele está me observando com uma expressão paciente, sem pressão. Reconheço o valor dessa paciência, já que Nathan é compulsivamente produtivo.

– Ainda não sabemos – digo com sinceridade. Levo Harriet até a porta, e paro, fora da vista de Nathan. – Mas quero escrever alguma coisa – continuo, o tom mais baixo agora, na privacidade relativa do hall de entrada.

Em vez de abrir a porta, Harriet fica parada, me observando.

– Tenho orgulho de você. Tenho orgulho de vocês dois. Vocês estão tão... Nossa, é como se realmente fossem amigos de novo. Preciso perguntar... – Ela me encara, muito séria. – O sexo foi horrível? Essa é a única explicação.

Torço os lábios para esconder meu sorriso. Consciente de que Nathan está na sala de jantar, respondo baixinho:

– Foi muito *não* horrível. Meio divisor de águas, para ser sincera.

Harriet ergue as sobrancelhas.

– Se incomoda de elaborar?

Escuto a cadeira de Nathan se arrastando no piso da sala de jantar.

– Mais tarde – prometo, sem conseguir conter o calor que a lembrança de nós dois juntos provoca. – Vamos marcar de tomar um drinque e eu te conto tudo. Não... não vou embora da Flórida tão cedo.

A expressão de Harriet se suaviza. Fico comovida com a alegria sincera em seu rosto.

– Combinado. Um drinque, só nós duas – diz ela, e logo a ironia característica está de volta. – Pelo visto vou precisar ficar bêbada para ouvir esses detalhes.

Harriet abre a porta e sai para a noite, acenando por cima do ombro.

Volto para a cozinha, grata por ter resgatado mais de uma amizade nos últimos meses. Quando chego à bancada, vejo que Nathan imprimiu alguma coisa para mim. E está colocando tranquilamente a louça na lavadora, de costas. Pego as páginas. Antes de "Capítulo 1", ele escreveu: *ONDE VAMOS TERMINAR*. Com o papel ainda quente da impressora nas mãos, leio as palavras duas vezes, penso nelas e levanto a cabeça.

– Isso é uma pergunta? – pergunto a ele.

Ele coloca os últimos talheres no lava-louça.

– É um título – diz, fechando a porta da máquina. Nathan me encara como se estivesse se esforçando muito para manter a expressão leve. – Embora eu suponha que, quando terminarmos, vamos precisar descobrir nossa própria resposta para a mesma pergunta.

Ele está certo. Mas, por ora, não terminamos. Por esta noite, decido que vou me concentrar nas páginas diante de mim, e não nas perguntas que me aguardam mais adiante.

– É perfeito. Boa noite, *Nate* – digo para provocá-lo, e espero pela minha recompensa. Que vem quando vejo o rosto dele ruborizar.

Nathan se recupera rapidamente e aponta um dedo preguiçoso na minha direção.

– Quer dizer que foi "muito *não* horrível"? – Ele repete com orgulho indisfarçado o que eu disse a Harriet. – "Divisor de águas", é mesmo? Por favor, defenda essa declaração. Detalhes, imagens, comparações... tudo é bem-vindo.

Reviro os olhos, mas estou rindo. Nathan sorri, mas não insiste no assunto.

Saio da cozinha e subo a escada. Quando entro no quarto, me sinto leve e ansiosa de formas conhecidas e desconhecidas. O título no papel me encara, e me dou conta de que... já sei como responder essa pergunta.

62

Nathan

• SEIS ANOS ANTES •

Detesto ler o meu trabalho em voz alta. Apertado entre perfeitos estranhos no sofá cheio de grumos da casa onde estamos hospedados, com o cheiro de madeira úmida impregnando o ar frio da sala, sinto medo da próxima hora. Hoje é o primeiro dia do Programa de Residência para Escritores em Nova York, e estou me sentindo péssimo.

Quando atravessei de carro a pequena cidade próxima, a caminho da casa, estava ansiando por isso. Esperava que a oficina de escrita fosse consistir em mentoria valiosa e na oportunidade de trabalhar na quietude dos arredores da cidade, duas semanas de solidão. Em vez disso, até agora foram apenas horas de apresentações apressadas, de me ver obrigado a ouvir dezenas dos meus companheiros escritores tentando me "vender" os romances deles e, por fim, os "quebra-gelos". Ouvi de onde vem cada um, ouvi uma longa sequência de acrônimos de instituições de educação de alto nível, tão numerosos que pareciam códigos. Compartilhamos nossos "poemas de ilha deserta". Nos juntamos em grupos de quatro e descobrimos o que temos em comum: somos todos escritores. Foi tudo uma tortura até eu ouvir que leríamos nosso trabalho em voz alta. Nesse momento, gostaria de ter usado algum truque mnemônico bobo para lembrar o nome de todo mundo.

A única pessoa que conheci esta manhã que pareceu interessante – e que não enfiou imediatamente na minha mão o Próximo Grande Romance Americano – não está aqui. Harriet Soong provavelmente está fazendo alguma coisa útil, em vez de desperdiçar a tarde ouvindo trechos de textos depressivos, muito mal lidos.

Sinceramente, não estou interessado em fazer amigos aqui. Tenho amigos. Melhor, tenho uma noiva – a empolgação com esse fato não cedeu nos três meses desde que pedi Melissa em casamento. Só estou aqui porque simplesmente nada do que tenho escrito sai do jeito que eu quero. Estou sentindo falta de alguma coisa. Escolhi esta oficina de escrita porque Carter Gilroy, autor best-seller do *New York Times*, que se tornou crítico do próprio jornal, é um dos professores. É o retorno de Carter em relação ao meu trabalho que eu quero, não críticas de vinte estudantes de artes literárias. Estou disposto a sofrer trocando páginas escritas com outras pessoas – sei que terei que fazer isso –, mas não quero ler o meu trabalho para todo mundo.

Ninguém vai perceber se eu sair agora, não é? Eu poderia subir para o meu quarto e escrever um pouco, enquanto meu colega de quarto chato dramatiza excessivamente sua prosa para o grupo. Eu me levanto com dificuldade do sofá apertado e vou rapidamente até a porta, tentando passar a impressão de que tenho uma boa razão para fazer isso.

Uma mulher parada na entrada me detém.

– Você está indo embora ou vai só ao banheiro? – pergunta.

Eu a reconheço vagamente, embora ela não estivesse no meu grupo de quebra-gelo desta manhã. A mulher não tem os ares acadêmicos de muitas pessoas aqui, eu inclusive, com minha camisa social formal e mocassins de couro. Ela usa uma camisa de flanela xadrez para fora da calça jeans e me observa com olhos escuros e intensos, com cachos do cabelo castanho caindo do coque frouxo.

– Desculpe – digo, me dando conta de que não ouvi a pergunta dela. – O quê?

– Seu assento. Você está abrindo mão dele? – A mulher indica com um gesto de cabeça discreto o sofá de onde saí.

Olho para trás e percebo que todos os assentos no pequeno espaço estão ocupados.

– Ah, tá. Não, pode ficar com o meu lugar.

Há mais algumas pessoas mais para trás. A planta da casa onde acontece esse programa é claustrofóbica. Já foi uma residência privada e, junto com a mobília antiga e a decoração de ricos do passado, tem as proporções apertadas das residências históricas.

A mulher não se adianta para ocupar o assento.

– Você está caindo fora, então?

– Hum – digo, surpreso com a objetividade da pergunta.

Na mesma hora me ressinto da minha resposta apagada. Sou melhor escrevendo, o que essa mulher e todos que estão na oficina logo vão saber. Mas não neste momento, em uma leitura pública.

A mulher inclina a cabeça e algo ao mesmo tempo vívido e delicado aparece em sua expressão.

– Escuta. Não quero pegar o seu lugar se você vai só fazer xixi ou seja lá o quê. Posso ficar de pé. Não sacrifique o seu lugar no sofá por uma garota que você nem conhece – diz ela, com um sorrisinho.

Eu rio, o que torna o sorriso dela ainda mais largo.

– Estou caindo fora – confirmo.

A mulher se anima.

– Excelente. Realmente não quero ficar de pé. Essas leituras podem durar uma eternidade.

– Por isso estou caindo fora.

Antes que eu possa seguir caminho, a voz dela me detém:

– Não fica curioso?

Paro, curioso, sim, só que não do jeito que ela quis dizer.

– Agora você está tentando fazer com que eu fique? Decida-se... – interrompo a frase, me dando conta de que não sei o nome dela.

A mulher estende a mão. É delicada, as unhas sem esmalte.

– Katrina Freeling.

– Nathan Van Huysen – digo, por minha vez, e pego a mão dela.

Os dedos de Katrina Freeling envolvem os meus com firmeza. Nem todo aperto de mão é um indicativo de quem é a pessoa, mas esse eu acho que é. É exatamente como o retrato dessa garota que esbocei nos últimos trinta segundos. Tudo com ela é intencional, planejado, direto.

– Não estou tentando convencer você. O lugar no sofá é legalmente meu agora – me informa ela. Percebo que não paro de sorrir já há algum tempo.

– Só estava me perguntando por que você veio a uma oficina de escritores para se esconder no seu quarto.

– Não estou me escondendo. Vou escrever – explico. – Se não estou enganado, *é* o que se deveria fazer em uma oficina de escritores.

– Escrever o quê?

Fico confuso por um momento, espantado mais uma vez com a objetividade dela. Não há qualquer prejulgamento na expressão de Katrina Freeling, nem nada da competitividade que vi em vários colegas escritores hoje. Ela só está interessada.

– Você já não ouviu enredos de livros demais hoje? – pergunto com delicadeza.

– Acho que não – responde Katrina, os olhos cintilando. – Sobre o que é o seu livro?

É uma pergunta breve e conhecida, a preferida do pessoal do mundo editorial. O cartão de visita desse mundo.

– Nada específico ainda – confesso. – Só pensamentos, sentimentos. Tenho esperança de encontrar uma história aqui.

– *Ah*. – A voz dela tem um tom de piedade brincalhona, mas sei que não tem intenção de ofender.

– *Ah* o quê? – Estreito os olhos, ainda sorrindo.

– Você não tem nada que seja bom o bastante para ler em voz alta.

– Tenho, sim! – respondo, rindo. Acho importante que ela saiba disso.

Katrina leva um dedo ao queixo, fingindo uma expressão pensativa.

– Se ao menos houvesse um fórum onde você pudesse provar uma declaração dessa...

Seu sorriso agora é travesso. Estou entendendo o objetivo da brincadeira. Katrina está me desafiando a ficar. Em resposta, cruzo os braços, paro, então olho além dela, para dentro da sala.

– Alguém está pegando o seu lugar – informo. – É melhor você ir até lá explicar o seu... o que mesmo? Direito legal ao lugar no sofá?

Ela olha para trás e vê um dos caras que estavam no fundo da sala se acomodando. Katrina volta novamente os olhos para mim e dá de ombros.

– Ah, bem... acho que vou ficar em pé. – Ela ergue ligeiramente uma das sobrancelhas. – Mas é melhor você sair rápido, antes que comecem.

Vejo um dos camaradas se adiantar até a frente da sala. Katrina está certa. Não tenho muito tempo.

– O que você vai ler? – me pego perguntando.

Ela dá um sorrisinho presunçoso.

– Nathan, se está curioso para saber, vai ter que ficar para ouvir.

Dou a mesma risadinha zombeteira e brincalhona que ela deu quando me olhou com piedade pouco antes.

– Você superestima a minha curiosidade.

– É mesmo? – retruca ela na mesma hora. – Vamos descobrir.

Neste exato momento, o camarada parado na frente da sala pede silêncio. Torço os lábios, me sentindo puxado em direções opostas. Se eu for para o meu quarto, vou poder fazer muita coisa. Seria a quantidade de tempo perfeita para colocar por escrito a ideia de cena que tenho em mente. Melhor sair de fininho. Se eu ficar, vou acabar preso aqui por horas provavelmente. Mas... a mulher à minha frente me encarando sem qualquer discrição me mantém aqui, parado onde estou. Prometo a mim mesmo que vou esperar até ela ler, então vou embora. Vou sair para ir ao banheiro e não voltarei mais.

Só que, quando começam a pedir voluntários, Katrina não levanta a mão. Ao longo da próxima hora tortuosa, ela continua sem erguer a mão, enquanto tenho que suportar textos desconfortavelmente pessoais, alternando uma prosa pomposa e pretensiosa. Por fim, como se tivesse decidido que eu já havia cumprido alguma sentença, Katrina vai até a frente da sala, dando uma piscadinha para mim no caminho.

Ela começa a ler – sem esforço, destemida. Fico um pouco surpreso ao descobrir que o conto de Katrina é uma história de amor no ponto exato da literatura comercial. Não é muito diferente do tipo que escrevo. Não mesmo.

Estou extasiado. Deixo cada palavra dela me envolver, constatando como o texto é semelhante ao estilo que amo, mas com o talento pessoal de Katrina elevando seu nível. Enquanto ela lê, tenho a vontade surpreendente de lhe entregar tudo o que já escrevi e implorar para que me dê sua opinião. Katrina tem exatamente o que venho procurando. Se ela pudesse me ensinar, ou mesmo...

Descubro que meus pensamentos se perdem nas palavras dela, capturados pela força do que Katrina está lendo. Me permito, então, aproveitar a nova trilha que ela está abrindo na minha mente, os personagens que está interpretando, totalmente prontos e cativantes, a voz que maneja com uma precisão delicada. Eu não deveria ficar surpreso com o fato de a escrita de Katrina ser tão parecida com ela mesma, ou com o que vi dela até agora. *Até agora*. Essa é a promessa silenciosa e inconsciente que faço a mim mesmo.

Katrina termina de ler, e a frase final ecoa nos meus ouvidos. Todos na sala aplaudem, mas Katrina não está concentrada neles. Os olhos dela encontram os meus, o sorriso desafiador.

Mas não preciso que ela me desafie. Não agora. Ergo a mão na mesma hora. Se eu ler, posso perguntar o que ela acha do meu texto. E, se realmente tiver sorte, vou cativá-la o bastante para que ela se disponha a ler mais do meu trabalho. No meu caminho até a frente da sala, nossos ombros roçam quando passo por ela. Vou ler o meu texto para todos na sala porque ela está aqui. Porque, na verdade, estou lendo apenas para uma pessoa.

Katrina Freeling.

63

Nathan

• DIAS ATUAIS •

Curiosamente há pouco formalismo no fim de um romance. Em muitos casos, eles terminam como começam. Sem fanfarra, sem aplauso, apenas emoções exacerbadas, escondidas sob mais tinta, em mais páginas, exatamente como o resto. Talvez o café esfrie, talvez o celular ou o e-mail não sejam checados por algum tempo. Mas, a não ser por isso, o mundo continua a girar enquanto aquela história pessoal, privada, termina.

Katrina e eu escrevemos o último capítulo de *Onde vamos terminar* sentados um ao lado do outro no banco diante da mesa de jantar. É meio-dia e meia. O dia está lindo, com a luz do sol entrando pelas nossas janelas, o céu pálido do lado de fora. Meu café realmente está frio. Sei que não vou me lembrar desses detalhes. Nunca lembro. Quando estou escrevendo, imagino o fim de cada história tão vividamente que não é surpresa alguma quando ele finalmente chega. É assim que finais devem funcionar. De certa forma já sabemos como vão ser desde a primeira página. Finais são o auge e a subversão de todo o processo, a satisfação de expectativas e a alegria do inesperado.

Estamos escrevendo o final juntos, exatamente como começamos esse livro, lado a lado, com uma única voz. Leio por cima do ombro de Katrina enquanto ela trabalha na cena. Estou tão próximo que poderia beijar a curva do seu pescoço, mas resisto, como tenho feito todos os dias ao longo das últimas três semanas.

Evelyn e Michael assinam os papéis do divórcio. Eles dizem uma última vez um ao outro que se amam. Então, Katrina se detém, os dedos pairando sobre as teclas. Percebo que ela bateu em um muro criativo e espero enquanto passa o computador para mim, para que eu continue. Faço isso, e continuo a cena como se cantasse uma melodia para o que ela está escrevendo. Os personagens se beijam com uma emoção verdadeira, com todo o sentimento que lhes restou.

Katrina pede o computador de volta, os gestos compulsivos. Não consigo conter um sorriso. Nunca vou deixar de amar vê-la inspirada desse jeito, como se cada centímetro dela fosse pura energia. Ela termina os parágrafos finais, descrevendo como o amor de Evelyn e Michael mudou de forma – antes ardente, agora esmaecido –, como nunca vai acabar completamente. Os dois vão carregar as cinzas daquele amor com eles mesmo quando forem cada um viver a sua vida.

Observo Katrina escrever frase após frase e sinto minha expectativa crescer. As últimas semanas escrevendo o livro têm sido maravilhosas à sua própria maneira, cheias de colaboração, de inspiração e de alegria. Ver Katrina toda manhã, com os olhos cintilando de empolgação pelo trabalho; preparar chá para ela, que está imprimindo as nossas páginas; lavar a louça com ela, enquanto a nossa playlist de músicas para inspiração toca ao fundo. Me demorar no corredor toda noite, depois que nos despedimos, observando o sorriso suave de Katrina enquanto ela fecha a porta do quarto.

Tem sido perfeito de todas as maneiras, menos uma.

Mesmo agora, nós deliberadamente não nos tocamos – nenhum roçar de cotovelos, ou ombros esbarrando por acidente. Os centímetros intencionais que nos separam parecem carregados de energia, como se houvesse eletricidade estática atravessando o abismo, nos conectando onde a proximidade física não o faz. Eu me pego desejando poder dar um beijo de boa-noite nela. Dormir ao lado dela. Sentir a pele de Katrina colada à minha. Quando isso estiver terminado – e agora só restam poucos parágrafos –, vou descobrir se fiz essas coisas pela última vez.

Katrina chega ao que sei que é a última frase e deixa escapar um pequeno arquejo. Lanço um rápido sorriso na direção dela e puxo o computador para mim, para dar as minhas próprias contribuições. Katrina acompanha o meu trabalho, assentindo. Mudo frases, troco ênfases, separo alguns parágrafos e combino outros. Todo o processo é silencioso, falado apenas no perfeito entendimento que temos um do outro.

– Está... – começa Katrina.
– Terminado – completo.
Tudo para. Tudo continua. Enquanto o mar se agita do lado de fora, enquanto o sino de vento de alguém toca à distância, permaneço sentado, contemplando o encerramento dessa história que criamos. Sei que desta vez o fim chega com a possibilidade de começar várias outras histórias com Katrina.

Um sorriso ilumina o rosto dela. Sei na mesma hora, naturalmente, de onde vem esse sorriso. Katrina se esforçou muito para conseguir voltar a ser ela mesma. Minha expressão espelha a dela, meu rosto chega a doer.

– Vamos mandar logo para a editora! – diz ela, empolgada. – A gente pode explicar que é uma versão muito bruta, que sabemos que vai precisar ser mais trabalhada.

Eu jamais faria qualquer objeção.

– Vamos fazer isso – respondo na mesma hora.

Depois que a versão bruta for mandada, vamos poder cuidar do que realmente importa. Levo dois minutos para escrever o e-mail para Liz, e minha empolgação nervosa deixa uma trilha de erros de digitação que sei que Katrina percebe. Anexo o arquivo da versão bruta, que tem o nome apenas de *Onde vamos terminar*.

Antes que eu aperte "enviar", Katrina pousa a mão no meu braço.

– Eu te amo – diz.

– Também te amo – respondo.

Encontro os olhos dela. Não há nada original na declaração, nada perfeitamente elaborado, nenhuma metáfora elegante ou prosa profunda. É uma frase que todo escritor já usou, que toda pessoa já falou. É banal, comum. E perfeita. A frase captura o que não consegui em centenas das minhas melhores páginas. Eu não mudaria uma única palavra.

Aperto "enviar". Katrina se inclina na minha direção, finalmente eliminando o frágil espaço entre nós. Ela me beija com um toque gentil dos lábios. Neste momento, não existe mais nada para mim além dessa sensação. Não é uma resposta, só um sentimento.

– Pronto – diz Katrina, baixinho.

Ela desvia os olhos para o computador. Percebo algo fugaz em sua expressão. Nem mesmo eu a conheço bem o bastante para discernir o que é.

– Está feito. Nosso contrato está completo – continua.

Percebo que estamos pensando a mesma coisa. Com frequência tive a sensação de que, com Katrina, eu conseguia ler as páginas da nossa história, acompanhando a narrativa fora de mim mesmo. Este é um desses momentos. Fico impressionado com a semelhança da cena que estamos vivendo com a que acabamos de escrever. Aqui poderia ser onde *nós* terminamos, se quiséssemos. Poderíamos nos afastar um do outro, como Evelyn e Michael, encerrando esses capítulos de nossas vidas.

Quero desesperadamente que isso não termine aqui. A ideia é como um espinho frio ameaçando se cravar no centro do meu coração. E me deixa quase sem ar, arquejando vorazmente por seja qual for o futuro que tenha Katrina nele. Isso poderia ser o fim de tudo.

– Que se foda – digo, sem a menor elegância e cheio de certeza. – Não fiz isso pelo contrato. Quero você.

Posso jurar que vejo lágrimas nos olhos de Katrina. Ela me dá o mesmo meio sorriso de quando nos conhecemos, seis anos atrás.

– Ótimo. – A voz dela vacila, como se o seu coração estivesse inflado. – Porque ainda não acabei de escrever a nossa história de amor.

Quando a beijo, quando puxo Katrina para mim, me perdendo em seu perfume e em sua pele, desejando cada centímetro dela, é com a paixão que contive por semanas – por anos. É o tipo de beijo que encerra um livro. Mas, desta vez, não é esse o caso.

Desta vez, é só o começo.

Epílogo

Katrina

• TRÊS MESES DEPOIS •

Eu já deveria ter fechado o computador há cinco minutos. Estou correndo para anotar novas ideias, mal ouvindo o ritmo ondulante dos meus dedos voando sobre as teclas. Quando entregamos *Onde vamos terminar*, eu me perguntei nos cantos escuros da minha mente se novas histórias me encontrariam. Isso é algo que discuto na terapia – realmente agendei aquelas sessões semanais. Mas, até agora, as histórias me encontraram. Acordei a maior parte dos dias com elas na cabeça. Neste momento, sei que, se não registrar minhas ideias antes de sair, vou ser separada delas na reunião para a qual estou prestes a me atrasar.

    Paro por um momento e puxo a manga da blusa preta de gola alta, que combinei com a saia longa que comprei para a reunião de hoje. É o tipo de roupa que eu não teria usado em Los Angeles, onde o outono é apenas o verão vestido em cores diferentes. O tipo de roupa de que senti falta quando me mudei para lá.

    Disputo uma corrida com o relógio no canto da minha tela, ansiosa para capturar mais um pensamento. Minhas palavras saem vivas, claras, luminosas na página. Estou em um desses humores criativos que sei que preciso aproveitar plenamente quando aparecem. Em meio a toda a pressa escuto a porta do quarto ser aberta. Passos familiares atravessam o corredor, na direção do escritório onde estou escrevendo.

    – *Nunca mais vou escrever*, disse ela uma vez – escuto da porta.

    Eu me viro para a voz de Nathan. Seu corpo está emoldurado pelo batente da porta, e ele parece irresistível de tão lindo. Nathan se barbeou para a reunião, algo que não faz com frequência porque acha que a barba por fazer que costuma manter cai bem em um escritor. O bronzeado que conseguiu na Flórida já desbotou. E ele não parece menos bonito por isso. Na verdade, poderia muito bem estar em um catálogo de moda com seu suéter de gola alta.

Encontro seu olhar.

– Se eu desistisse de verdade, você ainda me amaria?

Ele atravessa o quarto e me responde com um longo beijo.

– Você já fez isso por quatro anos, e não deixei de amar você.

– Você não me amou durante aqueles quatro anos. – Rio e me inclino mais para perto de Nathan, que abaixa a cabeça para beijar meu pescoço.

– Amei, sim – insiste ele. – Ah, Kat, acha que eu inventaria isso? É um clichê horrível. Continuar caidinho por você enquanto fingia já ter superado qualquer coisa entre nós? Se eu fosse reescrever a história do nosso romance, seria mais original.

Eu sorrio, cedendo à lógica apaixonada dele. Por mais que seja verdade, não é importante. É uma boa história – a história que nós dois escolhemos. Não é apenas a ficção que deriva da vida. Às vezes, acontece o contrário.

Já se passaram três meses desde que deixamos a Flórida, desde que encerrei a minha vida em Los Angeles e Nathan encerrou a dele em Chicago. Moramos no Brooklyn, onde deveríamos ter ficado juntos desde o início. Compartilhar uma carreira e uma vida não é fácil. Nós brigamos, deixamos diferenças criativas se transformarem em mágoas, trabalhamos duro para consertar os erros que cometemos. Não vivemos um conto de fadas, não é um final feliz claro e conciso. Mas vale a pena.

Nathan checa o celular.

– Merda – diz, e endireita o corpo. – A gente já deveria ter saído.

Fecho o computador e suspiro, culpada. Estamos indo almoçar com a nossa editora e com Jen, que agora representa a nós dois. Oficialmente, estamos comemorando. A entrevista no *New York Times* foi publicada esta semana, junto com o anúncio do lançamento de *Onde vamos terminar*. Nem eu nem Nathan lemos a entrevista ainda. O e-mail permanece fechado na minha caixa de entrada. Não precisamos ler sejam quais forem os boatos que Noah Lippman decidiu alimentar ou dissipar. Sabemos a verdade agora, a que é só de nós dois.

Calço as botas e sigo Nathan até a porta. Ele faz uma pausa no caminho para fazer carinho em James Joyce, que no momento se esfrega em sua panturrilha. Posso jurar que a única criatura mais apaixonada por esse homem do que eu é o meu gato.

Na calçada, respiro fundo, me deliciando com o ar outonal de Nova York que invade os meus pulmões. Senti falta disso, como senti falta de tanta coisa na minha vida. Mas logo vamos voltar à Flórida, para escrever a proposta do próximo livro que esperamos vender. Vamos ficar na casa que já foi a nossa prisão e que agora é o nosso refúgio, com lembranças morando em camadas nas paredes. Vamos visitar Harriet. Mal posso esperar.

O vento agita as árvores vermelhas do lado de fora do nosso prédio, e Nathan passa o braço ao meu redor. Ele me puxa mais para perto.

– Vamos pegar um táxi?

– Podemos andar até a livraria primeiro? – pergunto.

Escolhemos esse apartamento porque fica a dois minutos de caminhada de uma das nossas livrarias independentes favoritas.

Ainda assim, Nathan parece incrédulo.

– Katrina! Vamos nos atrasar muito.

– Na volta, então – aceito.

Nathan me olha e não diz nada. Não fico emburrada, embora realmente quisesse dar uma passada na livraria. Mesmo assim, sei que Nathan percebe o meu desapontamento. É claro que percebe. Ele ganha a vida olhando no fundo da alma das pessoas.

– Vamos entrar e sair – diz Nathan, cedendo. – O mais rápido possível.

Beijo o rosto dele, a empolgação me deixando na ponta dos pés.

– Vou avisar a Jen que vamos nos atrasar dez minutos. É que esta semana foram lançados vários livros que eu quero ler. Por exemplo...

– O novo de Taylor Quan e o de Cassandra Ray Smith – completa Nathan. O sorriso dele se estende por um momento longo demais. – E se alguém nos reconhecer lá?

Aperto a mão dele com mais força.

– Então vamos autografar alguns livros e confirmar que estamos juntos – respondo, tranquila.

Nathan ergue uma sobrancelha.

– Confirmar que estamos juntos?

– Você quer que a relação da gente permaneça em segredo?

Nathan dá uma risadinha, mais para si mesmo.

– E nós já fomos um segredo?

– Só para nós mesmos – digo.

– Então, quando eu pedir você em casamento – fala ele –, devo fazer isso em uma livraria?

Quase paro na calçada. Abro a boca, mas não sai nada. Fecho de novo. Volto a abrir.

– Muito engraçado – digo, encarando-o.

Nathan falou sério, apesar de ter envolvido a pergunta em uma brincadeira. Sei disso, porque ele me observa com uma intensidade excessiva.

– Que tal na versão final, definitiva, do nosso livro? – pergunta ele, mais uma vez entre sério e brincalhão.

Mal estou conseguindo manter a compostura. A alegria parece prestes a me derrubar.

– Nosso livro sobre divórcio? – lembro a ele.

– Bom argumento. – Nathan para, o olhar pensativo. Sem conseguir chegar a uma conclusão, ele se vira para mim. – Você se incomoda de a gente tentar encontrar uma solução juntos?

Eu o empurro, encantada.

– Não vou coescrever o seu pedido de casamento.

– Droga – diz ele, em tom de lamento. – Bem, vou pensar em alguma coisa. Logo.

O olhar de Nathan encontra o meu na última palavra, atento à minha reação.

– Vou esperar ansiosa – digo, baixinho.

– É mesmo?

A pergunta é feita em um tom ansioso, vulnerável.

Não consigo conter um sorriso, e sinto o coração se expandir de felicidade. Todo mundo fala do pedido de casamento. Não se fala o bastante deste momento: o "pré-pedido". É maravilhoso em sua normalidade. Pedidos de casamento são para jantares à luz de velas, regados a champanhe. "Pré-pedidos" são para conversas na calçada, são desculpa para se chegar atrasado a compromissos. São apenas momentos pequenos, que a gente não encontra nas histórias, só na vida real.

Nathan ainda está esperando pela minha resposta.

– Faça o pedido primeiro – digo a ele.

– É justo.

Ele está com o sorriso mais bobo e maravilhoso. Seus ombros agora estão mais empertigados enquanto seguimos andando, a cabeça um pouco mais alta. Sinto como se todo o meu ser fluísse entre as nossas mãos unidas.

Escrevemos a versão bruta do nosso amor juntos, o rascunho com pontas soltas, bordas não terminadas, erros em uma página aqui e outra ali. Mas todo escritor sabe que há magia em uma boa revisão, que é quando o seu trabalho se transforma de um manuscrito em um livro. Quando intenções, emoções, conexões perdidas se unem em algo completo. É nesse momento que o que o escritor pretendeu dizer se torna o que ele realmente disse. Os personagens se aprofundam, os detalhes brilham, a prosa cintila. De repente, do nada, o escritor encontra a sua história.

Estamos fazendo a nossa revisão agora, Nathan e eu. A segunda versão do texto. Cada uma das próximas versões só vai melhorar, ter mais nuances, ser mais sincera e profunda. Vai ser mais *nós*.

Chegamos à livraria. Nathan entra ao meu lado, onde já esteve tantas vezes antes. Antes de sequer nos beijarmos, de trocarmos páginas, antes do novo livro. Antes do fogo, das tempestades, das águas mais calmas. Amo até mesmo a nossa versão bruta. Amo cada página turbulenta que reescrevemos para chegar até aqui. Porque, na verdade, a melhor parte de uma história de amor é não ter fim. É conseguir continuar a escrevê-la.

Nathan segura a porta da livraria aberta, e eu entro, inspirada não pelo que vou encontrar nas prateleiras, ou pelo que vai estar nas páginas, mas por cada novo dia.

Agradecimentos

É assustador se aventurar em um novo gênero literário, ainda mais com uma história tão pessoal e íntima quanto esta. Não teríamos conseguido sem o apoio, o amor, a inspiração e o trabalho duro de todas as pessoas a quem vamos agradecer aqui. *O rascunho do amor* não existiria sem vocês.

Concebemos a ideia durante a nossa lua de mel, numa conversa sobre como nossa agente provavelmente se sentia aliviada por finalmente termos posto alianças de casamento na nossa parceria de escrita. Quando voltamos para casa com essa sementinha de ideia, o manuscrito só saiu porque essa mesma agente, Katie Shea Boutillier, nos incentivou a correr atrás. Seremos eternamente gratos a você pela confiança nessa incursão em um novo gênero e nessa história, que não teria existido se você não tivesse nos motivado e nos pressionado a tirar o melhor de cada personagem. Nenhuma das nossas histórias teria existido sem você.

Além disso, agradecemos por representar com elegância este livro, no qual certo agente literário acabou não... hum, acabou não se saindo muito bem. Se Nathan ou Katrina adorassem a agente deles como adoramos você, partes do livro seriam muito parecidas com este parágrafo.

A parte mais prazerosa dessa jornada foi, certamente, descobrir a nossa nova família Berkley. Isso começou com Kristine Swartz, que, desde o primeiro telefonema, já percebemos que entendia perfeitamente a história que queríamos construir. Seu bom senso e a percepção do posicionamento e da identidade do livro são incrivelmente inspiradores, e sua amizade transformou uma editora em um lar.

Ficamos honrados e emocionados por termos sido acolhidos por toda a equipe da Berkley. A Vi-An Nguyen, agradecemos por uma capa tão fantasticamente perfeita que inspirou por si só uma nova cena no livro. A Christine Legon, Mary Baker, Megha Jain e Erica Horisk, agradecemos por pegarem o primeiro rascunho do livro e o transformarem nesta linda história. A Jessica Brock, Dache Rogers e Fareeda Bullert, nossos sinceros agradecimentos por alcançarem tantos leitores com seu trabalho extraordinário.

Uma coisa que nunca muda é a importância de amizades maravilhosas. Aminah Mae Safi e Bridget Morrissey, vocês não são amigas – são família. Nossa gratidão pelas videochamadas pandêmicas semanais e por diminuir nossa vontade de fazer uma viagem só de ida ao centro do Sol. Sério, vocês alegram nosso dia a dia. A melhor decisão que já tomamos foi de andar pelo deserto com um grupo de pessoas que nunca tínhamos visto na vida. Maura Milan, apostar "*sprints* de escrita" com você e conversar sobre nosso progresso diariamente foi a única forma com que este livro poderia ter sido estruturado a tempo. Tanto quando estamos trabalhando em pontos-chave da história quanto quando trocamos videogames, sua amizade nos ajuda a "seguir seguindo em frente". Ao restante da LA Electrics, agradecemos pelos chats e noites de cinema virtual, pelos conselhos editoriais e pela alegria compartilhada.

Rebekah Faubion, nossa profunda gratidão pelo ser humano incrível que você é e pelas leituras e dicas sobre o manuscrito, desde o início. Todo mundo precisa de uma agente-irmã como você. Gretchen Schreiber, agradecemos muito por estar sempre disposta a ouvir sessões de desabafo, mesmo quando a gente vivia em estados diferentes. Diya Mishra, seu entusiasmo com esta história foi um apoio real quando mais precisávamos. Gabrielle Gold, nossa mais antiga amiga, agradecemos a você por muitas coisas, relacionadas ou não ao livro. Temos a honra e a alegria imensas de sermos parte da família do romance. Rachel Lynn Solomon, Jen DeLuca, Lyssa Kay Adams e Emily Henry, nossa profunda gratidão por nos receberem!

À nossa família, agradecemos por cultivar o amor pela escrita e pelas histórias que nos inspiram e sustentam em tudo o que escrevemos.

E, por fim, aos nossos leitores, novos e antigos. Tudo o que escrevemos é uma carta de amor para vocês.

Para saber mais sobre os títulos e autores da Editora Arqueiro,
visite o nosso site e siga as nossas redes sociais.
Além de informações sobre os próximos lançamentos,
você terá acesso a conteúdos exclusivos
e poderá participar de promoções e sorteios.

editoraarqueiro.com.br